謝謝Gary無微不至的愛與支持。
感謝我的父母，讓我在正常單純的環境中成長。

蘿兒的家庭筆記

艾梅莉・克里奇利 Emily Critchley／著
柯清心／譯

01

晚上七點，全家圍坐在餐桌邊，有我、我哥、老姐和爸媽。我是家裡的老么，爸爸喜歡全家一起吃晚飯，這樣才能「瞭解最新狀況」，「談談我們一天發生的事」。

我們正在吃基輔雞（chicken Kievs，譯注：將調味奶油捲入雞胸肉做成的料理）、小馬鈴薯、紅蘿蔔和豆子。我多拿了一些紅蘿蔔，因為今天是星期二，星期二是吃橘色食物的日子。馬鈴薯我一口都沒吃，因為我不會同時吃澱粉和蛋白質。

基輔雞是現成的，老媽不太做菜，對她來說，這樣已經算是做菜了。我們家有五個人，由於基輔雞得買雙份，所以會多出一份。多出來的那一份雞，就擺在餐桌中央的盤子上。大夥已經開始在覬覦了，也許老媽會把雞拿給爸爸，老爸要嘛會給他最疼的老姐，要嘛會建議我哥和我姐對分，因為我哥有點瘦，需要加餐飯。無論如何，我吃到的機會都很小。我是家中個頭最矮，年紀最小的，而且還是個女生，所以他們會覺得我不需要吃第二份基輔雞，甚至連半份都吃不了，即使我連一口馬鈴薯都沒吃。

我們在廚房裡用餐，這裡以前是花園，爸媽兩年前才加蓋成廚房。以前我們家的廚房較小，大家在客廳後邊的餐桌上吃飯。現在我們有大廚房了，所有橡木貼皮的櫃子全被漆成了綠色，中央擺了一張大方桌。廚房門邊角落牆上，掛了一面新電視，廚房的門通往花園，由於廚房擴建，因此花園變得較小了。每次有人初次到我們家，媽媽總會說：「**我等這間廚房等十年了。**」

我們住在這棟房子十三年半了，跟本人的壽命一樣長。我們搬家時，米奇才兩歲，他不記得以前的家了，但莎拉還記得。我們暱稱麥可為米奇，但老爸還是喊他麥可或麥奇，因為他覺得那樣比較男子氣。爸爸從來不做解釋，但我知道原因。媽媽是第一個喊老哥米奇的人，現在老爸大部分時間也會忘記，跟著叫他米奇了。

媽媽是連著生我老姐和哥哥的，她非常高興擁有一女一兒，那是她一直以來的願望。只是後來我來報到了，我是一個「愉快的意外」，每次我問媽媽，他們為什麼決定生下我，她就這麼回答。

老爸今晚沒怎麼吃，這很不尋常。爸爸是體育老師，他跟米奇一樣需要多吃東西。老爸在我們學校任教，這實在挺不幸，雖然他已經很努力不讓我們尷尬了。最容易覺得尷尬的人是莎拉，她若在走廊上看見老爸，就會別開眼神。莎拉已經不用上體育課了，因為她正在讀第六學級（譯注：參加英國普通中等教育證書考試後，繼續進修，為升大學做準備）。米奇也不太上體育課，因為他要考中考（GCSE，譯注：英國普通中等教育證書），而且他不太喜歡運動。

事實上，我們沒有一個人愛運動，害老爸覺得十分扼腕。

爸爸清了清喉嚨，放下刀叉，說道：「我有一件事，想告訴大家。」

來了，我心想，他們要離婚了。莎拉和米奇停止吃飯，我知道他們兩個也這麼想，我們大家會這麼認為，是因為過去三個星期，老爸一直睡沙發。一開始我們發現他睡沙發時，他還拚命找藉口。「**我會打呼，你們媽媽沒法睡覺**」或是「**我想熬夜看電視**」。幾天後，他放棄編藉口了，我們也習慣早上會看到備用的單人棉被，整齊的疊放在沙發扶手上。被套是米奇以前的舊被套，有青蛙圖案的那一條。

由於爸媽兩人都有全職工作，因此晚餐的聚會，往往是我們唯一能見到他們在一起的時候，雖然說很難判定，但我相當肯定，他們彼此之間已經不再說話了。老爸開始睡沙發後的幾天，媽媽似乎非常生氣，而且有些震驚，然後她就又一副正常的樣子，就像囚犯在牢裡關幾天，便接受自己的命運一樣。

老爸垂眼看著基輔雞，不知為何，我們幾個孩子全看著老媽。她放下刀叉，啜了一小口水，看不出在想什麼。

「你們倆要離婚了嗎？」莎拉問。

「我們正在試分居，」老爸說，「有可能變成永久性分居。」他補充說，確定我們都聽懂了。

莎拉將刀叉往盤子上一摔，「我就知道！太不公平了！」

莎拉就是這樣愛小題大作，而且總是只想到自己。她已經十七歲了，可是舉止常像僅有七歲。老媽說是荷爾蒙的關係，莎拉十四歲那年，以為我用了她的梳子，害她染上頭蝨，而把我推下樓時，媽媽也是那麼說的。「**她正在經歷很辛苦的階段，是荷爾蒙作祟的關係，妳得要有耐心，蘿兒。**」我這輩子一直都很有耐心，我們全都很有耐心。莎拉的心情從來沒有改善過，**那只是一個階段**，老爸說。在我看，莎拉的情緒才不是什麼階段，比較像是人格故障。

米奇似乎非常生氣，母親把手搭在他的肩膀，說：「我們還是非常愛你們。」她的口吻，像是從《心理學》雜誌上讀來的內容。「只是某人現在也愛著別人罷了。」她怒目瞪著老爸說。

這倒新鮮，大夥全看著老爸，他看起來超不自在。

「你不妨也跟他們說了，艾利克，反正他們很快就會知道，莎拉最好先從你口裡聽到。」

莎拉瞪大眼睛，「這跟我有什麼關係？」

老爸咳道：「我們都是大人了。」他瞄我一眼，「呃，幾乎都是大人。事情是這樣的，我有了別人。但是，我不希望你們以為這個人，就是你們母親跟我試分居的**原因**。」

老媽像馬兒一樣，發出哼聲。

「她是個非常特別的人，我相信你們大家以後都會很喜歡她。」

「她是個學生。」老媽切了一小塊基輔雞塞到嘴裡。

老爸嘆口氣，「她在讀第六學級，比莎拉高一年。」他似乎無法正視我們任何人，「我們是合法的。」老爸說，彷彿那是我們大夥腦袋裡蹦出來的第一件事。「完全合法，人家十八歲了，事實上，她今年暑假就畢業了。」

「什麼？」莎拉說，「不好意思，這是在開玩笑嗎？」

「她是我們學校的嗎？」米奇問。

老爸點點頭，「是的。」他回答米奇的問題說。

我環視餐桌，老爸和米奇盯著桌布，莎拉一副被人摑了巴掌的樣子，老媽是唯一繼續吃飯的人，她冷靜的切著基輔雞，將圓圓小小的胡蘿蔔切成一半。

「你跟學生搞外遇？」我問說，覺得有必要釐清這件事。不管此事合不合法，對我來說，聽起來就超有爭議性，老爸並不是那種具爭議性的人。

爸爸蹙著眉頭，「我剛剛進入一場新的關係，這是我人生的新階段，我真的希望你們日後會為我高興。」

「她是誰？」莎拉低聲問。

老爸清了清嗓子，「她叫凱莉。凱莉‧迪爾。」

「凱莉‧迪爾！」莎拉尖聲大喊，「太噁了吧！太OX&%的噁心了，我的意思是——她毛超多的！」

老爸沒有駁斥，我知道他一定很不好受，因為他並沒有斥責莎拉說髒話。

我努力思索這位毛茸茸的大姐是何方神聖，卻拼湊不出對她的想像，不知道莎拉是否帶她回來吃過晚飯，我想應該沒有。通常你不會嫌自己的朋友毛髮多，而且莎拉對於她在第六學級結交的朋友十分挑剔，因為這對她的受歡迎程度極為重要。我們兩個在這一點上並不相像，事實上，對於兩個由同一對父母所生，且在過去十三年半，被迫同住的人來說，我們幾乎沒有共通點。

米奇憂心忡忡的問：「有任何人知道這件事嗎？」

「還沒有太多人知道，」爸爸說，「我們盡可能保持低調，等她先畢業再說，理由很明顯。」

「她父母知道嗎？」我問，試著想從他們的觀點去理解。說不定人家覺得根本沒什麼，無所謂，或許他們是那種會留男生在家裡過夜，會趁著價格便宜，跟學校謊稱凱莉生病，請一個禮拜假帶她去度假的爸媽。也許他們會在週末抽點大麻，而且總是鼓勵孩子們嗑一點藥，這樣凱莉和她的兄弟姐妹——如果她有兄弟姐妹的話——不會嗑大麻成癮，還不到二十三歲，腦子就壞掉了。也許吧，我心想，他們只能怪自己了。

「還不知道，不過……凱莉打算不久就告訴他們。」

不知這件事是如何開始的，但我寧願不要知道。我忍不住想到老爸辦公室旁邊，放置體育用品的櫃子。

莎拉哭了起來，爸爸看起來十分苦惱。老媽拍著莎拉的肩膀，彷彿在說，**妳就認命吧，歡迎來到真實的世界，甜心**。

你很難覺得老媽遇人不淑，但不知她是如何應付此事的。她似乎挺能安之若素，彷彿老爸剛才只是宣布要開始收集火柴盒之類的。我仔細打量老媽，她的眼睛似乎泛著薄光，不知她是不是又開始吃鎮靜劑了。我知道媽媽在服用抗憂鬱劑，因為我在浴室的櫃子裡看到了。有時媽媽會覺得抑鬱，承受不住生活。遇到這種狀況，她便去醫生診間裡哭訴一番，醫生就會幫她開藥。我知道，因為我小時候，媽媽得帶著我跟她一起去看病，醫生會賞我一根棒棒糖，拍拍我的肩說，**要好好照顧她**。

「這件事對我們的生活會有什麼影響？」米奇問。

「你是不是有中年危機？」我問老爸。

老爸不理我，轉頭對米奇說：「我們兩個一定不會讓這種新局面，影響到你們的生活。對我而言，這是一種正向的改變，不會影響你們的。」他低頭看著自己的雞肉，「我非這麼做不可。」他堅定的說，彷彿在自圓其說。

我心想，這鐵定會影響我們的生活。

「你為什麼要現在告訴我們？」我問，「為什麼不等她離開學校後再說？」

老爸搔著頭，「我們本來是打算那樣的，但我們給人瞧見了。」

「給人瞧見？」我說。

「是啊，被撞見兩人在一起了。」

他的話顯然只會說到這裡，我又想到體育用品的櫃子了，或許有人進去找羽毛球時撞見他們，也許他們在自行車棚牽著手時被看到，或在集會時互傳字條被逮住了。

最後莎拉站起身，把椅子往後推，椅子刮在新瓷磚上，發出刺耳的聲音。媽媽大皺眉頭。

「我**永遠**不再跟你說話了。」莎拉對老爸說。她離開房間，大夥聽著她的腳步踩上樓，接著轟然摔上臥室的門。

老爸努力對米奇和我擠出笑容。「她過幾天就好了。」爸爸拿起最後一份基輔雞說：「她會沒事的。」

沒有人相信他。

消息很快的傳開，到了星期五，學校所有人都知道老爸和凱莉・迪爾的事了。反正第六學級的每個人都知道了，但我很確定，醜聞也往低年級傳了，因為我在下課時，招來一些奇怪的眼神。

很早以前，我就發展出一套在學校生存的辦法了，方法很簡單，絕對別和人有眼神接觸。假如有人喊你的名字或罵你，千萬別抬頭。無論人家為什麼喊你，你都裝聾作啞當沒看見，切莫回應。如果有人在走廊上打翻你手上的書，眼神請往別處瞧，然後慢慢彎身撿起書，眼睛依舊看往別處，裝得好像你經常碰到這種事。萬一你彎下去時，有人踢你，就保持蹲低，不要回應，假裝沒這回事，沒有任何感覺。那些人最後會因為覺得無聊而離開，如果他們認為傷不了你，便不會傷害你了。

我用這種辦法，熬過下課時的異樣眼光，當我在飲料販賣機旁邊，有個十年級男生在我耳邊喊：「你老爸跟凱莉・迪爾炒飯！」時，我也裝作什麼都沒聽見。

午餐時段，我去廁所途中，看見莎拉和她的幾位朋友。學校裡的女生都結伴上廁所，但我寧可一個人去，而且盡可能的少去。大部分時候，鏡子邊都擠了一堆女生，有的人抹唇膏，有的人發簡訊或幫彼此修眉毛。我從來不拔眉毛，我巴不得眉心能長出毛，這樣看起來會比較凶悍、有個性，也許還有一點威嚇感，就像墨西哥女畫家芙烈達・卡蘿（Frida Kahlo，譯注：一九〇七至一九五四），可惜到目前為止，都沒什麼動靜。我的眉毛顏色太淺了，而且死都不肯長。

廁所裡總是飄著廉價的名人推薦香水或大麻味，當然，有時聞起來就是單純的屎味。老媽罵我太直腸子，嫌我講話太直白。**妳老是有話直說，把所有人心裡所想，但絕不該說出來的事情講出來，從小時候就經常讓我糗到無地自容。**

你永遠料不準走進學校廁所時，會撞見什麼，所以本人也採取「不做眼神接觸」的原則。我曾經目睹他人打架、攻擊、有個女生拿著驗孕棒站在水槽旁邊哭泣；還有一次，有個女生企圖從窗口逃跑，結果被卡住了，只好大聲呼喊窗戶另一側，一位名叫「禿比」的男生，把她拉出去。

我進廁所時，看見莎拉和她的「隨從」正要出來。莎拉有一群朋友，約莫五六個人，有時更多。我不知道她們之間的關係怎麼運作，但這群人似乎有個領袖。我不認為是她們選出來的，只是自然而然發生罷了。這位領袖決定讓誰進團或離團，其他女生就繞著她轉。她們每幾個月會更換，群組裡某一個人因某些因素而特別受到喜愛，就變成領袖。我發現最近這個位置似乎被莎拉攻占了。

「走吧，姐妹們。」我聽到她在走廊上對其他人說，她像牧羊犬似的趕著大家走。今天她和其中一個女生挽著手，大家都知道那個胸大髮紅，名叫瑞碧比的女生，十五歲時就跟她的遠房表哥上床了。其他女生緊緊跟在她們後頭。

「妳打算怎麼辦？」她們從我身邊經過時，其中一個女生悄聲問莎拉。

「我大概再也不會跟他說話了。」莎拉淡定的表示。

我猜她是在談論老爸。

她們從我旁邊走過，莎拉假裝沒看見我。反正我無所謂。

我走出廁所後，跑去排隊拿漢堡。幾年前，有個本地大廚大肆倡議，要提供學童健康的學餐，可惜我們學校配合度不高，學生雖然能吃到沙拉，但也能吃到炸薯條。我常看到餐廳阿姨在午餐後，扔棄軟掉的生菜。有時我會自己帶便當，因為我想省下餐費，去「購買重要的物品」，但今天早上冰箱裡沒有什麼吃的，我非拿漢堡不可，因為我不會同時吃澱粉和蛋白質，有時我會吃漢堡肉，有時則吃麵包。今天我要吃的是麵包。

我把包著防油紙的漢堡放到綠托盤上，然後掃視餐廳，找地方坐。

我經常獨自一人吃飯，別人覺得奇怪，但我無所謂。老實說，我沒有太多朋友，與人交往會令我緊張，我寧可從遠處觀察別人，也不想直接面對面溝通。我確實有個朋友，山姆，但他今天請病假。山姆經常生病，他的免疫系統超弱，幾乎對什麼都過敏，也是怪咖一名。

吃完午餐，我心疼的丟掉漢堡肉。如果當天輪到吃漢堡肉，我就會把麵包重新包回防油紙裡，放到外套口袋，等放學後再拿去餵鴨子。我從沒餵鴨子吃過漢堡肉，不確定鴨子能不能吃牛肉，但感覺似乎有違自然定律。

午餐後，我走回自己的置物櫃，拿下午要用的書。我的置物櫃在底層，也就是說，我每天會被人踩上四五回。我擠過一堆纏雜交錯的腿，盡量不抬頭看任何人的裙底，而左上方那個男生的足球剛好掉下來，砸在我頭上。

能夠使用頂層或底層的置物櫃，全憑運氣，不是頂端就是下面，沒有中間層的，有點像人生。我連續兩年分到下面的置物櫃，第六學級的學生沒有置物櫃，他們可以隨身攜帶自己的袋子。莎拉整整五年，都使用上層的置物櫃，不過莎拉氣場超強大，我猜是她硬逼別人跟她交換的。

下午有數學課，之後是宗教研究課。我大部分科目都是名列前茅，倒不是因為特別聰明，我不是什麼天才兒童，之所以特別出色，是因為我很認真又用功。我喜歡讀前段班，因為教室裡的學生通常比較和善，他們太忙著取悅父母，考取好成績，放假才能去主題樂園大玩特玩，所以根本沒空去注意別人。

我痛恨主題樂園，並將它列在我討厭的事物清單上，清單中還包括：麵條（不容易吃）、牙醫（侵入性太強）、氣球（不知何時會爆炸）、手扶梯（不容易上下），還有紫色。不是《紫色姐妹花》那本書哦，那本書其實很棒，我只是討厭紫色本身。

我們在宗教研究課看了一部梅爾吉勃遜主演，關於耶穌基督的電影，老師布格斯小姐坐在她的書桌邊發簡訊。她把手機放在書桌下，以為這樣我們就不會發現。我相當篤定她跟男友吵架了，因為她今天心煩意亂，根本無心教書，所以才會播放梅爾吉勃遜演的宗教影片給我們看。

布格斯小姐又穿上她那雙天柏藍牌（Timberland）的舊靴子了，這是個壞預兆。布格斯小姐留著短髮，以前老是穿鬆垮的運動衫配緊身褲和天柏藍牌靴子，只有開家長會時，才會穿長褲，並在運動衫上罩件西裝外套。顯然有人要她打扮一下，老師在幾個星期前剪了頭髮，開始穿正式的長褲、新運動衫、烏亮的細跟靴子。我想人在戀愛時，就會想打扮吧。你會想說，這**個人對我有興趣嗎**？而不是想，**他們應該對我有興趣**，你會懷疑，**為什麼**？然後又想，**他們有可能離我而去**。於是你就會更努力裝點自己的外表，但最後他們還是離開你了。

我仔細瞅著布格斯小姐，除了天柏藍牌靴子外，她還穿了最舊的一件運動衫。她的眼底有紅絲，而且有些頭髮黏在耳後，這段感情一定結束了。我頓時為她難過起來，不知她是否知曉，自己放了一部十八歲以下人士不得觀賞的影片，給一班十三、四歲的學生觀看。

放學回到家時，家裡只有米奇一個人。他正在擦拭廚房檯子上，某種粉白的東西，水槽裡堆滿了髒碗盤。通常老媽星期五會早點回家，可是看起來她似乎不在。如果老媽已經到家了，水槽裡一定不會有髒碗盤；有可能她去剪頭髮了，通常週五她如果晚回家，都是去美容院，不過老媽說過，下回去美容院時會帶我同行，讓我把劉海修一修。我的劉海長得很快，所以經常得甩頭，把頭髮從眼上甩開，看起來就像神經抽搐。媽媽和莎拉一樣，有一頭棕色亮麗的長髮，現在莎拉把頭髮染了，她做了挑染，讓我想到叢林裡的動物。我的頭髮僅及肩長，棕色偏淡，就像沾過茶的佐茶餅乾，髮型號稱鮑伯頭，但我只有髮，沒有型。

「你在幹嘛？」我問。米奇很少待在廚房，通常他都在樓上自己房間裡，用他的筆電看女神們的MV。

「烤東西。」他說。

「是家政課的嗎？」

「不是，只是想烤而已。」

他走到烤箱邊，窺望烤箱門內。我站到他旁邊，兩人一起盯著那盤膨脹起來的小蛋糕。

「妳可以吃一塊，」他說，「等烤好之後。」

「謝啦。」我說。

我發現廚房桌上有一疊圖書館借來的食譜，米奇大概把圖書館裡的食譜全借出來了，其他想趁這個週末烤蛋糕的人可慘了。我細看書堆最上面的三本書，瑪莉・貝里的《烘焙聖經》，妮吉拉・羅森的《如何成為家事高手》，以及瑪莉安・奇耶斯的《救命蛋糕》。

米奇是同志，我不是因為他烤蛋糕，才提這檔事，那無異把每位「做以前只有女人才會做的事」的男性，全當成同性戀，太可笑了。但米奇確實是同性戀，這點沒有人知道，我甚至不確定米奇自己知不知道。我相信老媽有過懷疑，而且還私自竊喜。老爸就算有過懷疑，也是努力不予理會。米奇的朋友大多是女性，米奇偶爾會帶她們回家，等她們離開後，老爸就會說類似「你很受女生歡迎嘛，麥可！」的話。

老爸希望米奇喜愛運動，希望我們全都擅長運動。莎拉雖是英式籃網球校隊的一員，但她打得不是很好，他們會選她進校隊，是因為她長得高，加上有她在球隊，她全部的朋友都會去觀賽，學校看起來就很像在支持團隊運動了。事實上，男生只是想去看莎拉的腿而已。

我一點也不愛運動，覺得沒啥意義，而且我不喜歡把眼鏡摘下來，因為沒有眼鏡我看不清楚，運動對四眼田雞來說，通常挺危險的，不過網球選手似乎頗能應付自如。他們常戴名牌太陽眼鏡，大概是沒有選擇的餘地，因為他們需要金主爸爸的贊助。

老爸年輕時，常帶米奇去看足球賽，並坐在家庭席，家庭席的觀眾應該比較不會罵髒話，但實際不然。米奇很小的時候，動不動就睡著，等大一點後，便自顧自的聽他的 iPod，最後老爸只好放棄。米奇還是寶寶時，有一陣子老爸會帶莎拉去，但莎拉只是想去吃中場休息時的免費熱狗罷了，她喜歡垃圾食物。

爸爸從來沒帶我去看過足球賽，我連球都接不到。我們在學校打圓場棒球時（rounders，譯注：類似於棒球的英式傳統運動），我總是選擇當外野手，這表示我得走得遠遠的，自己站在學校操場底邊，然後祈禱球不會往我這邊來。

我覺得我可能有某種叫做運動障礙的毛病，或輕微的這類症狀，雖然從沒正式確診過。小時候，我花了很久的時間，才學會使用刀叉，之前都是用奇怪的方式握叉子。我也花了很長時間才學會正確的握筆，而且我的協調性爛透了，老是撞到東西，也許部分原因得歸咎於視力不佳，或是未確診的運動障礙症。這是我的小學老師萊特小姐跟我媽媽說的，**我覺得蘿易莎可能有運動障礙**，彷彿那樣就能解釋一切。媽媽跟醫師提起這檔事，醫師說，**也許吧，妳若想要的話，我們可以送她去做檢查**。老媽說不用了，沒關係。媽媽一向反對讓我們經歷任何不必要的創傷，她覺得自己是最不「虎媽」的媽媽，也許她只是心裡想著其他的事罷了。因此，我並沒有去考11+（eleven plus，譯注：英國小學升初中的選拔考試，專門針對想上英國私校的學生而設），沒有去讀更好的學校。**妳父親和我，不想讓妳承受考試帶來的不必要壓力**。

我知道自己跟別人還有其他不一樣的地方，我會對很多事感到焦慮，有時我一焦慮，就會在身上撓抓，或無法呼吸、無法說話，有時甚至會想吐。出現這種情況時，就表示我快扛不住了。大部分時候我不至於崩潰，因為通常我能找到一個安全的地方靜靜待著。我喜歡花大量的時間獨處，而且很少覺得無聊。我喜歡獨處，因為我覺得與人談話很困難，尤其一次和多人聊天，特別是我若跟他們不熟的話。

我想，老爸一定很惋惜我們沒有一個孩子愛運動。不知道凱莉・迪爾愛不愛運動，或許她代表了老爸不曾有過的那名女兒，光想到這點，我就覺得噁心到不行。

廚房裡飄著蛋糕香，聞著好舒服。小時候媽媽經常烤蛋糕，有時也烤麵包。她回去上全職班後，就放棄烘焙了。廚房裡的氣味令我想起下雨天和生日派對。我喜歡生日，但小時候從來不喜歡生日派對，因為派對總是非常吵嘈混亂。我發現生活裡經常吵嘈與混亂不堪，但我確實喜歡蛋糕。

米奇的手機鬧鈴響了，他套上隔熱手套，取出蛋糕，小心翼翼的把每塊蛋糕放到準備好的冷卻盤上。我們一起欣賞蛋糕，看得出米奇相當開心。

「蛋糕看起來很讚。」我說。

「我還沒做裝飾。」他伸手到萊克蘭的大購物袋裡（Lakeland，譯注：英國專賣烘焙及廚房、清潔用品的商店），把蛋糕裝飾用品排放到廚房流理臺上，一副要做手術的樣子。

「你什麼時候去萊克蘭的？」我問。

「我用老爸的PayPal郵購的啦。」他說。

我讓他自己一個人弄蛋糕。

我上樓，坐在臥室床上，望著自己拿萬用膠貼在臥室門後的三趾樹懶海報，那是我在動物園買的。當時箱子裡剩下的三趾樹懶海報，比任何其他動物海報都多。「**妳確定不要貓熊嗎？**」媽媽問，但我喜歡樹懶。

其實我喜歡大部分動物，雖然我對某些動物的興趣高過其他。我尤其喜歡農場裡的動物，以及那些英國島嶼的原生動物，尤其是小型哺乳類。

三趾樹懶並非產於英國島嶼，所以動物園裡才有。三趾樹懶是一種住在樹上的中南美洲哺乳動物。我從來沒去過中美洲或南美洲，我去過最遠的地方，是三年前，跟家人一起去蘭薩羅特島度假（Lanzarote，譯注：西班牙的島嶼），我還被迫騎了駱駝。三趾樹懶長得很醜，但那並不是牠們的錯。

我的寢室一向整理得很乾淨，除了樓下的廁所，這是家中最小的房間，或許也是最整潔的一間。我的牆上掛了一只藍色的鐘，會在黑暗中發光，所以我總能知道時間。我的單人床靠在窗邊，以便騰出空間擺放衣櫥、五斗櫃和一張很小的書桌。我的桌上除了筆電，什麼都不放，這是老爸以前的筆電，現在已經很舊了。書桌有個抽屜，我用它來放鉛筆盒，以及從我袋子裡拿出來的課本。我有一條素色的被子，我只睡單顆枕頭，因為覺得兩顆太多。五斗櫃上面放著我的梳子和眼鏡盒，我喜歡東西井然有序。

除了三趾樹懶，我還有另一張海報。那是一張加了框的，一九五〇年代的英國火車時刻表。我喜歡時刻表，尤其是火車時刻表，而且我也喜歡火車。我喜歡躺在床上，看著所有時刻、路線及目的地，想像所有離站進站的火車，準點無誤的進出火車站。

我就僅有這些海報了，不像莎拉的牆上，貼滿從雜誌上剪來的樂團海報，以及她和朋友的照片。

莎拉的房間最亂了，我已經好幾年沒進去過她的房間。媽媽是唯一有勇氣進去的人。她會一個月一次，小心翼翼的走進房間，把莎拉的垃圾桶淨空，更換床單。莎拉十二歲之後，我們好像就沒有人看過她的地毯了，她的地毯上丟滿了衣服、化妝品、DVD、課本、整髮電器用品、袋子和鞋子。我之所以知道，因為莎拉開門時，有時我會瞥見房中的景像。

媽媽時不時的會逼她吸地，莎拉大概只是把那堆東西推到房間邊緣，然後吸地毯中間的那一塊而已。最近媽媽好像已經放棄了，「**等妳去上大學後，我們會大掃除**」，她說。

米奇的房間沒有那麼糟糕，事實上，對於青少年來說，米奇算挺整潔了。

爸媽住在廚房後的新寢室，莎拉睡爸媽以前的房間，米奇住的是中間大小的房間。

我們家是標準的一九三〇年代雙拼屋，有拱門和凸窗，沒有什麼特出之處。

過了一會兒，我聽到前門被關上，走去看是誰回來了。老爸坐在樓梯口脫運動鞋，他穿著短褲。爸爸一向穿短褲，即使冬天也不例外。有時他回到家，脖子上都還掛著哨子。

他扭身看著我，「你媽媽呢？」他問。

「她不在家。」我說。

「那是什麼味道？」

「蛋糕。」

爸爸站起來嗅著空氣，「莎拉烤的？」

我搖搖頭，「是米奇。」

老爸聽了眉頭一皺，彷彿想起什麼，便轉身問我：「今天在學校還好嗎？」

「當然，」我說，「好得很。」

我的上學日通常會變成兩種情況：可以忍受，或糟糕透頂。我不太和爸媽談學校的事。

電話響了，老爸走過去接。他從機座上拿起話筒，然後站在旁邊。有時老爸會忘記現在的電話已經沒有線了，可以拿著話筒四處走動。

「哪裡？」我聽到他說，接著：「她什麼？」他似乎很困惑，老爸聽了一會兒，「您弄錯了吧。」他說。

我偷偷往樓梯下走。

看著爸爸的表情，隨著電話那頭的人繼續說話而跟著改變。「是的。」他說，接著，「我明白了。」電話另一頭的人又講了一會兒，「當然，」老爸終於說，「我現在就過去。」

他掛掉電話，盯著話筒。

「剛才是誰打來的？」我問。

「德本漢姆。」他說。

我不確定這個德本漢姆，是指百貨公司，還是一個人。

「他們要我過去接她。」爸爸說。

「接誰？」我問。

老爸看著我，「德本漢姆。他們要我過去接妳母親，他們逮到她偷東西。」

父女倆面面相覷，有那麼一會兒，我覺得我們其中一人可能會哈哈笑出聲，不知究竟會是哪位。但那一刻稍縱即逝。

「他們弄錯了吧。」我說。

老爸緩緩的沉默搖著頭，彷彿在思考，「我得走了。」他說。爸爸拿起車鑰匙，然後打開門，他想起自己的運動鞋已經脫掉了，便拿起鞋，想站著快速把鞋穿上，他從走廊一端跳到另一端，爸爸倚著牆，滿臉問號。

「我陪你去。」我衝過他身邊，抓起自己的鞋子。我討厭百貨公司，通常能不去就不去，但感覺這件事還挺緊急的。

「也好。」爸爸打開前門，「因為最近妳母親對我很有意見。」他再次搖著頭，「他們一定是弄錯了。」

到市中心的車程僅十分鐘，包含停車在內，不過尖峰時間的交通，拖了我們一點時間。我們家住在普通大小的城鎮邊緣，搭火車到倫敦大約三十五分鐘，很多人都通勤上班。鎮上該有的都有，有游泳池、溜冰場、電影院和一片大公園，公園裡有棟古老的鄉間別墅，做為婚禮之用。鎮上還有一間博物館，裡頭有俄羅斯熊的標本。以前週六早上，老爸會帶米奇和我去博物館，媽媽則去購物。我很喜歡那頭熊，米奇喜歡的是蜜蜂。博物館裡有個玻璃蜂巢，稱為「蜜蜂觀察箱」，你可以看到蜜蜂們進進出出的忙做工，並試著找到被紅點標記的蜂后。

米奇一向喜歡蜜蜂，他知道很多關於蜜蜂的知識，例如，蜜蜂飛行時，一秒鐘拍動兩百下翅膀，牠們有絕佳的嗅覺，工蜂會以奇怪的舞姿通知大家，牠們找到了一朵好花。

我坐在爸爸旁邊的副駕駛座。「你跟媽媽是不是財務有問題？」我問，「你們有負債嗎？媽媽為什麼需要偷東西？」

「沒有，沒有，我也不曉得。」老爸憂心忡忡的直盯著前方說。

我們繞到百貨公司後方。

「車子停在這裡應該沒問題吧。」老爸說著，把車開到地下室，停到一排大垃圾桶邊。老爸痛恨繳停車費。

我們從一樓後邊入口走進去，旁邊就是「男性睡衣店」。打烊時間快到了，店裡十分安靜，僅有少數散客還在做最後打包，和一兩名正在收拾的店員。

「我們現在該怎麼辦？」老爸問。

我們往百貨公司前端的化妝品區走，一名塗著粉色口紅的櫃姐正在桌子後面點數現金。

「不好意思，」我說，「您能幫我們打電話給安全人員嗎？」

櫃姐看著我，又看了看老爸，「你們是撿到別人遺失的物品嗎？」她問。

「不是，」我說，「他們說抓到我媽媽了。」

老爸同意的點點頭。

櫃姐狐疑的看著我們，慢慢關上收銀機並上鎖，然後將鑰匙收進口袋裡。櫃姐走到香水區，那裡有個安裝在柱子上的電話，她看了一下貼在電話旁邊牆上的電話號碼表，然後瞄了我們一眼，確定我們人還在，才拿起電話撥號。

「貝里，我是美妝部的茱莉，這邊有人想找安全部門。」她掩住聽筒，「您說您姓什麼？」她對我們喊道。

「寇森。」爸爸說。

「庫——森。」茱莉回頭對著話筒說，「好的。」她掛掉電話。

「貝里會過來接你們。」茱莉走回化妝品櫃臺，「你們可以到電扶梯旁邊等。」

我們走到電扶梯時，貝里已經在那裡等了。我不確定他為何能如此迅速的趕到現場，貝里穿著黑色牛仔褲和深藍色T恤，他一定是便衣警察。唯一明顯看得出他是安全警官的，就是他握在手中，閃著燈的對講機。

貝里對我們點點頭，「請跟我來。」說著貝里踏上電扶梯。我跳到他身後，我超討厭電扶梯，覺得站不穩，尤其是上下電扶梯的瞬間。

我們跟著貝里上電扶梯，經過了各種女裝服飾區，貝里為我們打開一扇通往長廊的門。一名又高又瘦的十幾歲男生推著一桿掛著「降價」紅標的衣服，桿子上用膠帶貼了一張紙，有人用墨水快用盡的印表機，在紙上印了幾個字母：BOGOF。

貝里轉向我們，「這種事以前發生過嗎？」

老爸搖頭說：「這是第一次。」

「凡事都有第一回。」貝里表示。

我們來到走廊底端，經過一片置物櫃，我從打開的門隙中，瞥見一個裡面擺滿金屬桌子的大房間。每張桌邊都有六七把椅子，桌子中間擺著成堆的雜誌。一名員工便坐在其中一張桌邊，吃著用錫箔紙包的三明治，一邊盯著自己的手機。他抬眼瞥了一下經過的我們，我猜那一定是「午餐區」，那個男的也許在午餐期間沒空吃他的三明治。

我非常喜歡三明治，最愛的是起司加醃黃瓜。

我們跟著貝里走下幾個臺階，他打開一間小房的門，我注意到的第一件事，就是其中一面牆上，全是電視螢幕。清一色的黑白螢幕，顯示出百貨公司的不同區域。電視牆前有張桌子和兩把空椅，令我想到交通節目裡，那些一整天盯著所有不同道路攝影機的人，只是他們監視的是交通意外事故、堵塞和超速問題，而不是偷竊。

我注意到的第二件事就是我媽。她坐在椅子上，其中一隻手被銬在桿子上；另一隻手緊緊抓著堆在大腿上的一疊衣服。

老媽身邊站著另一名男子，他有一個跟貝里一模一樣的對講機，只是機子擺在他的腰包裡。這男的比貝里高，也比他胖。

「真的有必要那樣嗎？」老爸指著手銬問。

「這是為了保護她。」貝里答道，「也保護我們。」

「我就知道你很快就會出現。」媽媽對爸爸說，令我想起一則公主拒絕被王子拯救的諷刺童話故事。

「嗨，老媽。」我說。

「我們得離開這裡。」她悄聲對我說，彷彿別人都聽不到。「這裡不安全。」

每個人都瞅著老媽，或那個坐在椅上，手被銬在桿子的人。我不確定他們對她做了什麼，可是那位坐在椅上，手被銬在桿子上的女人，並不是我媽。那的確是她的軀殼，但她其餘部分全都消失了。我媽不會偷東西，或說出只有瘋子會講的話。媽媽會確保我們有乾淨衣服穿，有午飯吃，或至少有午餐費。她支付帳單，採買食物，在每週日早晨一邊吸地，一邊聽四號廣播電臺。

「通常這種狀況，我們會把她交給警方，可是……」貝里瞄了第二名警衛一眼，「我們逮到她時，她顯然——精神不是很穩定。」

爸爸盯著看似泰然自若的老媽。「報警？」他說，「你們應該看得出，這一定是誤會吧。拜託，內人又不是青少年，她不會偷東西的。」

媽媽看看老爸，再看看警衛。「是有人指使我的。」她說，「所有的跡象都在，他們什麼都知道，他們在監視，全都在看呢。」

「請恕我這麼說，寇森先生，很多商店裡的扒手都是中年人。」

「她不是扒手。」爸爸說，「她是公務員。」

貝里聳聳肩，「各式各樣的人都會偷東西。」

媽媽對「中年人」的話題毫無反應，令我更加確定她心智異常。

第二名警衛踏向前說：「打從她到這裡之後，講話一直沒頭沒腦，她有精神病史嗎？」

老爸搖頭說：「沒有。」

這是個小小的謊言，我不擅於撒謊，但知道有時撒謊是必要的，因此便沉默不語。

兩名守衛互換眼色，「她是大姨媽來嗎？」二號守衛問。

爸爸看著我，我做了個手勢，意思是——我怎麼會知道？

「我不曉得。」老爸說。

「你不是應該知道嗎？」貝里問。

「我爸爸睡沙發。」我幫忙解釋說。

爸爸揉著自己的頭，那是他緊張時會有的動作。

貝里沒理會我，「她是不是在更年期？」他問，一邊朝媽媽點點頭，老媽瞪著被銬住的手，彷彿之前都沒注意到。

「應該還沒有。」老爸說，「我沒留意到任何變化。」

貝里蹙著眉。

媽媽想站起來，結果手銬撞在桿子上，「我現在得走了，」她說，「我們大家在這裡待太久了，得走了，他們會弄不清楚。」

「我們很樂意放她走，如果你們願意帶她的話？」貝里問我們，好像我們有可能拒絕。

「我們店裡會留意她的，萬一再發生……」

「不會再發生了，」爸爸說，「她一定是身體不舒服，你們說得對，她有些異樣。」

二號守衛解開媽媽的手銬，她站在那兒揉著自己的手腕，手上仍緊揪著衣服。

「我們得要回那些衣服。」貝里伸手拿衣服，媽媽卻緊抱著衣服避開了。

「媽，也許妳應該把衣服還給人家。」我說，像是在跟小孩子說話。「然後我們就能離開了，米奇做了杯子蛋糕。」

媽媽的眼神從我身上轉向貝里，然後才心不甘情不願的交出衣服。

「那樣就對了。」爸爸配合的說，「我們下次再回來買東西。」

「也許不會有下一次了。」媽媽說。

貝里帶著大夥走上臺階，搭電扶梯下樓，然後離開百貨公司。他得找人放我們出去，因為百貨公司已經關門了，美妝部的茱莉也已離開。

「祝各位好運。」貝里對我們說，似乎覺得我們需要。

我們走到車子邊，車子被一輛送貨的卡車擋住了，我們乾等了二十分鐘，司機才把貨卸完。

我們三個人在車子裡等，媽媽坐到後座，好像把車子當成了計程車。我們可以看到卸貨區內部，送貨員站在那兒跟兩名工作人員喝茶。

媽媽是唯一開口說話的人，「我就知道他們會搞這種花招。」她沒有跟特定對象發話。

我們終於能離開了，送貨的司機瞥了我們一眼，然後搖搖頭，走進自己的駕駛座。

「她不會有事的，她會好好的。」我們把車開走後，爸爸輕聲對我說，我想是為了讓我安心。「以前我姑姑桃樂絲也常會這樣。」他握緊方向盤說。

「她怎麼樣了？」我問。

爸爸遲疑了一下，「她沒事，好好的。」

媽媽安靜的坐在後座，什麼話都沒說。

我伸手拿起手機，搜尋BOGOF，意思是「買一送一」，Buy One Get One Free。接著我再搜尋**精神病會遺傳嗎**？如果會的話，我就完了，尤其父母雙方都有。

「有糖屑嗎？」媽媽突然打破沈默問。

「什麼？」爸爸說。

「杯子蛋糕上面有撒糖屑嗎？」

我們回到家後，爸爸對莎拉和米奇解釋媽媽人不舒服，她坐在廚房餐桌吃著杯子蛋糕，慢慢而享受的小口吃著，媽媽很喜歡糖屑。

因為莫名的因由，媽媽不想睡在寢室裡。米奇和我試著盡量幫她把沙發鋪整到最舒適的狀態，爸爸將青蛙圖案的被子拿上樓。「樓下比較好，」媽媽說，「他們會在電線桿上監視。」

睡覺前，我到廚房拿一杯水，結果發現老爸在翻擺放刀具的抽屜。他四處翻找，像是丟了東西。他把刀架夾到腋下，「我想今晚最好把這個帶上樓。」他說，意指刀架和其他從抽屜裡找出來的利器；一個開罐器、一把削皮刀及剪刀。

「好吧。」我說，好像這樣做很正常。

爸爸的手機放在廚房桌上，米奇的食譜書旁，這時手機開始閃燈了。他罪惡的瞄著手機，我猜可能是凱莉。他們會發簡訊嗎？我猜一定會的。

爸爸放下刀架，把手機收進口袋，然後再次拿起刀架。「晚安。」他說，然後帶著所有利器離開。

「晚安。」我說。

夜裡，我被燒焦味弄醒了，我對氣味非常敏感。我下樓檢查是什麼氣味時，發現客廳著火了。

雖然只是小火，但還是令人難安。媽媽穿著睡衣站在客廳中央，抽出相簿裡的照片，用迷你指甲剪剪成一半，然後丟進通常被用來燉肉的大平底鍋裡。她在鍋子裡點火，火焰竄得頗高，而且冒出很多煙。媽媽睡衣最上面的口袋，露出一個火柴盒。她已經點了幾根蠟燭，放在屋裡四處。火、蠟燭，加上媽媽按部就班的剪碎照片扔進火焰中，感覺詭異極了。她停下來，拿湯勺攪動鍋底的灰。火焰照在她臉上，看來如此冷靜安寧，就像在舉行某種怪異的儀式。

「媽！」我說，一邊揮開臉上的煙氣。

她轉頭看我，「這些再也不需要了。」她說，然後將一大坨照片扔入火焰裡。

一時間，我不知道自己是比較生氣客廳裡著火，還是老媽燒掉我們所有的照片。但願老爸有備份，但我不確定莎拉和米奇小時候的照片是數位相片。

我聽到樓梯上傳來腳步聲，米奇出現在我身後。

「靠。」他說。

「打電話給消防隊。」我說，想起小學學到的緊急服務教育。

米奇離開房間去找電話。

我慢慢把老媽帶離火邊。

我聽見米奇在走廊上說話，念出我們家的地址。

地毯上四處可見未扔進鍋子裡的破碎照片，我看著我們散落在客廳地板的人生，看著我們家過去生活的片段。有莎拉和我在動物園猴子園區前的合照、米奇度假時在英國威爾斯城堡外拍的照片，還有一張爸爸將莎拉背在胸前，和媽媽一起坐在船上的老照片。我認得所有照片，我以前很愛看相簿。

米奇回到客廳，莎拉陪著他進來。「消防隊正在趕過來。」米奇說。

「噢，我的天！」莎拉說。

「我去拿水。」米奇說。

米奇提著裝滿水的小塑膠桶回來了，那是媽媽專門用來手洗精緻服裝的桶子，是她從萊克蘭買回來的，桶子夠小，能放進水槽裡。

米奇拿著兒童用的小桶子，把水倒入鍋中。米奇、媽媽和我看著，知道是怎麼回事了。莎拉衝上樓。

火焰嗞嗞響的逐漸熄滅，火熄了。

爸爸咳著出現在門口，他揮著空氣。「我的媽呀。」他說。

此時媽媽平靜的坐在沙發上望著我們，爸爸看她一眼，然後回頭看著鍋子。

「媽媽在燒我們的照片。」我說，「別擔心，我們已經打電話給消防隊了。」

「是嗎？」爸爸說。

「是的。」我答道，深以我與米奇的合作無間為傲。

莎拉穿著她最愛的絲綢連衣裙回來了，她已盤起頭髮，拿著手機拍下裝滿水、煙灰和燒焦照片的鍋子。「我得發到Instagram上。」她說。

我從客廳窗戶看到消防車抵達，我們已經打開所有窗戶，驅散煙氣。消防車堵在路上，兩名男子跳下車，他們雖然穿著沉重的消防衣，但動作迅捷。屋外的安全警示燈亮了，我可以看到車上至少還有一個人。我心想，怎麼沒有女消防員？

莎拉過去開門讓他們進來。

兩名男子一位較年輕，一位較年長，兩人火速衝進客廳。

「千萬別放著香氛蠟燭不管。」年輕的消防員瞄著點燃的蠟燭說。

「不是蠟燭引起的。」我說，「是我媽在鍋子裡燒毀回憶。」

年長的消防員皺著眉，「送去資源回收不就得了，」他說，「處理起來更安全。」

「沒有什麼是安全的。」媽媽說。

年長的消防員嘖嘖不已的搖搖頭，「算你們運氣好，」他檢視損毀程度說。此時客廳的燈開了，我們可以看到被煙氣燻黑的牆面、天花板和家具。「有人受傷嗎？」他問，「有誰呼吸困難嗎？」

我們全都搖頭。

「真是不好意思，」爸爸對消防員說，「我們家以前從沒出過這種事。」

爸爸似乎一直在為許多以前不曾發生的事情道歉。

大夥望著燻黑的牆壁和客廳地板上的平底鍋，消防員用戴著手套的手，拎起鍋子，鍋底下有一片焦痕，一圈燒焦的地毯飄出惡臭。

「也許我們可以在上面鋪一小塊地毯。」米奇建議道。

年輕的消防員不斷盯著莎拉的腿看。

年長的消防員將鍋子重新擺好，然後看著老爸。「你們怎會警覺到起火？」他問，「你們的防煙警報器呢？你們家有寵物嗎？」

「是蘿兒，」米奇說，「是她先醒來的。」

「防煙警報器在走廊上，」我說，「警報器一定是壞了。我們家有一隻倉鼠，但牠逃掉了，現在住在冰箱後面。」

老消防員用一種奇怪的眼神看著我。

我們一行人來到走廊，看著裝在天花板上故障的警報器。

老爸一臉冏態，「我一直想買新電池。」

「每一樣東西，我都得提醒他去買。」媽媽突然出現在我們身後說，「他老是忘記買洋蔥，沒有洋蔥，什麼都煮不了。」

「我們有電池的。」我說，「我有在抽屜裡看到。」

我走到廚房拿電池，抽屜不知怎的已經打開了。一定是媽媽找火柴時拉開的，爸爸真該考慮到火柴和指甲剪。

我帶著電池回到走廊上。

「你們家有梯子嗎？」年輕消防員問。

米奇打開樓梯下的櫥櫃，「這裡有一個。」他說。

「我們現在就幫你們換。」老消防員說完便瞄了老爸一眼，意思顯然是：「**如果你懶到不想確保自己家人的安全，就由我們來。**」

年輕消防員從米奇手中接過梯子，我把電池遞給他，他爬上去扭開警報器。

「小心。」莎拉說，彷彿那是他做過最危險的事。

消防員扭身對她咧嘴一笑，莎拉害羞的報以微笑，同時扯了扯連衣裙的領口，稍稍露出更多的乳溝。

門鈴響了，我想大概是消防車上的另一個人想過來查看怎麼回事，結果並不是，而是隔壁的狄索扎太太。她穿了一件大外套和拖鞋，狄索扎太太抓著外套，緊緊裹住自己的身體，讓我覺得她裡面大概啥都沒穿。

「出什麼事了？」她問開門的老爸說，「大家都還好嗎？」她嗅著空氣，然後咳了起來。

「我們有擋到您的路嗎？」老消防員問。

狄索扎太太搖搖頭，「現在是凌晨三點，我不需要去任何地方。」她抬眼看著把電池裝到警報器裡的年輕消防員。

「我們的火警器壞了。」我說。

「噢。」狄索扎太太逕自往屋裡走，「我不知道可以請消防隊來幫忙修警報器。」

「是不行。」老消防員立馬表示。

「我家客廳起火了。」米奇說。

「天啊。」狄索扎太太用外套袖子掩住口鼻，往客廳裡窺望，急著想看結果。

媽媽跟著狄索扎太太，然後抓住她的手臂問：「妳有碎紙機嗎？」

「碎紙機？」狄索扎太太一頭霧水的看著媽媽，老媽看起來像有一個禮拜沒梳頭了，她臉上有一抹灰。

「杰奧夫的辦公室好像有碎紙機。」

媽媽鬆開狄索扎太太的手，拖著步伐走進客廳，開始收拾地板上剩下的照片，又在腋下夾了幾本相簿。「我跟妳去。」她對狄索扎太太說，「反正這裡不安全。」

爸爸試著輕輕將媽媽帶回沙發上，「妳何不早上再去，」他建議說，「或者請狄索扎太太把碎紙機送過來。」

狄索扎太太看著我和米奇，米奇用食指朝自己的耳朵畫圈，想表示媽媽瘋了，但狄索扎太太似乎沒看懂。

「媽媽身體不太舒服。」我說。

狄索扎太太點點頭，退出客廳時差點撞到走廊上的消防員，他正在一邊收梯子，一邊跟莎拉搭訕。

狄索扎太太打開前門，空下的手扔緊揪著自己的外套。「我該走了，」她說，「幸好一切平安。」她瞥著媽媽，「我們街上並不常看到消防車。」她走到門廊上，巴不得盡速離開。

等消防人員確定他們沒別的事能為我們做了之後，也跟著走了，我相當確信年輕的消防員已經把他的手機號碼給莎拉了。

消防員離開後，全家人又回到客廳裡。爸爸拿起平底鍋，望著燒焦的地毯。

媽媽回到她的沙發床上。

「妳要睡這裡嗎？」我問她，「客廳裡全是煙耶。」

「是的。」她說，「我要睡這兒，我想有點私人空間，我們得小心一點。」

「走了。」老爸對我們說，意思是我們應該回去睡覺了。「最糟糕的部分結束了，我們幫她把窗子打開，我稍後會下樓，確定她沒事。」

「她本來好好的。」莎拉嘶聲對爸爸說，然後轉身快步上樓。

「我們該怎麼辦？」我問。

爸爸嘆口氣，「我想我們可以在燒焦的地方鋪一小塊毯子，反正先鋪幾天，我會將牆壁和天花板重新上漆。」

米奇瞅著煙痕，「我們可以要保險公司出油漆費，如果你能從老媽的醫生那兒弄張診斷證明，應該會有幫助。」

「不是啦。」我對他們說，「我的意思是——我們要拿媽媽怎麼辦？」

「噢。」老爸說，「我不知道。」

「你接下來會離開凱莉嗎？」我問。

老爸搖搖頭。

米奇轉身說：「那麼我想該回去睡了。」

第二天早晨，客廳的門關著，媽媽一定還在睡覺。我走進廚房，冰箱裡沒有牛奶。這很不尋常，我們家很少缺任何東西，因為媽媽做事一向很有條理。我查看麵包箱，發現裡頭沒有半片麵包，只有一個裝著杯子蛋糕的盤子。我拿了個碗，取出一盒穀片早餐，這是老爸喜歡的，那種看起來像松鼠吃的豪華型穀片早餐。如果運氣好，打開盒子就能贏得一份超讚的獎品，通常是諸如露營車，或一英畝自己的林地之類的獎品，當然你也可以選擇拿現金。**誰不會想拿現金？**老爸總說，還有，**露營車是要停哪裡？**

我在櫃子裡找到一盒長壽牌蘋果汁，我把果汁倒到穀片上，其實吃起來還不錯，但我還是很懊惱沒有牛奶。希望這種情形不會經常有，但我知道應該做最壞的打算。畢竟，老爸在三天前坦承自己跟一名十八歲的女生有外遇，而且打算離開我們。接著媽媽在德本漢姆被逮到偷竊，而且變成不是我媽媽的樣子。然後家裡客廳著火了，因為那個不是我媽媽的人，決定燒掉我們所有的回憶。現在，我們家牛奶又喝光了。

這種事絕對不會發生在安娜貝拉和尼爾身上。

我有個理論，我一出生就被人調包了，我爸媽的親生孩子跟安娜貝拉及尼爾住在一起，而我則被迫住在此地。我一向都這麼想。

我當然知道這不是事實，因為我看過自己的出生證明，而且我遺傳到老爸的鼻子。不過，我還是常常想到安娜貝拉和尼爾。有點像是平行宇宙，在那個宇宙裡，我生對了適合的人家，而不是一對爛父母。

安娜貝拉和尼爾是建築師，兩人為夫妻檔，有自己的公司，而且在業界頗具名氣。他們並不打算生孩子，因為首先，他們覺得世界人口過剩，沒有足夠的資源；第二，他們的事業對他們來說非常重要。安娜貝拉意外懷孕，因為有天早上她忘了吃避孕藥，所有才會生下我。

當然了，安娜貝拉一發現自己懷孕，便告訴尼爾了，兩人都非常開心。我是獨生女，雖然安娜貝拉和尼爾從不會把我寵到窒息，但我擁有他們全部的關注。他們很早便發現我聰明過人，便決定讓我在家自學，他們知道那是唯一能讓我完全表達自己，用最適合自己的速度去學習的方式。我花很多時間與大人相處，安娜貝拉和尼爾的成功友人：其他建築師、結構工程師、房地產律師、醫師、藝術家與音樂家。安娜貝拉和尼爾認為，這樣的教養，認識如此多有趣的人，並且大都與成人相處，能使我成為一名全面性的人，過上多彩多姿的生活，而且永遠不會有同儕壓力，或遇到其他有許多心理問題的青少年。

我一直是獨生女，安娜貝拉和尼爾不想再生寶寶了，因為他們有我，已感到非常幸福，而我也從未要求要有弟弟妹妹，一次都沒有。安娜貝拉確保自己每天都吃避孕丸，再也沒有另一次閃失。

我們住在蘇格蘭某湖邊的房子裡。我從來沒去過蘇格蘭湖邊，卻心嚮往之。我知道安娜貝拉和尼爾把家蓋在湖邊，我們就住在那裡。那是一棟令人驚豔的房子，由安娜貝拉和尼爾親自設計，所有與工程相關的決定都由他們來指示。在我之前，房子就是他們的寶寶，事實上，房子在我出生前兩年才完成。

房子有波光豔瀲，靜謐絕美的湖景，我們有一艘船，有時會開到湖上。我們喜歡釣鱒魚，尼爾在家中花園，為大家蓋了一條很神奇的鐵道模型，因為尼爾跟我一樣喜愛火車。那是他的一項嗜好，他還喜歡畫老教堂。小時候，安娜貝拉和尼爾會帶我去搭詹姆斯黨號蒸汽火車（Jacobite，譯注：行駛於蘇格蘭高地間的蒸汽火車，出現在哈利波特電影系列中）。尼爾和我常一起去莫勒湖（Loch Morar）看火車進站。

安娜貝拉和尼爾因為工作的關係，必須經常旅行。他們在家中有辦公室，我們常得留客過宿，但有時他們為了去見客戶，得出遠門。我去過許多歐洲城市：巴塞隆納、維也納、布拉格、巴黎和佛羅倫斯。安娜貝拉和尼爾旅行時，總是帶著我。

老爸走進廚房。

「我覺得我們應該帶妳媽媽去看醫生。」他說。

我點頭同意，這聽起來很合理。

爸爸看著冰箱裡，「沒牛奶了。」

「有蘋果汁。」我說。

「我們回家路上買點牛奶。」

「媽媽還在睡嗎？」

「她在洗澡，我說服她去看醫生了，她跟我說，有人跟蹤我們。」

「要我陪你們去嗎？」

「我覺得該有個孩子陪我們去，米奇好像起來了。」

「我去吧。」我滑下椅子說。

「好。」老爸說。「我去打電話，看能否約到緊急約診。」他消失在走廊上。

老爸跟我都知道莎拉不會陪他去，不單是因為她在生老爸的氣，也因為莎拉在週末，不到下午一點是不會起床的，而現在才九點半。我不知道她怎麼能在床上待那麼久，我肚子會餓，我想她八成熬夜跟別人在line上聊天。我們有一次收到一堆寄到家中地址的物品，都是給莎拉的禮物：名牌包、香水、比基尼和一張加框的馬匹照片。莎拉坦承自己跟某位德州的四十歲土豪聊天，對方住在農場裡，這些禮物全部是他從美國寄來的。老爸逼莎拉刪掉這名臉友，遏殺她當女牛仔的美夢。

老爸頹喪的走回來，「他們沒有空檔了，我跟醫生連絡上，他說診所那邊能幫的忙不多，建議我們直接送她去醫院，要我們幫她準備住院的物品——以防萬一。」

「噢，」我說，聽起來不太樂觀。

一個小時後，我們載媽媽來到醫院，我們找了地方停車，老爸很不情願的付了停車費。我們離開偌大的立體停車場，跟著往急診室的指示牌走。大夥經過一位穿紅色晨衣的瘦弱女士身邊，女人腿上打了石膏，問我們有沒有看到她的獨輪車，我們表示沒有。

我們到了急診室，有幾個人站在門外抽煙。我們走進去，直接帶媽媽到櫃臺。我們努力解釋偷竊、在平底鍋裡放火，以及媽媽叨唸的奇怪話語。櫃臺後的女士請我們填一張表格，然後叫我們坐下等候。

媽媽耐心的坐著，爸爸問她要不要看雜誌，她說不要。我四下觀望候診室，想弄清每個人來這裡的理由。有些人一看就很明顯，有的人則不太看得出來。

有位老太太瘀青著一隻眼，獨自坐著，我替她感到難過。她若不是摔倒，就是被搶，希望她不是遭搶。候診室裡只有兩個小孩，一名約七八歲的女孩，戴著耳機，坐在父母旁邊，女孩手上纏著繃帶；另一名是長了紅疹的小男孩，媽媽陪著他等，小男孩正在用iPad玩手遊，他不斷的鬆開一隻手，去撓他的肚皮。「別抓。」他媽媽說。「iPad用兩手握好。」我想像手上纏繃帶的女孩被豚鼠咬了，起紅疹的男孩則是吃了太多番茄，因為他的紅疹看起來跟山姆的很像，我這位朋友若吃太多番茄，就會起疹子，龍葵屬的食物，他只能吃一點點。

「應該不會太久了。」爸爸對我們說，「我見過醫院更忙的時候。」

老爸偶爾會帶在體育課受傷的學生掛急診。

「我打算把我知道的一切都告訴他們。」媽媽說。

等終於輪老媽看病時，她跟著醫師走入一個房間，爸爸和我在另一個房間等候。我們坐在藍色椅子上，我看著牆上的海報。**母奶最好。看到這張海報時，請洗手。需要打流感疫苗嗎？咳嗽與噴嚏會散播疾病。**接著醫生表示要單獨見爸爸跟我。

「我們想讓她住院。」她說，女醫生是威爾斯人，留著紅色長髮，戴眼鏡。我們在另一間有一張床和三把椅子的小屋裡。

「她會恢復正常嗎？」我問。

醫師對我微微一笑，「我認為應該會的。」她說。

「她究竟出了什麼問題？」爸爸問。

「我們認為，她是短期性的思覺失調。」

「這種失調會維持多久？」

醫師聳聳肩，「有可能幾天，幾個星期……我們得就近照顧她，幫她復原。我們醫院有新設的精神健康部門，因此她不必轉院。」

爸爸看起來壓力超大。

「別人也會有這種問題嗎？」我問。

醫師再次微笑，「當然啦。這種問題比妳想像的還要常見，如果妳想做搜尋，我們稱之為短期精神失調。我必須問的是——妳能想出任何可能導致令堂精神失調的理由嗎？」

爸爸搖搖頭。

「通常是壓力或重大事件引發的。」她提示說。

「媽媽和爸爸正在試分居。」我說。

「啊。」醫師鼓勵的點點頭。

「而且可能成為永久性的。爸爸愛上一個十八歲女生，她叫凱莉・迪爾，讀第六學級。」

醫生露出驚異的表情。

爸爸緊張的哈哈笑著，好像我講了笑話。他清清喉嚨，發現我們兩人都在看他。「家裡的氣氛的確是有一點緊繃。」他說。

醫生從眼鏡上端瞅著老爸，「原來如此。」

「媽媽決定燒掉我們所有的照片。」我說，「應該算是一種宣洩洗滌的方式吧。」

醫生一臉訝異的問：「這是她跟妳說的嗎？」

「不是。」我表示，「是我自己得出的結論。」

我知道何謂「宣洩洗滌」（catharsis），古希臘人說，看悲劇會有這種作用，意思是看完殘酷的表演後，心靈會得到發洩。

醫生看看老爸，他聳聳肩，露出一種，是啦，我知道她是我的孩子，可是我無法為她說的話或想法負責。

「是的，呃……」醫師站起來，「請跟我來，我帶你們去她那兒，讓你們看看她在何處，你們可以在訪客時段回來探訪。」

爸爸和我跟著醫生穿過許多走廊，然後搭電梯到上面兩層樓，再穿過一堆走廊，最後來到精神科病房。我知道這是精神科病房，因為門上有個大標示。

「她在那邊，靠窗的第二張床，你們若有任何需要，就請櫃臺幫忙。」醫生留下我們離開了。

媽媽坐在床上，全身穿得好好的，正在玩報紙上的字謎遊戲。「線索就在這裡。」她說。

「我們現在得走了。」爸爸告訴她說，「我們會很快回來看看妳的狀況，如果妳需要任何東西，打電話給我們。」

媽媽抬頭看著我們，「我把我的手機藏起來了，」她說，「他們不會發現我在這裡。」

「好的。」爸爸點點頭。

「媽媽再見。」我說，不太想那麼快就離開她。

媽媽對我微笑，「別忘記寫功課唷。」

我們把媽媽留在精神科病房，回去取車和付停車費。我們排隊把停車單放入機器，讀取我們在醫院停留的時間和該付的費用。爸爸看起來很懊惱。

回途中，爸爸或我都沒說半句話，感覺就像我們把狗兒留在狗舍了。我們知道那樣很安全，卻覺得罪惡。我們家沒有養狗，媽媽說那樣不公平，因為白天家裡都沒人。安娜貝拉和尼爾有一條狗，一條叫朗佐的邊境牧羊犬。

我們帶朗佐繞著湖邊慢慢散步，有時我們去釣鱒魚，牠會跟我們一起上船。朗佐是一隻非常特別的狗，是那種你若掉進河裡，會去救你，或發現有人闖入家中，會警告你的狗。幸好朗佐都不必做那些事，因為我在水邊不會惹禍，而且安娜貝拉和尼爾有三菱休旅車的安全系統，能以紅外線感應器，偵測到任何動靜。

我很不願意留下媽媽，但卻很高興能遠離醫院。我超討厭醫院，因為會讓我想到死亡。

對於我將來會死掉這件事，令我極為難安。我常想，如果人都得一死，活著的意義到底是什麼？似乎沒有人能為我回答這個問題，我希望等自己老時，已經能弄明白了。我把死亡當成是一隻在廚房中，老在你眼前亂飛的討厭果蠅，可是似乎總也打不著。大部分時間你會忘掉牠，但就在你正要咬三明治時，牠又出現了。

我從小知道有死亡這件事後，便苦惱不已，我經常哭，無論媽媽怎麼安慰都沒有用，害她挺擔心我。莎拉或米奇對自己會死亡這件事，都沒有如此歇斯底里的反應。最後媽媽為了安撫我，便告訴我說，等我老時，長生不老藥就發明出來了，我有很長一段時間都深信不疑，現在我知道她在說謊了。

上幼兒園時，老師讀聖經故事給我們聽，我問爸爸媽媽很多關於天堂的事。爸媽不信教，雖然我在問到科學相關事宜時，媽媽很樂於不時的給我希望，但是問到天堂和死後人們去哪兒時，她就懶得多說了。

「哪都不去嗎？」我說，「他們哪兒都不去嗎？」

「哪兒都不去，蘿兒。人死了就什麼都沒了，所以我們才要努力享受這個世界。」

「什麼都沒有了嗎？」我會接著問。

媽媽就搖搖頭，然後繼續手邊的工作。我看著她站在廚房窗戶邊刷洗馬鈴薯。媽媽看起來非常高，因為那時候我比現在矮小許多。我無法相信死後就什麼都沒了，雖然我知道自己永遠不必擔心死亡的事，因為神奇的不死仙丹會發明出來，但我還是很困擾。**什麼都沒了？**

我知道自己是認識的人中，唯一從四歲開始就有存在危機的人。

我搜尋過**生命的意義是什麼？**結果發現對這種事想太多的人，都有存在危機，所以我才會知道。

後來我讀到有這些想法的孩子，多半可能極為聰穎、有天分，或有某方面的異稟，這令我心情飄了一小段時間。

不知道在網路發明之前，人們都在幹嘛。我想像網路發明前的年代，人們只會糊里糊塗的四處遊走，或利用圖書館。

我們到家時，門階上有一架電動碎紙機，爸爸把機器拿起來，放到門廳內。屋裡再次飄出蛋糕香，米奇穿著媽媽的圍裙在廚房裡，烤箱裡有兩個蛋糕。

「兩個蛋糕嗎？」我問。

「其實是一個蛋糕。」米奇說，「海綿蛋糕，分烤兩層，中間要鋪餡料。」

爸爸看著米奇打發的那碗鮮奶油，「你去店裡了？」他問，意識到我們剛剛開過商店而不入。

米奇點點頭，「我買了麵包、牛奶和幾項材料，是拿放在餐具罐後頭的十英鎊買的。」他說。

爸爸看著那包米奇放在流理臺上，切好的麵包，說道：「我怎麼不知道餐具罐後邊有十鎊鈔票。」

「媽媽向來會在後面擺一張十鎊鈔票。」米奇說，「現在得重新放張鈔票了，那是緊急用的。」

老爸似乎想說，海綿蛋糕不算緊急狀況，但他改變心意，嘆了口氣，打開皮夾，重新塞了張鈔票到罐子後頭。

他打開袋子拿出幾片麵包，「我要做起司醃黃瓜三明治，」他說，「有人想吃嗎？」

「我要。」我說，起司醃黃瓜三明治是我的最愛。

「我也要。」米奇說。

「莎拉人呢？」老爸問，「她起來了沒？」

米奇點點頭，「她在客廳看《我的希臘婚禮》，吃蜂蜜堅果圈穀片早餐。」

「那個跟起司醃黃瓜三明治不搭。」我說，「而且現在人家改名叫『蜂蜜圈』，堅果兩個字拿掉了。」

「那我就幫我們三人做吧。」老爸說。

爸爸幫我們做好三明治，三個人坐在廚房餐桌上安靜吃著，什麼話都沒說，烤箱裡的兩片蛋糕，慢慢膨脹變大。

吃完午餐，我決定搭公車進城。每次家裡或學校出問題，我就會跑去火車站看火車。

我買了最便宜的兒童票到下一個火車站。我拾級而上，走到月臺，火車站裡只有兩個月臺，我在火車開往倫敦利物浦街的那個月臺上候車。這個時段，每十五分鐘有一班火車，星期中的尖峰時刻，則是每十分鐘一班。

我沿著月臺走，離開所有站在樓梯頂端的人。我坐到長椅上，等候下一班火車。有個男人坐在長椅另一端，我之前見過這個人，他似乎跟我一樣，會在火車站待很長時間，而且通常站在月臺底端。

男人看起來像某個人的爺爺，他穿了一件舊的油布夾克，戴著一頂有羽毛的棕色帽子。他正在一個小筆記本上寫著，那枝筆甚至比本子還小。

廣播宣布下一班火車即將進入第二月臺，也就是我所在的月臺。所有人開始拿起自己的行囊，準備上火車。

我從來不確定自己在看火車時，最愛哪個片刻，究竟是火車即將抵達之前，還是遠遠看到火車時——雖然你完全知道開進來的會是什麼，卻依然對最終將抵達的火車充滿興奮。

還有另一個時刻，我也超愛火車真正到達的那個瞬間。因為太喜愛了，因此火車到站時，我常想要放聲大笑。我不知道為什麼會這樣，就好像你等了又等，既興奮又害怕，等火車真的抵達了，你會覺得怎麼會有這麼棒的事，所以只能哈哈的笑了。

火車到了，我按捺住笑聲，結果發出奇怪的打嗝聲。長椅另一端，戴帽子的男人瞄我一眼，然後很快別開眼神。他在自己的小筆記上打著叉叉。

月臺上每個人都上車了，除了我和同我一起坐在長椅上的男人。

他也沒搭下一班車，不知他是否在等人，或者像我，只是來這裡看火車的。

我們一起坐在長椅上，兩人雖然沒有交談，卻覺得在同一張長椅上坐了這麼久，彼此是一體的。「你在等候嗎？」我問。

他瞥我一眼，「我們全都在等候。」他說，然後很快調開眼神，因為有兩名女士推著行李箱，從我們面前的月臺走過。

現在的人不會跟他們不認識的小孩說話，因為會被指控是戀童癖。我喜歡跟大人講話，因為可以從他們身上學到東西，而且我覺得在月臺上很安全，四周都是人。何況我並不是一個特別可愛迷人的孩子。

我又試了一遍，「你是來看火車的嗎？」

「是的。」

「我也是。」

他再次看看我，這回帶了點好奇。「真的？」

我點點頭。

「現在看火車的人不多了，」他說，「妳是新一代的人。」

我又點點頭，想讓他覺得我瞭解他在說什麼。

「妳不用錄音機嗎？」他問。

「不用，」我說，「我沒那麼先進，我只是喜歡火車而已，還有時刻表。」

「啊，」他說，「妳不是來觀察記錄的，對吧？而是來看的。」

「我喜歡看。」我說，「而且我超愛時刻表的。」

「他們現在比較不印時刻表了，全都數位化了。」他頓一下，或許正在想時刻表的事。「我喜歡的是引擎，」他說。「有時我會用錄音機，不過今天沒有，不值得麻煩，這裡用不著。我小時候有伊安・艾倫（Ian Allen，譯注：鐵路相關書籍與雜誌出版商，帶動二戰後英國校園的男學生，火車觀察記錄的風潮），那時候容易多了。我想妳應該不會記得那些吧？」

我搖搖頭，「我有一份ABC的火車時刻表，就在我的寢室牆上。」（譯注：ABC，一八五三年出版的火車時刻表指南月刊，又稱Alphabetical Railway Guide）

他看起來挺開心，「噢，舊的ABC啊。」

另一個月臺有廣播，我們可以聽到火車駛近。

「妳等一等。」男人說，「三八八，一二九，過站不停。」

火車疾駛而去，沒有停駐。我忍不住微笑，而且發現男人也在笑。他拉著自己的帽子。

「我以前沒見過妳。」火車離開後，男人說。

「我不能常來。」我說，「我得上學，而且我家人沒辦法理解，他們不懂看火車有什麼意義。」

「要意義有什麼意義？」男人說。

月臺又開始站滿人了，風很大，有張報紙沿著月臺飄飛。

「我得走了。」我說，「我得回家吃晚飯，而且我媽媽住院了。」

「希望她早日康復。」男人說，「對了，我叫瑞亞。」說著他伸出手。

「我叫蘿兒。」我說，兩人很嚴肅的握握手，我們的關係已經不再僅是共享同一張長椅了，我們是火車粉友。

「也許以後會再見到你。」我從長椅上起身。

「也許呵。」瑞亞推一下他的帽子說。

中午，我跟山姆坐在一起吃午餐，我吃軟起司三明治和一顆橘子，因為週二可以吃橘色食物。山姆吃小片紅椒、黃瓜、胡蘿蔔和切碎的芹菜，各裝在很小的容器裡。山姆喜歡按食物顏色分開擺，再各別吃。他說吃各種顏色的食物很重要，因為那樣我們的細胞才能發光發熱。

山姆和我喜歡一起吃午餐，因為很安全；我們可以暢所欲言，不會顯得奇怪，通常別人都把我們當怪胎。我們很少一起在走廊、大樓外晃蕩，因為這樣會害我們變成標的，受到嘲弄。我們若待在一起，別人就會對我們亂喊，糗我們，以為我們不僅是朋友而已，因為在學校裡，異性朋友不會只是單純的在一起。這其實完全抹殺了「男女混校」的意義了。

我對男女混校的結論是，大部分青少年都很毒舌、刻薄，當然了，他們也曝露在「同儕壓力」下。「同儕壓力」是一種蠢說法，意思是，一個人總想跟別人一樣，這樣他們的生命才有歸屬感。問題是，我們的生命並不屬於任何地方，我們只是住在藍色的旋轉星球上，極小空間裡，一坨偶現的細胞罷了，而這顆藍星球還迷失在浩瀚的漆黑宇宙裡。我的想法是，青春期的男女生，各有不同的惡毒，因此，如果能曝露在較不惡毒的類型中，必然是件好事。可惜我家爹娘不這麼認為，他們比較喜歡「男女混校」的教育。

山姆和我都認為，讀中等學校，形同坐牢。如果我們不親自服刑，我們的父母就得幫我們服刑，那樣對他們並不公平，因為他們已經坐過牢了。我們老師總是告訴我們，如果我們蹺課逃學，爸媽就會被送去關，而且我們永遠找不到好工作。找份好工作，意味著能住到好的地區；也許有車子、去度假、買臺大電視。到時我們就會跟每個人一樣，感覺自己屬於宇宙的某個地方了，即使我們並不屬於任何地方，因為根本無處可以歸屬。

山姆和我坐在學校禮堂的桌邊，桌子很大，因為他們老愛把兩張桌子併在一起。今天山姆和我獨自坐著，可是由於桌子很大，常會有來自其他不同班級，不出風頭的孩子加入我們，有時甚至連不同年級的學生也會過來，他們想找個能安然吃飯的地方。

「呃，噢。」山姆放下胡蘿蔔，若有所思的咀嚼著。

「怎麼了？」我問。

「在妳後面。」

我還來不及轉身，就有兩個我們年級的女生走過來了，裘莉・懷爾斯和布蕾妮・席維。

她們停在我們的桌前，低頭狐疑的望著我們，彷彿我們是次等物種，是獵物，但不怎麼可口。

「蓮恩・派克斯想跟妳說個話，」裘莉說，「她在外頭。」

「是呀。」布蕾妮說，「她要揍妳，如果妳不立刻過去，她放學也會逮到妳，我看妳還是乾脆現在就出去吧。」

山姆垂眼看著自己的午餐，他根本救不了我，他就像一個在海上被捕的海盜一樣，被迫看著朋友在他面前走向木板跳水。

「好吧，」我說，心裡冒出一句話，**反抗是沒有用的**。

兩名女孩從桌邊退開，我慢慢收拾自己的東西，仔細收摺包裹三明治的錫箔紙和橘子皮。詢問對方為何要揍我已經沒有意義了，問了只會讓事情變得更糟，反正我不是她們一夥的，這個理由就夠了。

我走到附近垃圾桶，丟掉錫箔紙和橘子皮，兩名女生已經朝門口走了，她們走出學校禮堂到操場上。布蕾妮回頭望著肩後，確定我還跟著。她們不想近距離跟我說話，以免別人以為我這種人，跟她們是朋友。

外頭野餐桌邊聚集了一群人，人數不足以引起任何老師的注意（反正老師們在午餐時間都閃了），但又足以讓我知道，她們在等我，而且對蓮恩・派克斯來說是件大事。我是她最新的征服對象；一個用來當風雲天使的祭品，鞏固她在西地綜合中學的世界中，受人敬畏的地位的人。

蓮恩夥同一群女戰士走了過來，不知她要用什麼話來攻擊我？

「妳老爸是他媽的變態。」她說。

「是啊。」布蕾妮在一旁幫腔，「而妳是個怪胎。」

裘莉向我傾過身說：「妳一直在說我們的壞話。」

這完全是欲加之罪，可我若這麼說，只會激怒她們，因此我保持緘默，沉默一向是最好的辯護。

我摘下眼鏡，放到身後一張野餐桌上。

「別讓她溜了。」其中一名男生在蓮恩後方喊道。

「你他媽的給我閉嘴，塞伯。」蓮恩說。塞伯閉上嘴，遁到附近的磚造大樓裡，裡邊有體育課的更衣間。

接著蓮恩便動手了，她揮拳、踢腳、甩巴掌。雖然我知道會發生什麼，但還是很訝異自己竟然不覺得痛。我毫無還手的意圖，因為那只會延長蓮恩從四面八方擊向我的拳頭，我眼前只見拳花一片。

她突然停下來，瞪了我一秒鐘，然後心滿意足的很快走開了。我踉踉蹌蹌的往後退到桌邊，摸找自己的眼鏡。

人群竊竊發笑，但老實說，他們因為沒見到更多的暴力和血腥，顯得有些失望，大夥很快散了。

我戴上眼鏡，拉直領帶，越過操場，走進人本大樓，心想，音樂教室旁邊的廁所也許最近，也可能最沒有人。

我覺得全身鼓痛，我的眼睛感覺怪怪的，不知道會不會永遠瞎掉。我推門進入大樓時，發現自己正在發抖。

我在走廊上經過兩名十年級的學姐身邊，她們正忙著對上層儲物櫃裡的小貼鏡化妝。我低垂著頭，經過時她們根本沒理我。

廁所裡空無一人，我站到一排髒兮兮的鏡子前，沒想到我看起來竟然不算太糟。

我大膽的稍稍靠近鏡子，我的臉紅紅的，左眼腫大，我垂眼看著自己的腿。我的小腿在發疼；也許雙腿瘀青挺嚴重，但幸好沒有人能看透我的黑色緊身褲。

我對鏡子裡的自己笑了笑，這樣做很奇怪，但有時候，你也只能這樣安慰自己——無論發生什麼，你人還在，而且依然是你。

我不是第一次遇到這種事，但已經有好一陣子沒發生了。我努力謹守不做眼神接觸的原則，在課堂上從不發言。不過偶爾還是會有像蓮恩•派克斯這樣的人會心情不爽，而今天剛好輪到我來改善她的心情。

老爸睡了第六學級的學生，對我的低調隱身，顯然絲毫沒有幫助。

我摘下眼鏡，在臉上潑些冷水。一名女孩走進來望著我，她遁入一個隔間裡，重重將身後的門摔上。我用紙巾輕拍眼睛，然後眨了兩三下。我重新戴上眼鏡，最後再看鏡子一眼。我有把握，不會有人注意到我有任何異樣。這種事根本不可能去跟老師打小報告，蓮恩有一群朋友，一大群朋友，我若去告她的密，就甭在學校混了。我看過其他人的慘況，我會受盡欺凌，像蟲子一樣給人踩死。反正有一天我就不會待在學校了。

鈴聲響了，我衝出門，我得在化學課前，到置物櫃拿我的科學課本。

★ ★ ★ ★

歷史課是我今天的最後一堂課，地點在眾人稱為「小屋」的其中一間教室。這兩棟快速建構的預製活動屋，就蓋在學校操場邊，做為額外教室用。兩間教室冬季時冷到爆，而且老師們不喜歡在裡頭教書，因為沒有互動式白板，他們的筆電也是老出問題。

午餐的遭遇仍令我心有餘悸，我知道自己應該去醫護室處理眼睛，可是他們一定會問我一些奇怪的問題。我努力的專心上課。

今天下午我們上一〇六六年的黑斯廷斯之戰（Battle of Hastings），這是來自法國的諾曼人，欲征服來自盎格魯撒克遜的英格蘭，而於一〇六六年開打的一場大型血腥戰役。新國王一征服英格蘭後，便將土地分給他的愛將。如今英格蘭的大部分土地，仍由這些家族所持有，也就是說，將近一千年來，他們擁有自己的房子、土地和顯示他們尊榮的冠徽。一千年欸！如果你跟其中一位諾曼家族沾親帶故，擁有諾曼姓氏，那麼你就有八百倍擠進牛津或劍橋這類學府的機會了。至少我們老師是這樣跟我們說的。

我感興趣的聽了一小會兒，可是等我們老師拿出一些老地圖，上面有看起來像小百足蟲的維京船隻，駛向英格蘭時，我發現自己再也無法專注了。我想我還是有些驚魂未定，今天真是倒霉透頂，我只想回家，可是就算我回到家，媽媽也不在，說不定連半個人都沒有。爸爸還在上班，莎拉跟朋友出去，米奇倒是可能在家。米奇也不太喜歡上學，但所有老師都很喜歡他，所以他過得比我輕鬆。女生們不會嘲弄他，因為她們會問他頭髮該怎麼打理；男生也不會欺侮他，因為他們還不知道他是同性戀，所以大家很羨慕米奇在女生之間很吃得開。

我望著窗外，操場對面。我的眼睛還在痛，我心想，若能自由自在起身走出門外，越過操場，跑去某個地方，任何一個不是學校的地方，該有多好。我看著一群鳥兒飛過操場，在空中排成V字形，我希望自己像其中一隻小鳥那般自由。我想在空中飛翔，而不是坐在冰冷的教室裡，學習維京人和他們的小蟲船。

我想像自己是跟隨其他鳥兒，一起飛在V形隊伍裡的小鳥，我們的翅膀彼此配合的揮動。鳥類知道如何運用空氣，牠們比任何人都喜歡搭免費的順風車。我想像自己飛高，利用其他鳥兒所產生的空氣動力，帶我前行。我感覺空氣穿過我的羽翼，如果我往旁邊看，就能看到其他鳥兒也享受著這股力量。我看到了雲朵，我若垂眼俯視，便能看到田野屋舍，和所有瘋狂的人類，汲汲營營的過著他們瘋狂的生活。我可以看到學校操場邊，學長們的教室，而那個還是人類的我，正望著窗外，被困在無聊的歷史課裡。我竄到雲頂，看見自己小小的鳥肚邊緣，細瘦的鳥腿就收在下頭。我恣意飛翔，自由自在。

「蘿易莎‧寇森，能麻煩妳把心思放在教室裡面嗎？」

我臉一紅，低頭看著自己的練習簿，我一定是緊盯著窗外看了。我覺得很不爽，我都快十四歲了，算是半自由的人類了，看窗外還要被管。如果你罵青少年幼稚，他們就會開始做出幼稚的行為，所以才會有「中二病」這種東西，所以他們才會如此愛鬧。

奧茲先生繼續指著地圖，然後我們便得寫下剛才學的東西。我們寫下的大多為時事、名稱、日期。我知道自己一離開教室，就會把學的還給老師了，因為我一向如此。我今天在其他教室也學了其他事實，我也會把那些東西忘掉。我會忘記所有的事實，因為我對那些事並不感興趣，因為它們在我腦中全是隨機而零散的，沒有東西能將它們串在一起，也因為它們是被動聽來的，而不是讓我有機會去親自發掘的。

所以安娜貝拉和尼爾才會讓我在家自學，他們瞭解義務中學教育的限制與無意義。雖然我們還是得學基礎知識，但我們一天只學一個科別，通常是在早上。他們鼓勵我利用下午時間，探索自己感興趣的議題。

尼爾教我數學、科學、藝術與地理，安娜貝拉教我英文和歷史，不過當然了，在某個程度上，他們兩個什麼都教我，因為兩個人都在家，我們晚上會一起在回收的柚木大桌邊，在望向湖面的大玻璃窗前討論事情。

下課鈴響，我很高興今天結束了。

大夥離開教室時，奧茲先生已經在擦板子上的維京筆記了。

我在夜裡醒來，想來是因為擔心媽媽的緣故，或是因為今天在學校挨揍，還有些心神不寧。接著我聽到樓梯口傳來細碎的腳步聲，才發現是漢咪將我吵醒的。漢咪是莎拉的倉鼠，去年莎拉數學升級後，爸爸買來送她的，但今年莎拉又降回了一級。漢咪是個毫無創意的倉鼠菜市場名，但並不意外，因為莎拉就是一個非常沒有創意的人。她應該把漢咪關在她房裡，可是漢咪夜裡太吵，莎拉抱怨倉鼠吃東西太大聲，而且在她想睡覺時，會在輪子上運動。爸爸說他會在輪子上塗潤滑劑，但媽媽說，漢咪萬一舔到，可能會被裡頭的有毒物質害死。最後籠子被擺到樓下客廳，然而漢咪逃脫了。

漢咪的籠子是圓的，而且有兩根奇怪的管子，像觸角一樣的伸出來。兩條管子的頂端，就是漢咪的臥房——兩個有透明可拆式塑膠屋頂的圓形容器。有天晚上，漢咪擠掉其中一片屋頂，爸爸說，一定是莎拉沒把螺絲栓緊。莎拉說她有，一定是漢咪設法把螺絲弄鬆了。也許牠拚命轉輪子就是為了逃脫，為了把身體練壯實，弄鬆臥室屋頂的螺絲，計畫逃亡。

之後漢咪在冰箱後邊住了一陣子，我想也許牠還住在那裡，或者至少有些時段如此，剩下的時間，漢咪就在屋子裡頭趴趴走，而且大部分是在晚上。我們試過很多辦法，想將牠誘回籠子裡。頭幾天晚上，我們在冰箱到廚房中間的地板上，留了一道倉鼠的飼料，然後打開牠的籠子門，放在廚房中央。

漢咪吃掉飼料後，又跑走了。

現在我們把牠的籠子留客廳原地，莎拉還是會給牠添飼料和水，漢咪會在夜裡回去，往嘴裡盡可能的塞滿食物，帶回牠目前的躲藏處。我們從來沒抓到牠。

我們都很希望漢咪能安然返回自己的籠子，就像一名從防衛嚴實的美國監獄，藉由加熱系統逃獄的囚犯，他雖遭到全美追緝，卻讓人不得不佩服他的堅毅，偷偷幫他加油，直到他在加拿大某處邊界被射殺後，你才會馬上感到如釋重負。我對漢咪就有點那種感覺，我佩服牠的機智，但漢咪不是犯了一級謀殺罪的犯人，牠又沒做錯事，也不會危害社會。不過漢咪會在屋子裡亂大便，有一天晚上，牠還咬了爸爸留在客廳的報紙。算了，老爸說，**牠只咬了藝術版**。

我偷偷溜下床，來到樓梯口。

「漢咪。」我悄聲說。

悉悉嗦嗦的聲音立即止住了，我雖然很想當那個重新逮到漢咪的人，跟爸媽換取更多的甜點點數——或者只有老爸而已，因為媽媽現在腦子裡裝了別的事——但我覺得不值得花那種功夫。我得打開樓梯口的燈才能抓牠，但可能會吵醒別人。還有，漢咪雖然從來沒咬過我，但誰知道呢，逼急了很難說，而且漢咪顯然很享受當一隻自由鼠。

我回床鑽到被子底下，發現床單已經有好一陣子沒洗了，便鐵了心，明晚至少要穿上乾淨的睡衣。沒有什麼比乾淨的睡衣更令人開心，更能幫助一個人面對世界了。

星期三，我們在點名室時，班上來了個新同學。我從來不瞭解幹嘛要點名。早上第一件事就是點名，午餐後大家跟導師指導小組會面時，在點名室又點一次名，好讓我們的「學級指導老師」做登記。我不懂這有什麼意義，反正我們每堂課都會點名，而且點名時，大家就三三兩兩的坐著聊天。這應該是學級導師對我們發布「重要資訊」，或更動時間表、義賣慈善蛋糕、學校運動活動，或其他無聊事的時間。

新同學站在我們導師威克斯霍先生旁邊，他是教音樂的，因此我們才會在其中一間音樂室裡點名，也因此教室角落才會有一架鋼琴。

威克斯霍先生大聲咳嗽，「各位，這位是菲絲‧開鐸。」

沒人理會老師，因為沒有人想表露興趣，以免被迫騰出空位，讓新來的同學坐到他們那桌，不過倒是有人「哞！」的學牛叫，因為新來的同學姓Cattle，就是牛的意思。威克斯霍先生決定不予理會。

新來的同學也沒做回應，事實上，她好像很無聊，並無學期已過四分之一，才轉到新學校的三年級生該有的緊張。

她看著自己塗黑的指甲，顯然沒有人告訴她，我們學校不許塗指甲油。有些女生會塗指甲油，但通常只塗淡淡的自然色，較不會引人注意。

我發現她畫了相當濃的深色眼影，頭髮往上盤成兩坨髮髻，各據頭部一側。髮髻很大，表示她的髮量很多，而且髮色很黑。體型高大壯碩，但不算胖，只是比一些女生更高更壯罷了，尤其是我，因為我在同年紀中個頭算小的。

威克斯霍先生急切的環顧教室，想幫這位畫著深色濃妝的新生找地方塞。學校裡的朋友群很早就已經固定了，所有桌子都擠滿人，除了我的之外，因為我坐在沒人要的桌子，類似給沒朋友、沒地方去的人坐的桌子。通常我會跟山姆坐在這張桌子，有時會有另一個討人厭，滿臉粉刺，人稱阿零的小孩跟我們一起坐。阿零唯一的野心，就是成為電腦駭客，他希望有天能讓世界的金融系統當機一個小時。也許這份野心很難讓人欣賞，但畢竟也是一種野心。阿零相信自己到了二〇二〇年，便能擁有幹這件事的知識與資源了。大夥叫他阿零，是因為初一時，我們的數學老師阿布罕先生在黑板上寫了一道非常長的數學題，然後給我們半個小時解題，不許用計算機。三分鐘後，阿零舉起手說，**答案是零**，阿布罕老師看著他問，**你是怎麼算出來的？**

有時，一位口齒不清，名叫雅曼達，在香港長大的女生，也會跟我們一起坐在沒人要的桌子。有一陣子，有個叫莎莉安的女生跟我們同坐，但她從來不說話。許多人常嘲笑她，因為大家都知道她家很窮，莎莉安總是穿著條清洗過度的發灰白襪，而且她媽媽老是把她的頭髮剪得笨笨的。有一天，莎莉安離開學校了，大家發現她媽媽遇到一名水管工人，然後他們就搬去施羅普郡了。

威克斯霍先生掃視教室時，我很不幸的抬起頭，不小心對上他的眼睛，而且更不幸的是，我旁邊剛好有張空椅子。

威克斯霍先生對我燦然一笑，「妳何不坐到那裡，」他對新來的女生菲絲說，「坐到蘿易莎旁邊。」

菲絲把眼神從指甲上抬起。

「蘿易莎可以帶妳四處看看，是不是，蘿易莎？」

我幾乎沒辦法點頭。

威克斯霍先生顯然十分得意，「是的，」他說，「蘿易莎這個星期可以擔任妳的好搭檔，帶妳準時去所有的教室。」

我心想，我是最不適合帶人四處參觀的人選，因為我自己老是迷路。我的方向感奇差，也不確定是否想當任何人的「好搭檔」。有時我覺得跟人談話是天大困難的事，因為會有要假扮別人的感覺。因為你在談話時，得跟人「哈啦」，而我非常不會「哈啦」。我跟人談話後，會非常疲累，因為要一直假掰，還要努力聆聽別人說什麼，才能跟他們搭上話。我在學校常得這麼做，所以回到家後，我特別喜歡安靜，大部分時間都獨自待在自己房裡看自然紀錄片。

我勉為其難的把書挪開，騰出空間，接著菲絲便滑坐到我旁邊了。威克斯霍先生回到他的書桌和筆電旁，繼續之前的工作。有人說，他本可當著名的音樂家，可惜他愛上現在的妻子，他們生下孩子之後，妻子告訴他，應該找份適當的工作，不能再帶著他的長號到世界各地跑了。或者那只是個故事而已。

菲絲坐定後，班上的人便不再好奇，教室裡的吵雜聲也恢復了正常。

菲絲開始抄寫威克斯霍先生放到她作業日誌後的課表，她從鉛筆盒裡拿出一枝綠色的螢光筆，開始填滿每天每堂課的六個方格子——全部用綠色。

這讓我感到奇怪，因為我覺得不同的科目，應該用不同的顏色，就像數字、字母和星期，也有屬於自己的顏色。

藝術是唯一綠色的科目，英文是黃色，數學是紅的，科學為藍色，食品科技是棕色，體育課是粉紅色等。我有特定的彩色筆，用每項科目的正確顏色，寫滿我自己的時間表。我還用各自的顏色，在星期的每一天底下畫線。週一是紅色，週二橘色，週三黃色，週四是綠的，而週五為藍色。

菲絲在她的作業日誌裡，用綠色筆寫下所有的科目，看得我頭昏眼花。

「妳要不要借我的彩色筆？」我問她，「這樣妳就能用正確的顏色寫下各個科目了。」

菲絲停下筆，瞅了我一會兒。「綠色就行了。」她說，然後繼續用綠筆抄她的課表。

威克斯霍先生開始點名，當他喊到菲絲的名字時，她從作業日誌上抬起頭說：「在這兒。」而不是喊「有」，惹得其他人哈哈大笑。我想，菲絲不是故意要逗人笑的，她看起來有些困惑，也許她只是太專心抄課表吧。

菲絲寫完後，把綠色螢光筆收回鉛筆盒裡。

鈴聲響了，大夥收拾課本，「妳需要我帶妳去妳的教室嗎？」我問她，她搖搖頭，「我知道怎麼走。」她說，態度沒有不友善，只是表示她知道自己要往哪兒去而已。

大夥魚貫走出教室，菲絲在門邊停下腳，「我下課時可能會去找妳，」她說，「我得知道去哪裡買可頌。」

「沒問題。」我說，我知道威克斯霍先生可能還在看著，或聽我們說話，我想讓他覺得，我有盡到扮演「好搭檔」的責任。「學校餐廳裡應該有賣糕點。」

菲絲點點頭，「我到時應該就會知道了。」

「他們有賣杏仁或原味的。」山姆走過來幫忙說，「不過妳得早點到才行。」

「好的。」菲絲說著，用一對畫了濃妝的眼睛低頭看著山姆。

「也許我應該把我的號碼給妳，」我說，「以免妳需要問我事情。」通常我不會把手機號碼給人，但我覺得自己應該嚴肅的善盡「好拍檔」的角色。老師交付我一份責任，雖然我並不想要，但我向來克盡職守。

「好。」菲絲說著從她的外套口袋掏出綠螢光筆。

「妳有紙嗎？」我問。

菲絲捲起衣袖，「寫到這裡。」她伸出手臂說。

「呃，也許我用說的就好了。」我後退一步。

「說吧。」菲絲表示。

我把號碼告訴菲絲，她把號碼寫到自己臂上。

「謝啦。」菲絲將螢光筆收回口袋裡，轉身慢慢離開教室，沿廊而去。

兩個女生在我們後面咯咯發笑，因為菲絲的緊身褲後面破了個大洞。

星期六早晨，尼爾和我到湖上。我們的小艇靜靜滑過平靜的水面，越過群山的倒影。一大清早，太陽起得很低，天空萬里無雲，尼爾和我帶了釣竿、一盒魚餌和止飢的馬麥醬三明治。

我對馬麥醬三明治的喜愛，幾乎跟起司醃黃瓜一樣。我們來釣魚，主要是享受湖光山色，意不在捕抓任何東西。我們只有在確知釣到的魚種，量體非常充足時，才會把魚留下來吃，因為我們都知道，世界超過百分之七十的魚群數量都在下降。

我們來到喜愛的地點，關掉引擎。這裡好安靜，感覺我們是地球唯二的人類，或我們不小心越過一個隘口，來到了史前時代。

門鈴響了，打破我靜謐的湖上清晨。過了一會兒，門鈴又響了，接著又是一聲。顯然沒有人想去應門，我只好不情不願的下床。

湖上的事，我稍後再續吧。

站在我家門口的，是位穿牛仔褲、球鞋的女生，雖然外頭風不大，但她穿了紫色的防風夾克。女孩的頭髮綁成馬尾，並以彈性黑髮帶固定頭髮，她長得很高，而且相當漂亮，十分健美。

「嗨。」她說。

「嗨。」我說，不知道自己是否認識此人。

「妳是蘿兒吧。」她說。

「是的。」我說。

我們繼續互瞅，她看起來有點眼熟。

「艾利克在嗎？」她問。

我一時間沒搞懂她在說誰。

是老爸。當然了。

我想門階上的這個女生，一定就是凱莉。我不確定我期待她長啥樣，但我沒料到她長成這樣。她看起來很正常，身上毛髮一點也不多。

「應該在吧。」我說，「妳要進屋嗎？我去找他。」我突然覺得不自在，這樣穿著睡衣站在門口的地墊上。

凱莉笑了笑，走進屋裡。她很快環視一下，顯然以前沒來過，這還像點話。

「很抱歉那麼早來吵妳，」她說，「我剛好經過，然後……」

「沒關係。」我說，「其實也沒**那麼早**。」

她感激的對我微笑，我不懂自己幹嘛對這個破壞我家庭的小三這麼好，說不定就是因為她，老媽才會決定在德本漢姆偷東西，拿平底鍋燒我們的照片，不過這得看老媽的精神評估結果而定。

她看起來不像是會惹是生非的狐狸精，可是我覺得自己不應該對她那麼好，我應該對老媽表示忠誠。

我關上前門，用更冰冷嚴酷的眼神看著她，這很難做到，因為我年紀比她小很多，而且還穿了有兔子圖案的睡衣。

「妳眼睛裡是不是進東西了？」她盯著我問。

「沒有。」我臉一紅，垂眼看著自己的光腳丫，我真的該好好練習冷硬嚴厲的表情。

我轉向樓梯大喊：「爸！」，但又不敢太大聲，因為不想吵醒莎拉和米奇。

老爸出現在樓梯頂，他穿好衣服了，但頭髮還是溼的，而且肩上掛了一條小毛巾。他大概剛淋過浴。

凱莉笑得像看見最可愛的東西。

老爸看看我，再看看凱莉。「一切都還好嗎？」

我們兩人都點著頭，不確定他在跟誰說話。

老爸走下樓，帶著凱莉往廚房去。「來吧。」他笑著對她說，我覺得若不是本人擋在那兒，他很可能就抱她或親她或怎麼樣了。

「謝謝。」凱莉說，「希望你不介意……」

他們走進廚房把門關上，似乎把我給忘了。我可以聽到他們說話，但聽不清在講什麼。我從來不擅於偷聽，接著我聽到老爸在水壺裡注水，這一來就更不可能聽得真切了。

門鈴再度響起，我猜他們還沒聽見，因為他們正忙著講話，而且水壺正在煮水，接著門關上了，於是我走回去查看是誰。

隔著長方形的小玻璃，我看出一個穿著粉紅色衣服的像素化形體。

我打開門。

「蘿兒，妳還好嗎？親愛的。來幫我個忙好嗎？重死了。」是奶奶。她把小提箱塞進我手裡，然後繞過我走入走廊。奶奶穿了一件豔粉紅的開襟衫，顏色超粉。「嗨，奶奶。」我手忙腳亂的拎著提箱，往前門一靠，將門關上，奶奶則站在走廊看著我。

「還穿著睡衣呀，蘿兒？都快九點鐘了。」

「莎拉和米奇還沒起床。」這是我唯一能想出來，為自己辯駁的話。

奶奶看見我還拎著提箱，便說：「把箱子放到那邊，蘿兒，擺到樓梯邊。妳老爸人呢？昨天晚上打電話都找不到他，電話一直不斷的響，結果只聽得到答錄機。」

我想起昨晚的一幅景象，老爸坐在沙發上看《今日比賽》（**Match of the Day**，譯注：英國BBC電臺節目），手機就放在他旁邊的茶几上。誰都不許接，是你奶奶。

「他在廚房裡。」我說。

奶奶同情的看著我，「你們大家都還好嗎？」她說，「太可怕了……我姐姐垛樂絲五十七歲時曾經離家出走，因為她認為郵差是俄國間諜。」

「我們都沒事。」我說。

「那樣就對了。」奶奶說。

我看看廚房的門，裡頭的聲音停了，老爸一定是聽到奶奶說話，不知道他要如何解釋凱莉的事。

「媽媽在德本漢姆偷東西，」我努力繼續談話，以免奶奶走進廚房。

奶奶眉頭一皺，「蘿易絲，有些事情最好別大聲說出來，要守口如瓶才好，以前人家說，要藏在帽子底下。當然了，如果是家人，就沒關係，不過有些事還是最好別提。」

我點點頭。

「這門幹嘛關著？妳爸爸又把吐司燒焦啦？」

奶奶不等我回答，逕自推開廚房門。爸爸立即轉過身，凱莉已不見蹤影。廚房桌上有兩個裝著即溶咖啡的馬克杯，一個馬克杯上是雞的圖樣，另一個杯子印著「我寧可滑水」的字樣。

「哈囉，老媽。」爸爸說。

奶奶望著兩杯咖啡，「妳現在喝咖啡啦？蘿兒？」

「當然。」我冷冷的答說，看著死盯住地板的老爸，不知凱莉是否躲在餐桌下了，接著我發現後門微微開著。

奶奶把她的手提袋放到餐桌上，「那我也喝一杯吧。」她說，「不要即溶的，我受不了即溶咖啡，喝了會頭疼。我想過來看一下你們大家是否都好，我相信她過幾天就沒事了，人嘛，有時都需要休息一下的。」

老爸不停的瞄著後門，他走到水槽邊，再次往水壺裡注水。「妳怎沒跟我們說妳要過來。」他說。

「你又沒問。」奶奶說，「艾利克，如果你偶爾接一下電話，我就能告訴你了，不是嗎？」

「妳可以留個話呀。」老爸生氣的說。

「我受不了那些語音答錄，總之，我想你們可能需要人手幫忙。垛琳說她會到我家餵克萊夫。」

克萊夫是奶奶的貓，我爺爺過世後，奶奶才養的。不過爺爺的名字不叫克萊夫，他叫法蘭克。爺爺以前會種菜，小時候爺爺常把我抱在膝上顛著玩，讓我吃餅乾罐裡所有的堅果薑餅。

老爸轉身瞅著奶奶，奶奶已經坐在桌邊脫鞋了。她從手提袋裡抽出一雙拖鞋，我向來對奶奶能在小提袋裡塞下這麼多有用的東西，感到不可思議。

「妳要留下來？」老爸惶惶不安的問。

「我會住幾晚，直到你們大家生活都上軌道。」

老爸再次看向後門，「蘿兒，能麻煩妳……去檢查一下，妳知道的，就是……車庫裡的狀況？」

父女倆面面相覷；老爸幾乎是用求的，我則努力傳達自己的不情願。

「好吧。」我說。

我套上一雙老爸留在後門的舊球鞋，這鞋實在太大了，我覺得自己像在穿蛙鞋。我把老爸和奶奶留在廚房，自己穿著蛙鞋到外頭，一路啪嗒啪嗒的踩著介於廚房外牆和鄰居圍籬間的碎石路，來到車庫門口。

車庫裡，凱莉耐心的等在儲物箱和舊家具之間，她靠在老爸的飛輪車上。

「噢，嗨。」她說，好像被我看見自己老爸的幼齒女友，躲在我家車庫裡，是件再自然不過的事。

「呃，好的。」我移向車庫門邊，「這門是電動的。」凱莉仔細的看我按哪個鈕，大概怕萬一自己又被困在我們家車庫。

車庫門緩緩升起，凱莉一副很想鑽過底下，速速離去的樣子。

「最好等一等。」我說，「等門開到頂端再走，否則可能有危險。」

凱莉點點頭，退後一步。「我知道妳一定覺得很奇怪，蘿兒，可是妳父親和我……我們真的很快樂。」

我不確定該怎麼答腔，便假裝專心看移動的門，和越來越寬的車道。

「愛情與年齡無關。」

「是啊。」我說，完全不想繼續對話。

凱莉對我笑了笑，「謝謝妳的理解。」她說，「不是每個人都能懂的。」

這種假設令我不自在，但我還來不及說什麼，車庫門便停住了，凱莉走到車道上，「再見，蘿兒，我得趕緊走了，我還有游泳課要上。」

我看著她，覺得她說的是實話。凱莉看起來不像撒謊精，「好吧。」我踩著巨大鬆垮的球鞋，不安的挪著腳。

一輛桑斯布里（Sainsbury）超市的貨車停到了狄索扎太太的隔壁門外，我覺得冷，而且我的棉睡衣有點單薄，雖然那是我的冬季睡衣。

凱莉走下車道，對我揮揮手，我也尷尬的揮手，看著她滑亮的馬尾左搖右晃。

我回到廚房，奶奶坐在桌邊翻閱《廣播時間》的節目週刊，老爸則把薄薄的培根片往炒鍋裡放。

「我幫大家做培根三明治當早餐，」老爸對我露出略帶罪惡，並過度友善的笑容，自從他宣布有外遇後，就一直這樣對我們大家笑。「犒賞一下。」他說，像是在看完牙醫後賞我糖吃。

「謝謝。」我心想，且不管其他，反正我不介意來份培根三明治。

「別忘了妳的咖啡，蘿兒。」奶奶說，「都快涼掉了。」

那天下午米奇和莎拉起床後，我們一起去醫院探望媽媽。奶奶沒跟我們去，她說那樣媽媽會「吃不消」，而且車子也擠不下那麼多人。

我們離開時，奶奶穿著她的拖鞋坐在沙發上，捧著一盒土耳其軟糖，看《與我共餐》（Come Dine with Me）的節目重播，這個電視秀會邀陌生人到家中為彼此做飯，並在對方臥室裡東張西望，嘲笑人家有什麼東西。

莎拉坐在車子前座，老爸旁邊，但她還是不肯跟他說話，甚至拒吃老爸給她的培根三明治。

我坐在後座望著窗外。這是個晴朗多風，小熊維尼所說的「起風的日子」。樹葉開始變黃了。

秋天是我一年中最愛的季節，媽媽說她不喜歡秋天，因為萬物皆亡或進入休眠。可是我喜歡秋季，因為令我想起小時候，在一堆堆的枯葉上跳躍，還有穿著塑膠長筒靴涉過水坑的日子。我喜歡在公園的樹林底下，採集七葉樹的果實和種子，喜歡看枯脆的棕色葉子在人行道上旋舞，反正有的時候，事物得先置於死地，然後才能重生嘛。

湖邊秋色絢爛瑰麗，樹色有紅有橘有黃，顏色不一而足，我們還有紫色的石楠，水裡的倒映看來就似一片鏽色的拼布。有時清晨的水面會罩上一層霧氣，整片湖色宛若神奇的仙境。我們還有紅色的鹿，牠們會來到房子近處，公鹿在交配季節為了爭奪母鹿，而四角相抵，有如拳擊場上的拳擊手般，彼此前後的推來頂去。

我們把車子停到醫院附近的住宅區，就不必繳停車費了。這裡其實沒有很近，我們得沿著主幹道旁邊的草地，走到醫院入口。我們像小鴨似的跟著老爸，彼此都隔了一點距離，這樣別人才不會誤以為我們是一家人。

醫院主大樓外有一個小圓環，圓環上擺了現代雕塑，幾根以鮮豔的原色，像扭棍般的巨大雕塑，占據了整個圓環。我覺得那些高大的雕塑十分張牙舞爪，讓人看了無法放鬆。我若是住院，每次往窗外一望，一定會覺得地球被巨大的外星棍蟲給侵略了。

我們找到母親的病房，一位護士搭住老爸的臂膀，「我想，讓孩子們單獨見她，會比較好。」

「為什麼？」老爸說，「我是她先生。」

「只是名義上而已。」護士說，「您要不要先去走廊上等一等，那邊有販賣機，他們今早才加了薄荷口味的巧克力棒。」

「好吧。」老爸說，似乎挺想吃薄荷巧克力。

我們看到媽媽時，她正坐在床上，腿上擺了張小桌子，在著色本上塗色。桌上擺了各種彩色筆，還有削下來的螺旋狀筆屑。

大家圍到床邊。

「這是治療的一部分。」媽媽說，「我要畫一片叢林，需要更多的綠色，可是綠色老是不見，五號床的瑪莉把綠筆藏到她的枕頭下了。」

我看著那個不是我媽媽的媽媽，她跟以前一樣，外觀上沒變，但其他部分都走樣了。真希望我年紀再小一些，那樣我就能爬上床跟她窩在一起，媽媽填著色，我倚在她的毛衣上，就像小時候一樣。

我現在當然不能這麼做了，因為我已經十三歲半了。反正媽媽也沒穿毛衣，醫院裡太熱，穿不了毛衣。

莎拉翻著別人留在媽媽床尾的時裝雜誌。

「請便。」媽媽說，「那不是我的。」

「妳覺得好些了嗎？」米奇問。

「他們不給我鉛筆，」媽媽說，「除非你到達第二階段，到了第三階段，我就能有電話充電器了。」

「奶奶要在家裡留宿。」我說。

「那很好。」媽媽說，她正忙著挑選畫鸚鵡的紅色。

莎拉倚著床沿，依然在看雜誌，我想是藉此化解心中的不悅吧。「這裡有張折價券，」她說，「Topshop的八折券，竟然都沒有人剪下來。妳有剪刀嗎？」（Topshop，譯注：英國知名時裝品牌）

「要到第四階段才會給剪刀。」媽媽說。

「用撕的呢？」米奇建議道，「是Topshop的男裝還女裝？」

莎拉怒瞪著米奇，「只有女裝啦。」她說，火速將紙頁撕下來。

我們沒辦法陪媽媽太久，因為醫院開始送午餐了。「他們只發熱甜食，」媽媽說，「罐頭奶醬。就像在學校一樣。」

我們沒有人確知該如何跟媽媽道別，米奇先過去抱她，然後莎拉，再來是我，大家排隊輪流抱她。

抱了一輪後，媽媽看起來好累。等我們離開病房時，我回頭瞄了媽媽一眼。她已經挑出一根藍筆，開始給另一隻鸚鵡上色了。

山姆和我在星期一下課時間或中餐時段，都沒有看見新來的同學菲絲。她跟我們有少數課程重疊，但我們並沒有說到話。我發現菲絲若需要問我事情，自然會問，也許她的方向感很好，並不需要「好搭檔」，她一定是找到自己要的可頌了。

我一直到第三天早上，才在點名室裡見到她。

她今天在頭上簪了一朵黑花，塗著紫色唇釉。我從來不塗口紅，原因有幾個。第一，我擦口紅看起來很怪，像是在玩扮家家時，偷溜到媽媽臥房，從她的化妝包裡借口紅。第二，因為我嘴唇很乾，口紅會讓嘴唇更加乾燥。我喜歡在嘴上塗乳木果油潤唇膏，根據罐子上的說明，這是天然，未加化學藥劑的唇膏。我不擦口紅還有一個原因，有一次我在美容院等媽媽時，在雜誌上讀到，女人每年在不知不覺中，平均會吃下多少口紅——害我覺得想吐。

「嗨。」我對坐到我身邊的菲絲說。

「喲。」她輕鬆的答道。我發現到目前為止，所有女生都在迴避菲絲，也許因為她是新來的，但我覺得，這跟菲絲看起來有點嚇人脫不了關係。她似乎非常自信，不過媽媽曾經告訴我，那些看起來最有自信的人，其實最沒有信心。

我還來不及講別的話，威克斯霍先生已經站起來說：「去集會！」了。

大家發出呻吟，接著一陣沙沙書響和咿呀的椅子推挪聲，眾人紛紛離開教室。

我們原本應該安靜有序的走去集合，但通常得等大家接近禮堂，威克斯霍先生要我們排成一列進去時，眾人才會安靜下來。

集會通常由一位資深教師主持，有時會有雙主持，要站在三百名青少年面前，兩人比較安全。

今天達德先生一個人站在講壇後的舞臺上，不過我發現我們的歷史老師費曼先生站在禮堂後方，隨時準備沒收學生在集會時拿出來看的手機。

手機若被沒收，會非常麻煩，因為得等到放學後才拿得回來。你得去前廳辦公室，跟所有其他當天電子產品遭到沒收的學生一起排隊，然後還得等人家找到保險箱的鑰匙，才能看到那些因為怕被偷走，而在保險箱裡「坐牢」的可憐手機和 **iPad**。

達德先生宣布今天的集會將「十分勵志」，我們會聽到「有傑出表現」的高年級生演說，他們將與我們分享個人獨特的嗜好與成果。接著達德先生匆匆補充說，所有成果，都沒有影響到每位學生的課業表現。

首先，一名第六學級的學生走上臺，為大家演奏吉他。他彈得相當好，大家紛紛鼓掌。達德先生接著問了他一些關於他參加樂團的事，以及他們在何處表演。

接著一位在eBay販售陶製小動物的女生走上臺了，達德先生問她需要用到什麼商業技巧。這位讀十年級的女生十分安靜，她捧起一堆小小的陶製動物給大家看，可是我們幾乎看不太到，因為東西太小，距離又太遠。

接著達德先生宣布一位第六學級的學生上場，這回是運動項目，而非音樂上的成果。上來的人就是凱莉，她穿著緊身藍色牛仔褲，紅色帆布鞋，和一件用巨大白色字體寫著「法國」字樣的黑T恤。我們學校第六學級的學生不必穿制服，他們運氣真好。

凱莉上臺時看起來很放鬆，她拿著一面像獎牌的東西，頭髮再次綁成滑亮的馬尾。我有一種奇異的感覺，覺得有可能正在看著自己未來的繼母。

達德先生問了她一些問題，她告訴大家自己如何在第一次參加英國游泳大賽的高年級組時，贏得獎牌。達德先生說，她一定是拚命苦練，才能贏得獎牌，凱莉表示，她幾乎每天上學前，都要去城裡的大泳池裡練習，有時則是在放學後。達德先生說，凱莉的朋友一定很享受看她參加泳賽，父母也必然相當支持她。凱莉表示沒錯，但她又接著說，若沒有艾利克的支持與鼓勵，她不可能有任何成就。

達德先生一臉尷尬的感謝凱莉激勵大家，想盡快結束談話。禮堂裡有幾個學生咯咯笑著，因為他們知道艾利克是誰。

「她跟寇森老師上床。」我後面的女生低聲對她的朋友說。

我的臉紅到不行，我盯著自己的鞋，希望沒有人在看我。

我抬眼瞄著舞臺，凱莉看起來挺開心，對達德先生的表情或底下的竊語訕笑，私毫不以為忤。

凱莉走下臺後，達德先生清了清喉嚨，很快的轉移話題，改談模擬考。我知道大家都還在想凱莉和我爸爸的事。

「他是這裡的老師嗎？」菲絲悄聲問我。

「他是我爸爸。」我說。

菲絲聳聳肩，「夠嗆的。」她說。我不確定她是指對我，還是對凱莉，或對我老爸來說，夠嗆的。我猜是我吧。

我們默默坐著，聆聽剩下的無聊集會內容。現在我滿腦子只能想到凱莉和我老爸了；凱莉把她的成果歸功於我爹的「支持」與「鼓勵」。他們真的彼此相愛嗎？我不知道。老爸真的對凱莉起了幫助嗎？他是否看出她的天賦，並鼓勵她追求自己的夢想？老爸真的是壞人嗎？奶奶總說，沒有什麼是絕對黑與白的。

放學回到家時，我們家車道上出現了一個騎摩托車的男人。「嗨。」他對走近的我說。男人怯怯的對我微笑，我認出他是我們家平底鍋起火後，過來的消防員之一。

「嗨。」我從他身邊走過去。

我還在門階上找鑰匙呢，莎拉已經打開前門，風一般的經過我身邊了，連招呼都沒打。消防員遞給她一個頭盔，她坐到摩托車後端。

我目送他們倆人一起馳往遠方，呃，他們先在車道上調頭，然後沿路揚長而去。摩托車噗噗作響，雖然我完全不懂摩托車，卻覺得聽起來很不健康。

我沒想到其他人都在家，我瞄到老爸在客廳裡，盯著筆電裡的東西看。

米奇在廚房裡，跟穿著老媽圍裙的奶奶一起做波士頓派。因為他們把奈潔拉的《如何成為家政女神》（How to be a Domestic Goddess）攤放在廚房餐桌上，並且翻到波士頓派的那一頁，所以我知道他們要做什麼。奶奶顯然玩得不亦樂乎，監督著在我看來，更像是蛋糕的製派過程。我不確定米奇需要指導，但他挺高興有人能對他的新愛好感興趣。奶奶一向不擅於廚藝，我六歲生日時，她幫我做了生日蛋糕，結果蛋糕中央塌陷，糖霜中會吃到麵包屑，大家都只吃了一小片，那天晚上，媽媽把蛋糕刮進垃圾桶裡，然後出門到Marks & Spencer百貨店幫我買了一個上面有一輛火車的蛋糕。

「妳能把這個端過去給妳爸爸嗎？」奶奶遞了一杯茶給我，「乖女孩。他今天提早下班，因為人不太舒服。」

我接過茶杯，奶奶回頭繼續在碗裡打發某種像巧克力的深色食材。奶奶很快就累了，便把攪拌器交給米奇。

老爸坐在客廳，將筆電放在茶几上，我發現他正在看租屋平臺。

我把他的茶杯放到筆電旁。

「謝謝妳，蘿兒。」

「你生病了嗎？」我問。

爸爸看看我，似乎不確定如何回答這個簡單的問題。

「其實沒有。」他說，爸爸重重嘆口氣，伸手去拿茶杯。「我想妳遲早會知道，我暫時休假，他們覺得那樣也許最好。」

不知道為什麼大人老愛用這種方式說話，從來不肯有話直說，或講明究竟出了什麼事。他們愛打謎語，讓別人想破頭去猜。

「你被炒魷魚了嗎？」

「不算是。」老爸說，「只是被暫時停職，而且還有別的事。」他不敢看我，「當然不是現在啦，因為妳媽媽……不在家，但也快了。我也許會搬出去。」

「原來如此。」我瞄著筆電螢幕說。

「這件事情最好別跟妳奶奶說，現在暫時先這樣。」

「好。」我說得有些不情願，以前我或許會樂意與老爸共享類似的特殊祕密，但那種時候已經過去了。

「她會知道的。」我說。

「是的，但時候還未到，蘿兒。」

「好吧。」我說。

老爸開始往下捲動好幾頁的租屋頁面，我離開他和那杯茶。

我回樓上躺到自己床上，我花很多時間躺在床上思考。有的時候，我若覺得惶然無措，便會坐到地板上。今天，我覺得躺床上還算OK。

我望著牆上的ABC火車時刻表，想忘掉明天還得去上學這檔事。看時刻表，能令我放鬆，我覺得週末非得再跑一趟火車站不可了，去看看瑞亞是否帶著他的熱水壺和筆記在那裡。

我在夜間還喜歡另一種放鬆方式，那就是看大衛・艾登堡爵士的紀錄片（**Sir David Attenborough**，譯注：英國廣播公司著名自然科學節目主持人）。我有五大盒大衛・艾登堡爵士的紀錄片，我喜歡學習自然界的一切，覺得他的聲音和片中的配樂很令人舒心。我喜歡看自然棲地裡的動物，喜歡看動物的生活樣態，牠們不會破壞世界，不會在森林裡蓋城市、架設手機基地臺、用巨大的網子像吸塵器般的打撈海床上的海洋生命。

動物似乎僅索取牠們所需要的，不會為了讓彼此交談，而使用金屬製品和輻射線，也不需要把食物包起來，裝在千年才能分解的塑膠袋裡帶回家。

現在的海洋裡有太多塑膠製品了，幾乎不可能讓海洋恢復成人類開始使用塑料前的模樣。這對動物危害甚大，我最近讀到一篇文章，談到有條抹香鯨死在希臘某個島嶼邊的水域裡，他們剖開鯨魚的肚子後，發現牠吃了將近一百個塑膠袋，其中一個袋子來自當地的一間外賣店。

我難過的躺在床上，想到學校裡大家對爸爸和凱莉的蜚短流長、集會時的種種耳語，以及媽媽住在精神病房裡的事。我在腦中列下所有能令我開心的事，讓自己心情好一些。

1. 進出火車站的火車。
2. 結霜的蜘蛛網。
3. 吃橘子，或切成一片片的蘋果。
4. 乾淨的睡衣。

5. 滂沱到幾乎看不清窗外的大雨。

我坐起身，伸手拿過筆電，選擇看《冰凍星球》，那是我的最愛之一。我看著一頭母北極熊在雪裡築窩過冬，而其他動物則往南遷徙。大衛・艾登堡爵士告訴我們，牠要等春天來了，才會再進食。不知道等待春天才能開吃，是什麼感覺。

不久，老爸叫我下樓吃晚飯。莎拉出門了，因此只有我們四個人。老爸做了波隆那義大利肉醬麵，我知道他今天早上才從冷凍箱裡把醬汁拿出來，因為我看到醬汁放在側門，所以我們吃的晚餐，其實是媽媽做的。有時媽媽興致一來，就會做一批食物，冷凍起來，但她並不常那樣。我只吃了肉醬，因為我不會把澱粉和蛋白質混著吃，而奶奶只吃肉醬，則是因為她吃不慣麵條。

晚飯後，我上樓打算回房間繼續看《冰凍星球》，米奇上樓回房繼續看《慾望莊園》（Brideshead Revisited），這部片子他已經連看好幾個星期了，有時在客廳裡看，片中的兩名男生好像一天到晚在野餐，其中一人有一隻叫阿洛修斯的泰迪熊。

我回到房間後，發現自己想喝水，於是又走回樓下。喝水很重要，人體含有百分之五十到七十五的水分。我下樓走到一半，聽見奶奶和老爸在廚房裡說話，我知道不該偷聽，但有時偷聽還挺有用的。

「他把所有罐頭都用掉了。」老爸說。

「你應該鼓勵他，」奶奶說，「他很有技巧，就連我母親都沒辦法做到那麼穩定。」

我發現他們在討論米奇，我站在走廊上聆聽。

「他從來都不出門，」爸爸說，「我在他這個年紀，從不待在家裡。公園裡總是有球賽要打，我們還會用我們的套頭衫當球門柱。」

「他不喜歡跟人推來撞去的。」奶奶說。

「我甚至沒法讓他對西漢姆足球會感興趣。」老爸說，「那太不健康了，男生應該運動。」

「他一定是在學校裡運動的。」

我在廚房門外徘徊，老爸嘟囔著，他知道米奇在學校體育課只會應付了事，從不參加課後的俱樂部。米奇總是選羽球或桌球，而不會選足球或橄欖球。

「你不能白白浪費他的天賦啊，艾利克。」奶奶說，「有一天他會遇到一名女孩，女孩看到他能把蛋黃和蛋白分開，一定會樂死，因為大部分男人都做不到。」

「會把蛋分開有什麼用。」爸爸說，語氣似乎已經落敗。「他畢業後能幹什麼？做蛋糕哪賺得了錢？」

「等桂恩的狀況穩定下來，就會比較輕鬆了。」奶奶說，「我總說嘛，你們兩個不合適。」

桂恩就是我媽，媽媽從來不喜歡自己的名字，她說外祖母是用美國電影女星的名字幫她命名的。外祖母懷孕時看了一部電影，她一直想不出喜歡的女生名字，當電影工作人員名單出現時，外祖母對自己說，一定要從中挑出一個名字，不再更動。外祖母選中了「桂恩」，因為她喜歡這個演主角的女演員名字。

我喜歡想像自己的名字取自蘿兒‧莎樂美（Lou Salome），她是首批女性精神分析家之一。我曾經看過介紹她的節目，可惜我不是以她命名的。媽媽告訴我，她只是喜歡我們的名字擺在一起時，聽起來的感覺。我猜她應該是想到寫聖誕卡片時，寫出所有名字時的音感吧。

聖誕快樂！艾利克、桂恩、莎拉、麥可和蘿易莎敬上。

奶奶向來不怎麼喜歡我媽，有一次爸爸告訴我，奶奶覺得他遇見我媽後，太快讓自己定下來了。還有，奶奶認為媽媽老有一些超越自己身分的虛榮念頭。我常在無意間，聽到奶奶跟爸爸說出類似的話，例如，老爸跟奶奶提到廚房加蓋的事時。**那個廚房又沒什麼不好，她的想法也太超過了吧**。當老爸告訴奶奶，媽媽想爭取升職時（她也確實被升職了）。**我早就跟你說過，艾利克，她老愛想些超越自己身分的事，孩子們需要她在家呀**。

每次我聽到奶奶講這種話，就只會想到車站（station，譯注：有身分以及火車的雙重含意）。我喜歡火車站，因為我喜歡火車。我喜歡又老又舊，有舊式燈具和時鐘，看起來仍跟一百年前一樣的小火車站。我喜歡穿越這些車站的天橋，等走過天橋到另一邊月臺，再折回來，過橋回原本的月臺。我尤其喜歡約克郡，戈斯蘭的一個老式火車站。有一年暑假，我跟爸媽和莎拉、米奇來到這座車站，我們搭乘一輛蒸氣火車，我興奮到全程都站在車窗邊。火車開動時切莫把身子探到窗外，那樣非常危險，但我卻那樣做了，不過只有火車在單軌上停下來，確定不會有其他火車從反方向開過來時，我才那麼做。我將身子稍微探到窗外，以便看到火車前面和整個月臺，可是這時火車噴出一大團蒸氣，有粒小沙子掉進我眼睛裡了。我只得坐下來，眨了一百四十六下眼睛，才把沙子排出來。真是痛死我也。

我喜歡老式火車站，因為我喜歡想像多年來，所有那些曾經坐在同一張長椅上，拿著行李等候火車的人。拿著行李在車站候車的人，都有他方要奔赴，他們都即將離去。這有點像人生，我總覺得人生就像一個月臺或候車室，大家試著找事做，打發候車的時間，直至火車抵達。

我喜歡小車站，也喜歡大車站。我最愛的大火車站是倫敦的聖潘克拉斯國際車站（St Pancras International），有時我會跑去那裡。上回老爸帶我去倫敦時，我們跑去聖潘克拉斯國際車站，我站在那兒看火車離站進站。爸爸很開心，因為每次她帶莎拉去倫敦，她就只想去購物、吃豪華昂貴的午餐，而我則只想看火車、吃三明治。

「如果你一開始就肯聽我的話，」奶奶正在對老爸說，兩人還在談話，而我也還在偷聽。

「媽，妳別又來了。」老爸厭煩的說。

「至少孩子們已經不小了，」奶奶說，「他們比較能夠適應，雖然麥可很敏感，但你別太顧慮他，青少年的孩子都是那樣的。」

這時我決定進廚房拿水了。

「我只是來拿杯水而已。」我說，奶奶和老爸雙雙住口。

冰箱後頭傳來一陣鬧聲。

沒有人動彈。

奶奶皺著眉，「你們還沒抓到那隻老鼠嗎？應該弄個陷阱什麼的。」

爸爸和我聽了十分不爽，「別鬧了，媽。」老爸說，「那是莎拉的寵物。」

鬧聲停了，我給自己倒了杯水。

奶奶嘀嘀咕咕的念著要捕鼠籠，然後開始去刮義大利醬的鍋子。

我想，至少奶奶知道爸媽想離婚，即使她還不知道凱莉的事。

當天稍晚，爸爸告訴我，媽媽週末會回來，他說會去接她。我想這意味著奶奶將離開我們家了，但她並沒有提到要回去。我知道奶奶每天都會搭公車回她的公寓看一下克萊夫。奶奶睡在後邊房間的沙發床，房間類似客廳加蓋出去的，是在爸媽買下這棟房子之前，就建好的房間。小時候，我們稱之為遊戲室，現在只叫「後間」，不過媽媽已經開始稱之為她的「休息室」了。

如果媽媽真的要回來，就表示老爸可能又要睡客廳沙發，蓋青蛙被子了。家裡會相當擠，我、米奇、莎拉和媽媽睡自己的臥房，老爸睡客聽，奶奶睡在後間，冰箱後邊還有漢咪。

不知媽媽返家後，能否恢復她原本的樣子。不知她能否記得自己曾想從德本漢姆偷衣服，以及在平底鍋裡燒我們的照片的事。不知道她記不記得，老爸跟一名女生搞外遇，而這個女生去年年紀還太小，喝酒會觸法。

上次我們看到媽媽時，她非常專心的畫塗色本，彷彿他們餵她吃了忘憂藥，我不介意媽媽失憶，我只希望她能再度成為我媽媽，雖然我其實應該跟安娜貝拉和尼爾住在一起，但她畢竟是老天派給我的母親，而且她真的盡了心力。她一向很盡職，讓我們衣食溫飽，不給我們吃太多糖，害我們蛀牙，而且會在雨天提供豐富的迪士尼影片。我要我媽媽。

星期五晚上，莎拉的兩位朋友計畫到家裡玩並留宿。莎拉告訴老爸說，媽媽表示讓朋友過夜沒問題。莎拉說，因為她們要早起去西田購物中心買東西，所以需要朋友留宿。老爸勉強同意了。

莎拉的房間夠大，可以多睡一位朋友，因為她床下可以拉出另一張床，但房間睡不下兩位朋友。也就是說，她們三個會睡到樓下客廳，沙發上各睡一名，第三個人睡莎拉床下的那張床——老爸會幫忙把床搬到樓下。

奶奶睡爸媽房裡，因為睡客廳的莎拉和她朋友會太吵，住後間的奶奶沒辦法睡覺。老爸則改睡莎拉房間，因為莎拉說，她不希望自己房間飄著老人味，我覺得她那樣講超級沒禮貌，奶奶身上聞起來明明只有梨皂的香氣。

家裡的睡覺安排，挺複雜的。

星期五晚上，我放學回家時，莎拉已經到家了。也許是因為我走路非常慢，我是穿過田野走回家的。走田野，是去學校的捷徑，操場邊有個總是開著的門，媽媽不太喜歡我們抄捷徑，因為鞋子會沾到泥巴，尤其每年這個時節，因此回到家後，我會先到水槽裡刷鞋子。

莎拉常走捷徑，因為她耗太多時間上妝弄頭髮，而且還一邊收聽KISS FM音樂臺，所以經常遲到。米奇從不走捷徑，因為他不喜歡鞋子上有泥。

莎拉和她的朋友走進廚房，從冷凍庫拿出兩份披薩，其中一名女生將染金的頭髮編成兩條辮子。她穿了一件若不是過短，就是故意要炫耀她肚臍的粉紅色上衣。另一名女生留了很長的紅髮，戴著鼻環，全身黑衣。

「那是誰？」留著紅長髮，戴鼻環的女生問。

「我妹妹。」莎拉說，連看都沒看我一眼，逕自拆開其中一片披薩的塑膠袋。

「她住這裡嗎？」女孩問。

「是啊。」莎拉說著走向微波爐，顯然不太會用烤箱。

我小心翼翼的把鞋子放到後門邊的舊報紙上，讓鞋晾乾。紅髮女生依舊瞅著我。

「披薩上有魚嗎？」辮子女問莎拉，「我不吃魚，我有恐魚症。」

「這是義式辣香腸口味的，」戴鼻環的女生說，對我不再感興趣了。

我從沒聽過什麼恐魚症，意思是她怕所有魚，還是只怕披薩上的死魚？她連魚都不敢看嗎？她若是去水族館怎麼辦？

「要吃炸薯條嗎？」莎拉說。

「好啊。」鼻環女說。

莎拉最愛吃垃圾食物，但她的皮膚超好，超不公平的。

「我沒把薯條擺進去。」莎拉對著微波爐皺眉。

「稍後再加熱吧？」辮子女建議。

「那樣披薩還會是熱的嗎？」莎拉說。

她們三個一起盯著薯條盒、披薩和微波爐。

你會以為她們是在破解德軍的密碼系統。

我扔下她們自己去想，逕自上樓回房。

為了避開莎拉和她的朋友，我幾乎整個晚上被迫待在自己房裡，米奇也跟我一樣。我上洗手間時經過他房門，聽到《慾望莊園》的主題曲。老爸不在家，或許跟凱莉在一起，奶奶去上她的靈友堂了。

我經過莎拉臥房時，聽到咯咯的笑聲和直髮器的嗶嗶聲。莎拉的門沒關。

「我們在他老爸的車子後面做了三次。」我經過時，聽到金辮女說。

接著我聽到她們把自己的東西搬到樓下客廳，通常莎拉的朋友來過夜時，她們會一起看恐怖電影，因此我以為她們在看電影。我討厭恐怖電影，就像我討厭任何會害我嚇一跳的東西，所以我不喜歡氣球、救護車，甚至是電話。

我寫著數學作業，這樣週末就不必寫功課了。我知道週五晚上寫作業有點奇怪，但我喜歡把事情做完。米奇有時會在廚房餐桌上寫功課，希望這樣爸媽就不再追問他在做什麼，並「幫忙」他了——基本上，意思就是幫他寫作業。米奇不需要任何人幫他寫作業，因為他非常聰明，他只是不愛寫功課，喜歡輕鬆過日子罷了。莎拉以前會要老爸幫她寫作業，直到她發現可以在點名室裡抄同學的作業為止。學校裡絕對不會有人拒絕莎拉。

寫完作業後，我跑去廚房，扭開燈，打開米奇放波士頓奶油派的罐子。從昨晚之後，派已經被幹掉一半了，米奇說我們可以隨便吃。蛋糕在我們家從來擺不久，我給自己切了一片，仔細用廚房紙巾包好，帶上樓到床上吃，再看另一集《冰凍星球》。我很小心的不讓蛋糕屑掉到床上，我討厭床上有食物碎屑。

* * *

夜裡，我在尖叫聲中醒來。一會兒後我才明白，自己是被尖叫聲弄醒的，又過了一會兒，才意識到尖叫聲傳自樓下。

我怕又是平底鍋起火，便火速下床來到樓梯口，其他臥室的門都還閉著，顯然我是家裡最淺眠的人。

我走下樓，尖叫聲變成了尖喊，聲音來自客廳，我在門口駐足。我知道莎拉一定會不高興我就這樣闖入她和朋友睡覺的客廳，可是我也知道自己擅長處理災難。我想起在女幼童軍學來的急救方式，莎拉離開女幼童軍時，只拿到一枚徽章——女主人獎——而且還是作弊得來的，因為她沒有做三明治，也沒做打掃。

我推開門，燈已經亮著，辮子女的辮子已然不在，她站在其中一張沙發上，身上穿著滾了粉紅邊的細豹紋睡衣，正跳上跳下的發出奇怪的尖叫聲。鼻環女則穿了一件有熊耳朵的棕色連身衣，躺在行軍床上，看起來像喝醉了，而且有些不高興。

莎拉坐在另一張沙發上哈哈笑著。

「閉嘴，愛碧格。」穿連身衣的鼻環女說。

「有他媽的老鼠！」

莎拉捧著肚子，笑到眼淚都出來了。

「一點都不好笑！」愛碧格轉身看著我，也許是因為其他人對她毫不同情，「有老鼠，就在我的睡袋上！」她指著沙發彼端說。

「老鼠有尾巴嗎？」我問她。

她停下來思索，整個人還站在沙發上。「沒有。」她終於說，「尾巴被剪掉了。」

莎拉一聽，笑得更凶了。

「天啊。」鼻環女說，「讓不讓人睡覺啊。」

莎拉勉強恢復鎮定，「是漢咪啦。」她說。

我點頭表示同意：「是我們家的倉鼠。」

「是我的倉鼠。」莎拉糾正我說。

愛碧格來回看看我和莎拉，「倉鼠他媽的為什麼會跑到我的睡袋上？」

「牠逃掉了。」我說。「漢咪大部分時候住在冰箱後頭，但夜裡喜歡在屋裡四處亂跑。」

「詭異。」鼻環女閉著眼睛嘀咕說。

「牠跑去他媽的哪裡了？我才不要跟倉鼠睡。」

「牠現在大概跑掉了。」莎拉打著呵欠說。

「牠不喜歡吵鬧聲。」我心想，我也不喜歡。

愛碧格不太相信，仍站在沙發上。

「妳覺得牠跑去哪兒了？」我問她，一邊稍稍走進客廳，試著幫忙。

她四下環視，「我不知道，在沙發下嗎？」

我趴下去看著沙發底下，「我什麼都沒看到。」不知漢咪是否在地板下鑽了地道，以便在房間之中游走。「我確定牠現在已經離開了。」我說，「牠是一隻非常聰明的倉鼠。」

愛碧格終於鑽回她的睡袋裡了。

「誰把燈關一下好嗎？」穿連身衣的女生說。

「回去睡覺吧，蘿兒。」莎拉說。

「好。」我說，「晚安。」

沒有人回答，愛碧格正在拍打她的睡袋，確定沒有東西在裡頭。

「幸好不是魚，」我緩頰說，「否則妳一定會嚇死。」

穿連身衣的女生張開眼睛，她們三人全瞪著我看。我慢慢退出房間，將門關上。

星期六下午，我跑去車站看火車。我知道爸爸會去醫院接媽媽回家，我很擔心這件事，因為我希望媽媽能好些，而不是像之前那樣出現妄想。我太希望她恢復健康了，不想失望。我知道就算媽媽好些了，已是人事全非，因為爸爸還在跟凱莉外遇，媽媽依舊會很生氣，他們還是可能離婚。儘管如此，我仍寧願媽媽待在家裡，而不是住在沒有綠色彩色筆，外頭圓環有巨大昆蟲雕刻的醫院病房。

我看到瑞亞拿著望遠鏡，待在月臺盡頭。他今天戴了一頂灰色棒球帽，和一個綠色背包。

我坐到長椅上，就是我們上回坐的那張。這是離月臺臺階最遠的長椅，所以很少人使用。

我看著乘客走下火車，往月臺反方向走。他們全都行色匆忙，都有地方要去。

一會兒之後，瑞亞走過來坐到我旁邊。他打開背包，拿出熱水壺。

「這兩週過得可好？」瑞亞問我。

「還好吧。」我說，「我奶奶搬過來跟我們住了，我哥做了一個波士頓鮮奶油派，我爸爸遭到停職，我在學校被人打，我們班來了個新女生，然後有隻倉鼠跑到我姐姐朋友的睡袋上了。」

「妳遇到很多事嘛。」瑞亞若有所思的說。

「至少我媽媽要回家了。」

「那會很不一樣。」瑞亞說。

「你呢？」我問。

「我昨天待在農圃裡，」瑞亞說著打開他的熱水壺，「收割了一顆南瓜，撒了一些碗豆籽，弄了三條新的菜畦。」

「那很好。」我心想，最近我過得很背，瑞亞一定覺得我的日子很荒謬。不知道瑞亞有沒有工作，「你有工作嗎？」我問。

瑞亞笑了笑，「我已經半退休了，我有一輛計程車，但我不太打廣告，就載些老客人，我有一些常客。」他伸手從口袋裡拿出一張名片給我。

名片上有輛黃車，背景是黑色，一輛畫了笑臉的卡通車，車子旁邊用紅色大字寫著「瑞亞計程車」，加上一隻電話號碼。我把名片收到自己口袋裡。

瑞亞從背包裡拿出一個用錫箔紙包好的東西，「拿去，」他說，「要不要來一片燕麥酥？我老婆做的。」

我知道不該拿陌生人給的糖，或任何能吃的東西。我們在學校裡學過要「提防陌生人」。本來我以為老師這樣說，是因為陌生人可能想對小孩下毒，但後來我們看了一部影片，有個男人拿糖給女孩吃，女孩伸手接糖時，男人竟把她拉進自己的車裡，然後開車載她走了。我常常想，影片裡的女孩到底發生什麼事了，直到那時我才知道，陌生人可能拿糖果當誘餌，將小孩拉上車。我不像有些小孩那麼喜歡糖果，如果起司和醃黃瓜三明治，我會更感興趣。

雖然瑞亞有計程車，攬客搭車是他的工作，但此時我們坐在忙碌火車站的月臺長椅，放眼根本看不到任何車子。而且燕麥酥看起來非常可口，不太可能塗了毒藥，於是我感激的接受了。

等我們吃完燕麥酥，瑞亞又伸手到背包中。「看過這個嗎？」他拿了一份新聞剪報給我，是一輛放在機廠裡的火車照片，標題寫著「飛躍的蘇格蘭人重磅回歸，蒸氣滿滿」。

「妳知道『飛躍的蘇格蘭人』嗎？」瑞亞問。

「第一輛每小時速度達一百英里的火車。」我說。

瑞亞似乎很驚喜，「就是她沒錯。」他說，「偉大的蒸氣女王，是世界上最偉大的火車頭。」他把水壺蓋子轉回去說：「他們正在整修她。」

「火車現在一定很老了吧。」我說。

「沒錯。」瑞亞笑了笑，「她在一九二三年首航，九十多年後，又再度上軌了，想想看，超過九十年哪。」他轉向我，「妳多留意那輛老火車的消息，她很快就要重出江湖了。」

「我會的。」我說。

瑞亞再次看著飛躍的蘇格蘭照片，我們兩人都在看。「妳難道不覺得嗎？」瑞亞說，「看著她，妳不覺得那引擎是有靈魂的嗎？」他抽了抽鼻子，我覺得他可能在忍淚。瑞亞小心翼翼的把剪報摺起來，放回自己的口袋裡。

一輛火車靠站了，瑞亞喃喃念了個號碼，然後在筆記上寫筆記。我看到莎拉和昨天過夜的兩個女生從火車上下來，拎著Forever 21、H&M、Roxy、Victoria's Secret的購物袋。（譯注：Forever 21、H&M、Roxy皆為快速時尚品牌，Victoria's Secret為女性內衣品牌，又譯為維多利亞的祕密）

我不喜歡購物，就像我不喜歡人群，而且我在試衣間裡覺得好熱。媽媽會在聖誕節過後的大清倉帶我去購物，情況就更加慘烈了。跟媽媽去購物的唯一優點，就是她會時不時的停下來喝杯茶，而且通常會在約翰路易斯百貨店（John Lewis）的咖啡館幫我買果醬甜甜圈。

我大部分衣服都是從慈善商店來的，我喜歡穿舊衣服，因為新衣服穿了會癢。我有幾件從慈善商店買來的舊襯衫和毛罩衫。我穿這幾件衣服時，莎拉就會假裝她跟我沒有半點關係。

我不擅於決定穿什麼，其他衣服大多是GAP的，因為式樣很簡單，不會讓人眼花撩亂。我有四條GAP的牛仔褲，六件T恤，三件條紋衫，和兩件運動衫。我喜歡在週間固定日期，穿特定顏色的衣服，但未必總能盡如人意，要嘛是媽媽還沒洗好衣服，要嘛就是我沒有適合那天的T恤顏色。等我長大，有了自己的錢後，我一定會有足夠顏色的T恤，能穿遍一週的每一天。

今天我穿了自己最喜歡的GAP寬牛仔褲，和一件也許是老爸舊衣的紫色格子襯衫。我喜歡穿得舒服。

「那是我姐姐。」我對瑞亞說，「穿白色牛仔褲，拎一堆袋子的那位。」

莎拉看到我，立即厭煩的調開眼神。鼻環女正在點煙。

「我一定猜不到。」瑞亞說。

「我們很不一樣。」我說。

「我不確定她看見妳了。」瑞亞說。

「她看見了。」我說。

火車離開了，莎拉和她的朋友提著大包小包離開月臺，快速經過我們身邊，眼前晃過一堆提袋和緊身牛仔褲。

「我哥哥和我看起來向來很不同。」瑞亞說，「人們以前總說他是送乳員的兒子，也許說的是我，我忘了是哪個了。」

「有時我會想像，我的親生父母住在蘇格蘭的湖邊。」我說。「他們讓我在家自學，我是獨生女，而且享盡一切優勢。為了報答父母給我的愛、關注、時間與精力，我決定成為成功人士。」

「真有意思。」瑞亞說，「我有個阿姨住在蘇格蘭。」

「她住在湖邊嗎？」我說。

「不是。」瑞亞表示，「她在艾爾郡有棟平房。」

我們默默坐在長椅上看著火車開走，各自沉浸在自己的思緒裡。

我回到家時，媽媽正在廚房裡削菜皮，彷彿從未離開過。

「嗨，老媽。」我說。

「嗨，蘿兒。」她說。

「妳回來了。」我說。

「是啊。」她放下削皮刀。

「妳好些了嗎？」我問。

她沒回答，只是在牛仔褲上擦著手，我們兩人朝彼此走過去，我還沒搞清狀況，媽媽已一把抱住我說：「噢，蘿兒。」了。

通常我不特別喜歡別人抱我，但我不介意給媽媽抱。我媽是少數我肯給抱的人，她知道必須抱得又快又緊。米奇也知道我不愛給抱，有時我們會擊一下拳頭，那就是我們的擁抱方式了，那樣更適合我。

媽媽很快鬆開我，然後慈祥的打量我，彷彿想知道我是否長大了，或出現之前不曾注意到的差異。

等她心滿意足、覺得沒有錯失任何事物後，媽媽又回去削皮了。「妳想吃魚或馬鈴薯？」她把四季豆放到蒸鍋裡。

「馬鈴薯。」我說，「還有紫甘藍菜，因為星期六適合吃紫色蔬菜。」

「好的，蘿兒。」媽媽說。

我們五個人一起在廚房餐桌上吃晚飯，感覺很怪，尤其過去幾個星期，出了一堆事後，大家像是在演一家人。

莎拉很不開心，因為她購物回來後，想跟她的消防員男友出去，但老爸說她必須留在家裡，我們需要家庭聚餐，商討一下「未來」。

「奶奶呢？」米奇問。

「去玩賓果了。」老爸說。

「她還要繼續住在這裡嗎？」我問。

「沒有，」媽媽說，「她明天就走了。」

爸爸皺著眉，但沒說什麼，他攪著盤子裡的馬鈴薯泥。

「你們爸爸可能會搬去跟奶奶住一陣子。」媽媽斜眼看著老爸說。

爸爸突然抬起頭，「我想應該不至於，」他說，「我應該能很快找到地方住。」

「我們也得搬家嗎？」我問。

米奇看起來很擔心此事，媽媽試著寬慰我們，「我們或許得搬家，」她說，「但暫時先不用。」

想到非搬家不可，我就非常難過，但我盡量不露聲色，因為不用問也知道，爸爸搬走後，我們不太可能都留下來。房子很貴，我為媽媽感到難過，她等了十年才等到這個廚房。

「別把我算在內。」莎拉說，「我不要共用房間，布萊特說我可以去跟他住，他跟他朋友連恩合租一間公寓，他們有請人打掃。」

「這件事我們以後再談。」媽媽說。

米奇看起來很煩惱。「我們得搬到小很多的地方嗎？」他問媽媽。

「不會的，」媽媽說，「應該不會，反正據我的律師說，不會那樣。」

我發現老爸的臉色變得很白，這倒新鮮，之前都沒有人提到律師的事。

米奇一臉釋然。

大家似乎都很努力的專心吃馬鈴薯泥、魚肉、四季豆、豌豆和紫甘藍菜。

我很高興媽媽回來了，而且她復原許多。上回見到她，媽媽像被外星人擄走似的。外星人有不同的擄人方式，我朋友山姆對這項議題很感興趣，懂得很多。我不是指外星人趁人類睡覺時，在人類身上做實驗的那種擄人法。不，我是指置換肉身的那種類型，外星人用他們自己人，把人類換掉。人類在這種情況下，看似人類，但其實並不是人。

我知道媽媽並沒有被外星人擄走，但我真的很想知道究竟出了什麼事。前一天她還像正常的媽媽一樣，幫我們煮基輔雞，接著她就在我們家客廳裡放火宣洩情緒了。

「媽，」我說，「妳為什麼要在德本漢姆偷東西，燒我們的照片？」

媽媽嘆口氣，「我身體不舒服。」她說，看到我不肯採信後，她又說，「我的腦子有些失調。」

「哪種腦子失調？」我問。

「噢，就是輕微的妄想型思覺失調症，」她用那種在講**就是有點輕微感冒**的語氣說。

媽媽放下刀子，啜了一口水。「我調養得很好。」她說得像週末離家去赫特福德郡泡溫泉，或到威爾斯健行似的，而不是去一個連手機充電器都不給用的醫院住院。

「還有別的問題嗎？」媽媽問。

米奇嚴肅的搖搖頭，老爸仍專心的撥弄他的馬鈴薯泥，他把馬鈴薯泥全堆到一起，在他的盤子上形成塔狀。不知他是不是在仿造外星人母艦降落時的那座山，就像史蒂芬・史匹柏《第三類接觸》電影裡的那個男生一樣。那是山姆最愛的電影之一。

莎拉低頭看著大腿上的手機，我們對家族未來的討論，似乎已經結束了。

「很好。」媽媽說，「大家一起溝通很重要。」

我用叉子去戳一顆豌豆，結果沒叉中。

豆子慢慢滾到桌子外，落到地上。

但都沒有人注意到。

我們在下一週的午餐時段看見菲絲了，她掃視大廳，不知是在找我們，或只是想找地方坐。

「我該跟她揮手嗎？」我問山姆。

山姆聳聳肩，「應該可以吧。」

我試著讓菲絲看到，又不想讓太多人看見，因為太多人看我，我會很不自在。於是我努力盯著菲絲，希望她能往我們這邊看。

等她真的往我們這邊看時，我抬起手，狀似印地安猶長。菲絲看到我時，我對她輕揮手——就像坐在皇家馬車上的皇后。

菲絲走過來，坐到我們桌邊。

我發現她帶了一顆蘋果和一本書，這很奇怪，因為學校裡，書籍都是圖書館裡的，我們把課本放在自己的儲物櫃裡，有時上英文課，我們得讀圖書館的書，但大家通常不會像菲絲這樣帶著書亂跑。

山姆和我都愛看書，我喜愛閱讀，因為可以忘掉自己和一切，而且書裡總能學到東西，例如，那次我讀到，只要用六英吋的繩子，就能綁住一個人。

小時候我最愛的書本之一，就是《柳林風聲》，我現在有時還會重讀。《柳林風聲》中，我最愛的一段就是鼴鼠和水鼠在野林雪地裡迷了路，鼴鼠摔倒了，腿脛撞在獾老家門口的刮板上。獾老穿著晨衣和拖鞋前來應門，他對水鼠和鼴鼠說：「小動物不該在這種夜裡跑出來。」

山姆喜歡科幻小說，尤其是科學家回到過去，遇見像羅賓漢或莎士比亞這類名人的故事。

山姆和我通常不會像菲絲這樣，帶著書趴趴走，因為別人會覺得這樣很書呆氣，我們不想受到嘲弄。我們努力保持隱身，免得被人挑上。在凱莉和老爸的事情爆發之前，這招對我一向都蠻管用的，我很容易就被當成空氣。

我發現，菲絲是那種一進到房間，就會吸引大家目光的人，而我則是那種存在感等於零的人。有時人們甚至會絆到我，然後才吃驚的發現我在那裡。

「妳在讀什麼？」我問菲絲。

「《局外人》。」她說。

「是關於什麼的？」山姆問，因為你如果沒讀過一本書，就會這樣問。

「死亡。」菲絲說，「孤立，講一個人，對本質上荒謬而無神的宇宙，抱持的冷漠態度。」

山姆和我默默思索她的話。

「聽起來挺不錯。」山姆表示。

「妳不相信有上帝嗎？」我問菲絲。

「上帝已死。」

「妳有存在危機嗎？」我問菲絲。

「當然有。」菲絲說。

菲絲說「上帝已死」時，山姆八成面露驚惶，因為菲絲看看他後，說道：「沒事，我又不是第一個說這種話的人。」

「那是誰說的？」山姆問。

「尼采。」菲絲回道。

「尼采是誰？」山姆問。

「一個留著大鬍子的德國佬。」菲絲說著啃了一大口蘋果，「是葛拉罕告訴我的。」

「我也不相信上帝。」山姆說，「我相信有阿努納基（譯注：蘇美人神話中的神祇），不過我去看我奶奶時，得假裝信奉上帝，因為奶奶會上教堂，如果我說不信上帝，她會非常生氣。我還得假裝喜歡她的棗子山核桃餅，奶奶做那種餅，是因為我不會對山核桃過敏。」

菲絲若有所思的問：「阿努納基是什麼？」

我吃著自己的三明治，山姆則跟菲絲解釋，阿努納基是西元前五千年左右，來到地球的外星族群，他們操控人類的基因，將自己的一部分基因，與我們祖先的相混。

菲絲一邊聆聽一邊點頭，彷彿真的很有可能。

「誰是葛拉罕？」我問菲絲。

「我其中一位老爸。」她說。

「妳有兩個爸爸嗎？」我問。

「還有兩個媽媽。」菲絲說，「呃，其實有四個了，因為現在凱特和莉西分手了，莉西跑去跟法蘭住，凱特跟蘇西同住，我大部分時間都住在那兒。」

「聽起來挺複雜的。」我心想，有兩個爸媽就已經夠難搞了。

「還好啦。」菲絲說。

「沒有人會有兩個以上的父母吧。」山姆說，「怎麼可能？」

「**生理上**當然不可能，」菲絲說，「可是在法律上，我出生前，就有三名父母同意柏拉圖式的撫養我了，只是我三歲時，我的生母凱特遇到莉西，莉西在我生命中扮演很重要的角色，一直到我十歲時，她搬出去跟法蘭在一起，所以有的時候我才會跑去跟莉西和法蘭住。後來蘇西又搬來跟我們同住，那樣就等於有四個媽媽啦。」

山姆一副不相信的樣子。

「什麼叫柏拉圖式的養育？」我問。

「就是只具朋友關係的人，決定一起養育一個孩子。他們沒有性關係，也非戀愛關係。」

菲絲一邊闡明，一邊挑掉蘋果籽。「我父母是在我出生前，在共親職網站上相遇，彼此認識的。我兩個爸爸都是同性戀，他們想要有孩子，我媽也是同性戀，當時沒對象，又擔心自己快要停經。我是在倫敦一間牆上掛著藝術真跡的時髦診所中，以人工受孕製造出來的，他們試了好幾次才成功。」

菲絲來回看著我和山姆，「我爸媽對所有事一向非常開放。」她說。

「我覺得那樣很棒。」我說。

「是啊。」山姆想了一會兒後表示，「真的很棒。」

菲絲聳聳肩，「我有點像社交實驗，但效果挺不錯的。我現在在不同的房子裡有三間臥房，而且可以經常度假。」

「妳的爸媽們有其他孩子嗎？」我問菲絲。

「沒有。」她說，「六個人養一個小孩，其實對環境非常有利。地球已經人口過剩了，不久食物就不夠給每個人吃，或有足夠的溫帶氣候國家，讓人們居住了。」

突然間，我爸媽生三個小孩，感覺似乎太多了，我決定不提這檔事。安娜貝拉和尼爾只生了我，因為他們也認同世界人口過多，對生態與環境問題也較為熟悉。

「妳為何從之前的學校轉學過來？」山姆問。

菲絲垂眼看著她的蘋果核，「我之前沒上過學，」她說，「我是在家裡接受教育的。」

我簡直無法相信自己的耳朵。除了在安娜貝拉和尼爾的異想世界中的我之外，我從沒遇過任何在家自學，或如菲絲所說，「在家接受教育」的人。

「哇。」我說，「那一定很棒。」

「是啊，」菲絲說，「真的很棒，我才來這裡兩個星期，我可以跟你們說，學校真他媽的令人沮喪。」

「妳在家由媽媽或爸爸教導？」我問菲絲。

「爸媽都有。」她說，「媽媽上班時，我就去葛拉罕和威爾家。葛拉罕在鎮上的大學教哲學，威爾幫雜誌寫稿，因此我媽若無法照顧我，他們通常會有一個人在家。我們會在一起討論東西，因為老爸們家裡沒電視，有時我會去博物館或搭著載滿其他在家自學的孩子和家長的大巴士，去看巨石陣之類的地方。」

我本想跟菲絲講安娜貝拉和尼爾，以及他們在湖邊家中教育我的事，那才是我該有的生活，但我怕聽起來太怪，所以決定不說。

山姆跑去買水，因為任何含糖飲料都會害他頭痛，菲絲和我走到我們的置物櫃。她等我拿東西，然後我等她拿她的東西。這樣很好，因為我們並沒有事先約好。

「妳喜歡R.E.M.嗎？」她在置物櫃裡翻找說。

「我不確定。」我說，心裡想的是快速動眼期及睡眠模式（rapid eye movement），但我覺得菲絲也許不是那個意思，「R.E.M.是什麼？」

菲絲遞給我一張CD，「是個樂團。」她說，「他們酷爆了，我覺得妳可能會喜歡，這張CD送妳，原版那張是威爾的，這一份是拷貝。」

「謝謝。」我說。CD封面是一群叫「週二見」的團體，前景是一名頂著一頭蓬鬆淡金色頭髮，身穿吊嘎的女生。

「別管那個封面。」菲絲說，「我們家的東西都亂混，裡面是R.E.M.無誤。」

我把CD夾到科學課本裡，從來沒有人送過他們老爸的酷樂團CD給我，甚至是任何樂團的任何CD。

菲絲和我一起走進點名室，我想等回家後，就聽CD。菲絲正忙著塗抹更多紫色脣釉，似乎已經忘記送我CD的事了。

放學後，我到置物櫃拿袋子和外套，然後離開教室大樓。我走得很快，一來天好像快下雨了；二來因為我不喜歡學校，總是急著想盡快回家。

我垂著頭越過操場，往大門走，一邊快速喃喃背誦一首我喜歡的，與搭火車相關的詩，詩文如下：

超越仙子，快過女巫，
橋與屋，圍籬與溝渠；
如交戰中的部隊，勇往直前，
穿越草原上的馬匹牛群……

我穿過一群同年級的男生，我只能怪自己低著頭喃喃念詩，沒有注意到周遭的情況，因為我匆匆走過時，一名男生伸出腳來，想絆倒我。

「妳爸是戀童癖！」他大喊說。

我臉朝下的摔倒了。事實上，我不僅只跌倒而已，好像還在空中飛了一會兒，外套在身側掀飛如羽翼，然後才摔落地面。我張著四肢，狀如海星。

幸好草地鬆軟多泥，我身上又穿了很多層衣服，所以沒有摔得太痛。

男生們哄然大笑。

「小心哪。」絆倒我的男生大聲嚷嚷說，一群人從我身邊離開。

「走路要看方向。」另一人高喊。

「不要跌倒！」

他們離開時還哈哈的笑，我站起來，白色的制服襯衫被溼地弄得全是泥巴，我的眼鏡掉在附近的水窪裡，或許是以前拿來插球門柱的洞。

我站起來擦拭自己的眼鏡，努力不讓他們看出我的難過，但無所謂了，因為他們已經沒在看我了。我的外套也都是泥，但我告訴自己，等回家後便能輕易擦掉了。

我看著那群男生走出打開的門，那道門從學校操場通向農地。我只能希望他們沒拿手機攝下我跌跤的樣子，或用手機拍照。我們學校對這種事管得極嚴，如果他們拍下我跌倒的樣子，就會闖下大禍，但是有個叫伊莎貝兒的女生，確實遇過這種事。學校裡瘋傳一支她在走廊被絆倒的影片，她跌倒時，粉紅色內褲都被看光了。我也可能遇到這種倒霉事，不過我從不穿粉紅內褲，總是穿著緊身褲。

我沒看見他們有人拿手機，但一切發生得太快，我的臉瞬間就趴在泥地裡了。

我發現天色變暗，雲層積聚成一大片，我懷疑自己能在下雨前趕回家。

我左右顧盼，操場現在都沒人了，這一刻，我似乎是世上唯一僅有的人，一個形單影隻，站在學校操場中央的女孩，頂上是烏黑的天空，襯衫外套上沾著泥巴，眼鏡上盡是泥水。

我雖然很想回到溫暖安全的家，但有那麼一瞬，竟有些悲喜交集，那感覺還不錯——就這樣孤單的待在學校操場上，襯衫大衣和眼鏡都沾了泥水，雖然有點冷，跌倒說不定有些瘀傷，但一個人頂天立地的站著，沒有旁人來干擾，挺好的。

雷聲轟然，接著碩大的雨珠開始落在我頭上，浸淋我原本髒汙的襯衫。我的頭髮被打溼了，臉龐大腿也不例外。我扣起外套，緊揪住背包的帶子，垂頭開始跑了起來。

我不想在學校操場上被雷劈中。

有一次，我讀到有個女生被雷劈中，最後是她胸罩裡的鋼絲救了她。

我的胸罩裡沒有鋼絲。

到家時，屋裡只有米奇一個人，不過我發現老爸終於給客廳牆壁上漆了，我們家以前似乎滿滿都是人，現在大部分時候卻只有我和米奇。我們就像船難後唯二的倖存者，坐在荒涼的小島上繼續生火，期盼有船隻經過，只是我們的廚房餐桌就是那座小島，而米奇不是生火，改烤蛋糕罷了。

媽媽又回去工作了，為了迴避老爸，她晚上經常出門，反正老爸也不在家，因為他為了躲避老媽，晚上也都不在。莎拉從來不在家待著，她總跟朋友或新男友出去。她男友放假或不值夜班時，莎拉都開始在他的公寓過夜了。

媽媽會去以前從來不去的健身房上課，她買了很多新上衣和緊身褲，還買了件泳衣，這些衣服老是掛在廚房晾衣架上。她把健身房的課表貼到冰箱上，用藍色原子筆圈起來，如**太極**、**身體平衡**、**水中有氧**和Nova。我實在很不確定這個Nova是什麼東東，所以決定去google一下。我找到的第一個定義是：**突然大放光明，然後漸漸在幾個月後，回復到原本狀態的星星**，這蠻說得通的。第二個定義是：**以所能理解的語言，混合成的自由式瘦身瑜珈與皮拉提斯**。我覺得聽起來很驢，但我猜應該就是這個了。

米奇走進廚房。

「你在烤箱裡烤什麼？」我問。

「香蕉麵包，烤好後妳可以吃一些。妳看過這個了嗎？」他煩亂的把每週四都會送到信箱裡的本地報紙拿給我。

我看著報紙，有一小篇報導寫道：**不倫師生戀，教師被停職**。報導沒說很多，只提到我們學校的男教師因為與第六學級的學生有不正常關係，而遭到停職。

「這下子奶奶就會知道了。」我說，「老爸無法對奶奶隱瞞。」

「大家都會知道了。」米奇十分沮喪。

我突然想到一件之前沒想到的事，害我非常擔心。「老爸會去坐牢嗎？」我問。

「不會。」米奇很篤定。

「是因為凱莉已經滿十六歲，而且他們彼此相愛嗎？」

「我猜是吧。」米奇說，接著又說：「妳的襯衫怎麼回事？」

「我跌倒了。」

「真倒霉。」米奇彎身檢視烤箱裡的麵包。

我離開廚房到車庫，那裡有一個附收音機的老舊小CD播放器，老爸在踩飛輪或在車庫「工作」時，偶爾會聽。

我拔掉CD播放器的插頭。其實我自己的筆電就可以放CD了，但那是爸爸的舊筆電，揚聲器不太佳。我知道若能用適當的播放器去放菲絲給我的CD，聽起來會好很多。

米奇看到我把CD播放器拿進廚房，什麼都沒說。我們家裡最近很多東西都搬了位置，想來是因為老爸不久就要離開了，他想知道要帶走什麼，但看起來又像是什麼都沒拿吧。

我走上樓，關上臥室門後，突然覺得好累，得在地板上坐一會兒。有時我會這樣，尤其是放學後。我在床邊及書架旁的地板上，有一塊特殊區域，我就坐在那裡，有時坐很久。我喜歡靜靜不動的坐在那兒，有時我會哭，心裡就覺得好過一點，但我不一定總是哭。很多時候我只要一個人坐在地板上，便覺得開心了。坐在這裡，我才能再度收拾自己的心情。也許是因為放學後被人絆倒，或是看到報上爸爸的報導吧，但我知道自己今天必須坐在這裡。

我在地板上坐了一會兒，直至聽見媽媽下班，開始煮晚飯的聲音。我起身插上CD播放器插頭，從科學課本裡拿出CD。

菲絲用大字在CD上寫著「及時：R.E.M.一九八八至二〇〇三最佳歌選。」我知道那是菲絲的筆跡，因為我看過她的作業日誌，她的字非常潦草。

我的CD不多，因為我出生時，網路已經很發達了，如果不介意廣告的話，很容易聽到免費音樂。爸媽在樓下收有不少CD，收藏明顯的區分成媽媽的CD和爸爸的CD。爸媽從來不在網路上聽音樂，嫌音質太差。

有一年聖誕，媽媽幫我買了幾張摩城唱片公司的CD，如頂尖四人組、黛安娜蘿絲與至上女團（The Four Tops,Diana Ross,The Supremes），現在這些CD大部分都在米奇的房間了。米奇尤其喜歡至上女團，經常放《你不能急》來轉換心情。

爸媽對音樂的品味一向南轅北轍，老爸喜歡媽媽討厭的那類樂團，例如，「瘋子樂團」（Madness），而媽媽喜歡像「新秩序」和「治療」（New Order ,The Cure）這一類會令她想到一九八〇年代末，自己還很年輕自由的樂團。她以前在吸地毯時，常用極大音量播放一首叫做《信仰》的歌，老爸都快瘋了，因為他很討厭「新秩序」。

小時候，爸媽唯一都喜歡的樂團叫「美麗南方」（The Beautiful South）。以前每年夏天我們都會去看住在康沃爾的外祖父吉米，和外祖母伊娃，由於「美麗南方」是爸媽唯一都喜歡，而莎拉、米奇和我也都喜歡的樂團，所以從前我們老是聽「美麗南方」。老爸尤其喜歡歌手念出他所有前女友的名字後，說：「我從我的鉛筆盒底部愛著妳們」的那首歌。

有一年夏天，大夥坐在車裡，莎拉說她再也不喜歡「美麗南方」了，如果要她再多聽一首「美麗南方」的曲子，她就從窗口跳到公路上，爸媽就得去撿回她的四肢，放到我們準備給米奇暈車用的塑膠袋裡，在喪禮前把她拼回來。

老爸回說，一點都不好笑。他對莎拉不再喜歡「美麗南方」，並破壞了全家一起坐車聽音樂的儀式，感到生氣又失望，結果我們只能整整六個小時，一路沉默的開車過去。

我從來不喜歡開車旅行，因為我個子最小，也就是說，我得坐在中間的位置。米奇老是暈車，有一次他在同一趟旅程中，吐在我身上兩遍。有一年，莎拉發明一種遊戲，她用力踹我露出的皮膚，等我哭痛時，又假裝什麼都沒做，只是因為我太無聊，每隔五分鐘就亂喊「好痛！」而已。

沒有人相信我的話，直到抵達康沃爾，大家看到我的左腿都紫了後。度假的第一天，莎拉被禁足待在屋裡，我們大家則去海灘。

我坐在地板上聽我的R.E.M. CD，直到老媽叫我下樓吃飯。聽這張CD令我愉快，一則是音樂的關係；一則是因為菲絲送給了我。

我想我會告訴菲絲，我特別喜歡三首歌，一首是男人「失去他的宗教」；一首是他「把大象推上樓梯」，向「天邊之外」尋找答案的那首，以及他談到月球上的男人，不斷唱著「耶，耶，耶」的曲子。

第二天是星期五，菲絲沒來學校，不知她是不是生病了。

我總在想，我更適合待在家裡，用自己能夠記住的方式，學習自己想學的東西。有時候，我**真的**很不想上學，我偶爾會裝病，請病假。我不常這麼做，因為我不喜歡撒謊。小時候，因為爸媽兩人都要上班，因此我很難請病假，否則他們就得有人留在家裡陪我了。以前請病假時，我會非常罪惡，因為我知道爸媽都得工作。通常我若得了感冒，還是得上學。媽媽會在早上給我喝維他命C泡錠，然後準備一疊泡了通鼻精油的衛生紙，需要時能用。

小時候，有一次我請了一天病假在家，隔壁的狄索扎太太過來照顧我。我要媽媽永遠別再請她來了，因為她一整天坐在我旁邊沙發上，看那種人家在閣樓裡找舊貨，覺得挖到寶的電視節目，然後還給我喝罐頭湯。狄索扎太太讓我覺得非常不自在，因為她總是離我很近，還在我額頭上放打溼的絨布。

但願菲絲沒有病得太嚴重。

下午的體育課，是我們今天最後一堂課了。體育是我最討厭的課程之一，我老覺得冷，不管我們是在學校大禮堂、體育館或戶外上課，而且我很討厭換衣服，這是最糟糕的部分。

而其中又更糟的，就是忘了帶體育服的袋子，因為若是忘記袋子，就得穿「備用袋」裡的衣服了。

「備用袋」是一個裝滿七拼八湊，沒人認領的舊體育服的大塑膠袋。裡頭的衣服一向很臭，而且不是太大就是太小，大家都知道體育褲上還染了經血。還有，衣服上面會用白色大字寫著「備用袋」，因此迫不得已穿「備用袋」的衣服時，每個人只要看你的短褲背後或運動服底部，就都知道了。「備用袋」裡有舊的膠底布鞋，如果鞋子太大，就得多穿些襪子，若太小，就只能穿平時上學的鞋了，看起來可笑至極。

幸好我有記得帶自己的體育服袋。

大夥在體育館外排著隊，瓊絲太太拿著哨子和筆記板點名，她跟我老爸一樣，無論晴寒，總是穿著短褲。

點完名後，老師放大家去更衣間。

我討厭更衣間，因為女生們講話超聒噪，瓊絲太太總是跑進來催我們快點。

我找到一處角落，開始換衣服。我小心的不去看別人，因為如果你在更衣室裡盯著別人看太久，別人就會罵你女同志。我脫掉衣服，換上體育服，將自己的衣服排在長椅上，以免搞丟。

我不喜歡搞丟東西，有時即使只是搞丟我當時不太需要的小東西，也會令我驚慌。

我開始從腳趾部分捲收緊身褲，心想著要把褲子塞到外套口袋，這樣就不會搞丟了。

「看看蘿易莎，她好奇怪唷。」

我轉過身，貼身背心和運動褲才穿到一半。裘莉・懷爾斯正盯著我，布蕾妮・席維也扭身看著我。

「是啊，她是怪胎。」布蕾妮說。

更多女生轉頭來看我了，我們有一群所謂「風頭很健」的女生，此時她們都在看我。

「她竟然連像樣的胸罩都沒穿。」另一名女生說。

這不是真的，我穿的就是在德本漢姆內衣部買的，適當的胸罩，只是這胸罩沒有鋼絲，因為我覺得加鋼絲的胸罩穿起來不舒服。

「她又不需要。」裘莉說，她們全都在嘲笑我。

「瞧她把她的緊身褲怎麼了？」布蕾妮看著我正要放進外套口袋裡，那坨捲成一球的緊身褲。

「看看她放在長椅上的衣服。」蓮恩・派克斯說，「超**詭異**的。」

我想為自己辯解，卻說不出口。有時遇到壓力超大時，我會說不出話，像是找不到想說的字。我想叫她們滾開，別煩我，我才不在乎她們怎麼想我，雖然其實我很在乎。

我張開嘴，卻吐不出字。

「說呀，別盡在那邊吐白沫。」蓮恩說，她們幾個哈哈的笑。

我試著再次開口，卻似乎什麼都說不出來，我只能揮著手，我不是故意的，卻忍不住。

她們這會兒全在大聲罵我。

「神經病！」

「怪胎！」

「變態！」

「看——她像雞一樣的拍著手耶，她根本不是人。」

布蕾妮走過來離我極近，我還以為她要打我，可是她靠過來一揮，把我的衣服從長椅掃到地面。

所有女生又開始哄笑了。

看到自己的衣服掉在地上，我非常難過，喉中發出一聲細微的哀叫，我也不是有意要這樣的，可是情不自禁。

房間開始旋轉了，所有女生都在嘲笑我，指著我，我所有衣服被亂扔在地上，說不定我會搞丟什麼，我覺得非常慌亂，好希望她們別再笑了，因為刺得我耳朵好疼。

我摀住耳朵坐到地板上，一開始我並未意識到自己在搖晃，我只希望一切能夠結束。

「這裡怎麼回事？」

聽到瓊絲太太在我近處大聲問道，我張開眼睛。我鬆開摀在耳上的手。

所有女生都安靜下來，假裝忙著換體育服。

我仍舊坐在地上抱著自己的膝蓋，身體微微擺晃，周邊都是我的衣服。

「起來，蘿易莎。」

我看著瓊絲太太，卻說不出話，我想告訴她，我還沒辦法起身，我得在這裡多待幾分鐘，我想跟她說話，但我現在還辦不到。

「叫妳站起來！」

我只是坐著看她，站不起來。

她厭惡的看著我，然後轉身面對班上其他人說：「有誰知道這裡發生什麼事嗎？」

我縮起身子，因為瓊絲太太的聲音聽起來像犬吠。

所有女生都在搖頭，「她在發神經，老師，她把自己的衣服都扔到地上了。」

瓊絲太太走過來站到我前方。

「我說，**站起來**，蘿易莎。」

我試著起身，但動作非常慢，而且覺得頭暈。

「把妳的東西收拾一下，去見達德先生，告訴他，妳會干擾上課，我不要妳待在課堂上。」

我開始去撿地上的衣服，把制服換回來。我感覺到所有女生都在瞄我，但又努力假裝沒在看。

終於，瓊絲太太和其他女生都去上體育課了，她們經過時，全盯著我瞧。

我想這是有史以來，最糟糕的一堂體育課。

我到達德先生辦公室時，他似乎並不樂意見到我。

我試圖解釋是瓊絲太太叫我過來的，因為我會「干擾上課」。我講得極快，因為在往辦公室的途中，我已在腦中演練過了，確保能說對話。有時我經歷恐慌失語的情況，在恢復講話能力時，會劈里啪啦的一口氣都說出來。

達德先生似乎沒在聽我說話，他好像很煩躁，我到辦公室時，他正在裡頭收拾文件，揉著頭上的禿塊。

他說我下午得「關禁閉」。

「關禁閉」就是你被趕出教室，或做了壞事後，他們讓你待著的地方。意思就是，你得在一位老師的監督下，坐在辦公室裡，等上課結束，有時則是等一整天結束。

「關禁閉」應該是一種懲罰，我雖然不喜歡讓老師覺得我做錯事，但我並不喜歡班上大部分同學或其他人，所以對我來說，「關禁閉」並不算處分。

達德先生怒目瞪著我，「別給我耍小聰明。」他說。

我聽得一頭霧水，因為我沒有要耍小聰明，我只是努力想回答問題而已。

「妳的名字，還有年級導師。」達德先生不耐煩的說。

我回答前先深吸一口氣，因為我還不太能說話。「我叫蘿易莎・寇森，我的年級導師是威克斯霍先生。」

達德先生奇怪的看我一眼，「呃，我不能收留妳，」他說，「我要去開會。」

我不太明白他的「收留」是什麼意思，是指收留流浪貓狗之類的嗎？我又不是浪浪。我只是該安靜的坐在某個地方，讀自己的課本，或反省錯誤，思索如何改善自己而已。

「去見威克斯霍先生吧。」達德先生說著將我趕出辦公室，然後鎖上身後的門。「他會收留妳的，瓊絲太太有交待妳做任何事嗎？」

我搖搖頭。

達德先生嘆口氣，「去妳的置物櫃拿本書或作業。」

我點點頭。

達德先生最後又瞄我一眼，然後很快離去，留下我站在他的辦公室外，手裡仍拎著我的體育袋。

我走去置物櫃，把袋子放進去。走廊和置物櫃區一片安靜，真希望永遠像這樣。我拿出自己的鉛筆盒與英語練習簿，還有一本我們正在讀的劇本《推銷員之死》。我很喜歡這個劇本，我們英文老師說，這是一名男子在「美國夢」醒後，感到「空虛不已」的故事。

我現在覺得好些了，主要是因為我不必上體育課，但別人得上，而且我還能見到勞倫斯先生。我喜歡勞倫斯先生。

勞倫斯先生是我們的美術老師，我已經上他的課兩年了。他很嚴格，有時要我們靜靜的做美勞，我不介意這樣，因為我會很專注的做自己的事，覺得別人吵吵鬧鬧的很令人分心。

如果勞倫斯先生走到你的書桌邊看你，算你運氣很好，因為他會花很多時間陪你，幫你解決技巧上的問題。

勞倫斯先生會穿亮色的夾克和圍巾，有時會跟我們說故事，例如，他爺爺如何在一九五二年，從一個叫聖約翰的加勒比海島嶼來到倫敦，身上只有一件亞麻西裝，一個提箱和半瓶萊姆酒。我喜歡勞倫斯先生的故事，聽了總能記得住。

我走進美術教室，裡頭全是十一年級的學生，沒有人注意我。

「蘿易莎。」勞倫斯先生發現我在門邊徘徊，他今天穿了一件紅絨夾克，袖子捲起，戴了一條藍色花圍巾。「我能為妳做什麼嗎？」他從桌邊起身問。

「我被關禁閉了。」我說，「達德先生要我過來坐到您的辦公室，他有個會議。」

勞倫斯先生挑起一邊眉頭，「關禁閉？怎麼會發生這種事？」

我跟著勞倫斯先生走進他的辦公室，門開著，我以前也進來過，因為有些美術用品放在裡頭，例如，最小的筆刷和描圖紙。

我不太想談，於是便說：「我也不確定。」反正這也是真的。

勞倫斯先生笑了笑，我覺得我應該試著說點別的，就說：「我的東西掉在更衣室地上了，然後我就攏著手坐到地上，於是瓊絲太太就跟我說，她不能再讓我待在她的課堂上了。」

勞倫斯先生瞅了我片刻，似乎若有所思。他再次對我微笑，感覺那是個慈善的笑容。我從來分不清人家是在真笑還是假笑。勞倫斯先生有對慈祥的眼睛，而今天，他也笑得很和善，我心裡好過多了。「嗯，」他終於表示，「那就請自便吧。」他指指他的書桌和椅子，意思是要我坐下來。「我會進進出出，」他說，「如果妳有任何需要，大聲喊我就行了。妳手邊可有事做？」

我點點頭，因為我要看《推銷員之死》。

勞倫斯先生看著《推銷員之死》，然後笑了。他拿起桌上的一本書，「如果沒有的話，我打算建議妳讀這個，」他說，「我午餐時在讀。」

我看著勞倫斯先生手裡的書，他用一張摺起來的火車票當書籤，書名是《無名的裘德》。（**Jude the Obscure**，譯注：英國作家托馬斯．哈代最後的長篇小說）

「妳讀過嗎？」勞倫斯先生問我。

我搖搖頭，「這本書在寫什麼？」我問，因為如果你沒讀過一本書，通常都那樣問。

勞倫斯先生沉吟說：「是關於一個男人，原本很年輕，後來漸漸老了，他非常努力，但似乎沒能成功。」

我點點頭，因為不知道對這位越來越老，又無法成功的人，還能多說什麼。雖然勞倫斯先生是我最愛的老師之一，我還是很訝異他沒有責備我，而且對我被送到他這裡「關禁閉」，好像不覺得失望。我也很訝異他會告訴我，他自己正在讀的這本封面上有鬍子男士照片的《無名的裘德》。

「不同流合汙的人，才能做出改變。蘿兒，妳要記住這點。」勞倫斯先生調整自己的圍巾說。

我再次點頭。

「好了，」他說，「我該回教室了。」

我坐到美術辦公室桌邊，四周全是書籍和美術用品，以及掛在鈎子上的圍裙，還有《無名的裘德》。

我什麼都沒做的混了一會兒，因為覺得筋疲力盡，需要整頓心情。我看著勞倫斯先生的書桌木紋，用手指沿著溝紋，劃過滲入裡頭的墨水斑漬。

我覺得平靜些了。

十一年級的教室裡非常安靜，他們一定是在專心做美勞。我只能聽到喃喃低語，偶爾聽出他們彼此交談，以及勞倫斯先生對他們說話時的隻字片語。我聽到筆刷刷在果醬罐子，我很喜歡這些聲音，也享受聽這些聲音時，沒有人在看我，因為我就躲在門後的書桌邊。

我讀了一會兒《推銷員之死》，接著決定改看勞倫斯先生的書，我小心翼翼的翻開書，開始閱讀。

校長離開了村子，大家似乎都很難過。

我想，如果勞倫斯先生離開我們學校，我一定也會非常難過。我才讀完第一句話，鈴聲便響了，該放學了。

回到家時，老爸正在客廳，把他的足球年鑑從書架底端移進大紙箱裡。

「嗨，老爸。」我說。

「嗨，蘿兒。」他說著站到箱子前，企圖掩飾他正在做的事。

「我想妳應該去看看妳奶奶。」他說。

「她知道你和凱莉的事啦？」我問。

「是的。」老爸說，「她知道了，沒事的，蘿兒，妳不用擔心，但我希望妳去看看她。她說她太少看見你們了。妳要的話，我載妳過去。妳知道奶奶會餵妳東西吃，我稍後再去接妳。」

我的表情一定不怎麼情願，因為老爸說：「別這樣，蘿兒。」

「莎拉和米奇怎麼不去？」我問。

老爸嘆口氣，「莎拉向來如此，米奇得讀書，他星期一有模擬考，所以他就解套了。」

每次別人對我說這種話，我就忍不住想像成畫面。我想到有個大繩套，套在米奇身上，繩套解開，放他下來。

我沒法解套，我被套得牢牢的。

「好吧。」我頗不樂意的說，「我去就是了。」

「太好了。」老爸說，「奶奶會很高興的。」

我上樓換制服，心想，那倒是真的。每次我們去奶奶的公寓，她總是餵我們食物，她依然會幫我做我小時候超愛的白煮蛋和烤吐司條。她也會在冷凍庫裡準備巧克力千層雪糕，我們去看她時便給我們吃。

我不太愛去別人家，但我對奶奶的公寓已經夠熟了，比較不會緊張，而且我知道我不必待太久，因為奶奶會累，而且有時會在電視機前面睡著，也就是說，我可以換臺，看大自然節目。我也喜歡去看克萊夫，有時克萊夫會過來坐到我旁邊沙發上。我喜歡撫摸牠很久，因為摸牠讓我覺得愉快平靜。克萊夫似乎也很喜歡這樣，牠會呼嚕嚕的抬起下巴，讓我撫摸下巴下方。

當我們抵達奶奶家，老爸讓我在外頭下車。

「你不進來嗎？」我問。

「今天我就不進去了。」老爸說，「要我接妳時，傳簡訊給我。」

「好吧。」我下了車。

我走在通往奶奶公寓的小路上，發現她放了一個戴紅帽，拿鏟子的花園小侏儒。

小時候我好怕奶奶的花園侏儒，以前我會想像他們活過來追著我，想咬我的腳踝。

後來我就比較習慣了。

我按響奶奶的門鈴。

「蘿兒嗎？」奶奶打開門，看起來很訝異，她退開讓我進屋。

「嗨，奶奶。」我說。

「妳來這裡做什麼？」她問我說。

「我來看妳。」我答道。

「現在有點不方便，」奶奶表示，「我正要出門。」

我回頭看著車道，老爸已經開車走了。

「算了，」她說，「妳陪我去吧。先進來坐一下，我幫妳弄點蛋和烤吐司條。」

我坐在奶奶家的沙發邊上，奶奶關掉電視，她知道電視開著，我不愛講話，尤其奶奶都把電視音量開得很大。

「妳要去哪兒？」我問。

「靈修教堂，」奶奶說，「我禮拜五都會去。」

「老爸一定是忘了。」我說。

奶奶笑了笑，「他在戀愛，所以才會忘。他的腦子變成豆腐了。」

我很努力的想像老爸的腦子變成豆腐，那景象真的不怎麼美。

「所以妳知道了嗎？」我小心翼翼的問奶奶。她走到廚房，拿出鍋子幫我煮蛋。

「知道什麼？」奶奶說。

「老爸跟一個第六學級，名叫凱莉・迪爾的學生搞外遇，報紙都登了，爸媽正在試分居，而且可能會變成永久分居，還有老爸睡沙發蓋青蛙被子，媽媽去上健身課。」

奶奶轉過身，兩手各拿著一顆蛋，她仔細瞅著我，「是的，我想我大部分都知道了。要兩顆蛋嗎？」

我點點頭。

奶奶把蛋放進水裡，開始計時，然後走過來坐到我身邊。

克萊夫跳到我腿上，我撫著牠的耳後和下巴。

「或許對妳媽媽來說，也是件好事。」奶奶說，「改變跟休息一樣，都是好事。」

我很想說，我們家最近一點「休息」的氣氛都沒有，但我什麼都沒講，只是繼續撫著克萊夫。

「而且那個年輕女孩人好像不錯。」奶奶說，「非常活潑開朗。」

「誰？」我說。

「當然是凱莉了，」奶奶表示，「他們上星期六來我這兒喝茶。」

「我不知道有這回事。」我說。

「我們不可能什麼都知道，」奶奶說著站起來幫我弄吐司，「而且如果能在我走之前，多添一兩個孫子，也挺好的。」

「您要走去哪兒？」我問。

奶奶對我笑了笑，計時器響了，奶奶很快把煮蛋的火關掉。

我無法想像凱莉會想早生小孩，但我決定不告訴奶奶。

克萊夫開始發出呼嚕聲，我喜歡牠這樣，覺得自己跟貓兒有份僅有我們瞭解的特殊關係。動物比人類容易相處太多了，安娜貝拉和尼爾瞭解我對動物的需求，因此我們才會養朗佐。每次我要求爸媽養隻貓或狗，他們就會說，我們家裡有隻逃掉的倉鼠已經夠了，然後找一大堆藉口，說貓咪會去捕捉漢咪，將牠吃掉，或我沒有時間遛狗，我們度假時狗狗會憂鬱——意思是，他們不想付錢讓狗狗去住狗旅舍。

我一向都有空去遛朗佐。

等我長大，有自己的房子後，一定要養動物。我想我會在本郡某個地方弄間小屋子，我要養一隻貓和一隻狗，也許養幾隻綿羊和雞。我的雞蛋永遠新鮮，而且我要幫大家做麵包。

我一直很想養雞，我很小的時候就發現小雞是從蛋裡生出來的。我在電視上看到養雞場以人工方式孵蛋，便決定自己孵化小雞。我從冰箱裡拿了幾顆蛋放到臥室床下，打開手電筒，用燈光照雞蛋好幾天，直到手電筒的電池沒電。媽媽早上進房間叫我起床上學時，問說那是什麼味道，我讓媽媽看放在床底下的蛋，其中一顆裂掉了，在地毯上流成一坨稠液。

「我只希望她不會像妳媽媽等那麼久，否則我永遠見不到他們了。」奶奶把蛋和吐司條端過來，放到桌上。

原來奶奶還在講生更多孫子的事，媽媽二十七歲生莎拉，她覺得生太早，奶奶則覺得晚到誇張。

克萊夫從我腿上跳下去，牠知道我得坐到桌邊吃東西了，若牠運氣不錯，我可能會趁奶奶不注意時，餵牠一點東西。

我坐下來拿湯匙輕輕敲蛋，每次剝蛋前，我都會這麼做。

「快點，」奶奶說，「我們二十分鐘內得出發。」

我想起奶奶得去上靈修教會，我不是很想去，因為奶奶去那兒，是想試著與爺爺連繫，那裡會有其他也想跟他們去世親友通靈的人。奶奶說，爺爺從來不曾「出現」，但她還是一直去，說不定爺爺就會來了。

老爸說靈修教會是幌子，無論爺爺在何處，反正不會回來了。媽媽有一次悄聲說，爺爺一定不會回來，他生前不喜歡被人唸，死後當然更不會回來聽人囉嗦了。

「我不確定我想跟任何死去的人說話。」我輕手輕腳的掐出蛋黃，塗到吐司條上。

「噢，妳別擔心。」奶奶說，「靈媒今晚不在，我們是舉辦天使之夜。」

「那是什麼？」我問。

「不曉得。」奶奶說，「到時我們就知道了。希望葛瑞雅有把餅乾罐裝滿，因為上個禮拜，茱莉亞的老公把所有卡士達奶油餅乾吃光了。」

我們來到教堂，感覺較像是村公所的禮堂，而不是真正的教堂，因為裡頭沒有任何十字架或其他宗教用品。

大廳中間擺了一圈椅子，許多人站著彼此聊天，或把大外套披到椅把上，我想是為了占位子吧。許多椅子上都放了外套，卻沒人坐。「就像德國人和他們的躺椅。」老爸一定會這麼說。

我不喜歡一堆人同時說話，便躲到奶奶身後，努力當空氣。

「這是我孫女，蘿易莎。」奶奶對一名高大的女士，和另一位年輕許多的女人說。高大女士戴了一對晃來晃去的月形長耳環，年輕女生有捲黑的頭髮，她戴著松綠色頭巾，穿了件紫色緊身毛衣。

我不是很喜歡紫色，也不覺得紫色跟松綠色很搭，至少不是**那種**紫和**那種**松綠。

我也不喜歡奶奶說「這是我孫女」的語氣，聽不出她究竟是覺得驕傲，還是感到抱歉。

「啊，彩虹小孩。」捲髮女士說著想來摸我。

「應該不是吧。」我很快往後退開。

「派蒂，這位是圖拉。」戴月亮耳環的高大女士對奶奶說，派蒂是奶奶的名字。「今晚由她主持，我們很幸運能請她來。」

「很高興認識妳們二位。」圖拉說，「請坐。」

等我們坐下後，我拿出手機搜尋「彩虹小孩」。

看來，「彩虹小孩」是在新千禧年誕生的孩子，以前從來沒有轉世過，也就是說，他們沒有業障或前世。彩虹小孩喜歡各種顏色，而且往往能通靈。他們充滿精力，對生命滿懷熱情，會避免出生在問題家庭裡。

那絕對不是在下本人我。

每個人都就坐了，圖拉自我介紹說，她是光之工作者，專門與擔任上帝使者的天使合作。她說話的語氣，就像別人說他們是帶孩子或治療酒鬼的人。

接著我們唱了幾首聖歌，《萬物光彩燦爛》和《越過路途，我的朋友》。幸好我們小學時常唱這些歌，所以我知道大部分的歌詞。

我們唱完兩首聖歌後，又唱了一首ABBA合唱團的《我有一個夢想》。每個人都唱得非常大聲，而且唱到「我相信天使」時，還有點走調。幸好我也知道這首歌的歌詞，因為米奇很喜歡ABBA合唱團。

唱完歌後，圖拉開始告訴大家關於天使的事。她告訴我們，有大天使和守護天使，大天使有點像達德先生，負責監督。她說，我們有任何需要時，都可以呼喚我們的守護天使，甚至是大天使；如果我們感到悲傷失望，或痛失親人，她說，甚至是很小的事項，例如，搞丟汽車鑰匙，或無法決定穿什麼鞋參加婚禮，或到了超市，卻忘記自己要去那裡買什麼時，都可以這麼做。

她拿出一大本剪貼簿，讓我們看大天使和其他天使的圖片。我想她一定花很多時間整理這本剪貼簿，說不定她從很小的時候，就一直在收集天使的圖片。接著她告訴我們，每位天使的專長：心情的療癒、治療過去的創傷，或保佑你找到新工作。我猜，那樣我們就不用白費時間，找錯天使了。

然後她請大家分享我們的天使故事，我沒有任何天使的故事。小時候，莎拉有一次告訴我，我們花園底下住了一隻小妖精，我信了她的話好一段時間，但我從來不太去想天使的事。大家都很客氣的聆聽一位女士說，她曾在斯蒂夫尼奇的埃索（Esso）車站遇到她的守護天使，天使賣了一包香煙給她。她說她立即認出那就是她的天使，於是她帶著鎮定平和的心情，滿懷感激的離開埃索車站了。

不知她的天使是否該拒絕賣煙給她，天使應該照顧她吧？天使好像不該刺激肺癌率。

或許圖拉也想到這點了，因為她聽了埃索車站的天使故事後，皺起眉頭，並表示天使很少會以人類的形態出現。

接著圖拉叫我們想像天使，她指導我們兩腳莫要交叉，平穩的踏在地板上，兩手垂放於大腿，打直背坐挺。

我們得閉上眼睛，專注聆聽她的聲音。

她先要我們放鬆，我們必須放鬆身體的每個部位，從頭頂一點一滴的開始，然後是眉心，圖拉稱之為「意識的第三隻眼」。接著她叫我們專注呼吸，必須讓吐納平穩，用腹部而非胸部呼吸，吸氣時，腹部應該凸脹起來，吐氣時則會扁回去。由於我看不到自己的肚子，所以不確定是不是做對了。

圖拉說，我們在一座森林裡。

我努力想像自己在森林中，但森林幽暗而嚇人，於是我微微打開眼睛，結果看見所有圍坐成圈的人都閉著眼。連圖拉也闔著眼睛。我再次閉眼，努力回到自己的森林裡。我實在不太敢一個人待在這片林子，我只能想到《柳林風聲》中，鼴鼠在野林裡迷路的那一段，他聽到四周盡是急促細碎的腳步聲，看到地面洞裡滿是邪惡的臉，最後只好躲到一棵樹裡，直到水鼠跑來救他。

圖拉告訴我們，森林靜謐優美，陽光從上方厚實的綠蔭中篩落，四周鳥聲啼唱。

這讓我稍微好過一點，現在我的森林是在大白天，沒有那麼可怕了，但我還是擔心會有螫人的蕁麻。有一次我被蕁麻刺到，痛死我了，而且超癢的。我決定在口袋裡放抗組織胺藥膏，圖拉並沒有說我們不能帶抗組織胺藥膏，我覺得帶著很合情理。其實圖拉根本沒提我們能不能帶東西，我們好像毫無準備，就在這座森林裡亂跑了。

我決定帶著背包，裡頭裝起司與醃黃瓜三明治，還有一個裝著水，可重複使用，不含酚甲烷化學成份的水瓶。我有一個指南針，也許還帶了打火機，需要生火時可用。

圖拉要我們四下看看，記住在林子裡看到的東西，可是我忙著思索背包裡帶什麼，我又加了一份英國地形測量局的地圖和薄荷糖。

她要我們聆聽鳥鳴與其他森林裡的聲音，要求我們專注於自己的感受、照在我們臉上的陽光，或柔軟的地面，或腳底下的落葉。我在想，也許我該加一頂帳篷，因為我們好像在林子裡待很久了，說不定天色會變黑，我真的得在天黑前把帳篷搭好，我沒辦法保證能像鼴鼠那樣，找到一棵裡面空間夠大，能躲得進去的樹。

她說我們來到森林的一片空地了，空地上有座寺廟。我不確定寺廟長什麼樣子，我只能想到那些在青花瓷盤上看到的日本房子，那種房子似乎有許多邊角會翹往天空的屋頂。我的寺廟看起來就像那樣。

圖拉要我們穿過寺廟大門，我決定把背包留在臺階上，也許挺安全的，因為我在森林的這段期間，都沒看到其他人。

圖拉跟我們說，寺廟裡有個祭壇，她說站在祭壇上的，就是我們的守護天使，天使四周環繞著白色或黃色的光，等著要來愛我們，擁抱我們。

我站在我的寺廟裡看著祭壇，可是上面沒有天使。

我查看剛巧在我口袋裡，跟抗組織胺擺在一起的手機，也許她或他遲到了。

圖拉還在滔滔不絕的描述我們的天使，說他們有多麼樂意愛我們，指導我們。

我聽到圖拉說，該跟我們的天使道別，離開我們的寺廟了。我感覺有個尖尖的東西頂入我身體裡，不知是不是我的天使，說不定她是隱形的，其實一直都在祭壇上。

我張開眼睛，奶奶正用手肘頂我的肋骨。「蘿兒，」她低聲說，「結束啦。」

我環顧四下，每個人都張開眼睛了，有些人正在彼此交談，想像練習應該是結束了，我好想再次閉起眼睛，看看我的天使是不是到了。天使會跟人一樣，遇到交通阻塞而遲到嗎？

我又眨了幾下眼睛，適應此刻房中，似乎格外明亮的光線。

「妳見著妳的天使了嗎，蘿兒？」奶奶問我。

「沒有。」我說，「妳看見妳的了嗎？」

「看見了。」奶奶說，「沒見著天使也別擔心，妳第一次嘗試，機會並不高。」

「妳的天使長什麼樣子？」我問，「她漂亮嗎？有金色翅膀嗎？」

奶奶如夢似幻的笑說：「我的天使是男的。」她說，「看起來很像年輕時的克里夫・理查

（Cliff Richard，譯注：英國流行歌手及演員），我沒注意到他的翅膀。」

星期六早上，我被巨大的鬧聲吵醒，我不喜歡噪音，覺得非常討厭。

而且天氣感覺比平時更冷了，我對熱氣的波動和氣溫變化極為敏感，就像對巨大的噪音一樣。

我在床上跪起，望著臥室窗外。

狄索扎先生正拿著機器在他家後花園吹掃葉子，把葉子趕在一起堆高，我要是年紀小一點，可能會跳進葉堆裡玩。

樹葉大多被吹得在空中亂旋，狄索扎先生戴著面罩，看起來像連著浮潛呼吸管的那種面罩，或許那是他手邊唯一能找到的。

時值十月底，落葉乃自然現象。我在這裡目睹的，是一位孤獨奮戰，以其卑微的方式，征服大自然的男人。

狄索扎先生的掃葉機八成是油動的，跟他的古董割草機一樣。

汽油來自原油，而原油是世上有限且無法再生的資源。上科學課時，有時遇到老師教我們有趣的事項，我也會聽一聽，所以才知道。我偶爾會記住一些事情。原油中釋出的氣體，極具傷害力，所以看到巴士或貨車停在紅綠燈前，千萬別離它們排放的廢氣太近。

狄索扎先生只是為了清掃後院的枯葉，就動用這種來自地球底層的有毒資源，實在有點瘋狂。

但話又說回來，很多事情也沒什麼道理可言。

我決定起床，查看寒氣是從哪兒來的。

我來到樓梯頂端，看到前門開著，有隻老爸的舊靴子卡在門板與門框之間。

我走下來，把門整個打開。

媽媽穿著她的舊牛仔褲和毛衣在外頭，毛衣袖子捲到手肘，而且還戴了塑膠手套。

媽媽腳邊有一桶肥皂水，似乎在刷洗我們家前窗底下。

我走到外頭車道，身上只穿了睡衣和襪子。

我們窗子下的磚頭上，用白漆寫了幾個字母：EDO，另一個字母已經被老媽刷掉了。我從牆上的水痕，看出那是一個P。

PEDO。

我想一定是指老爸，他們把前幾個字母寫那麼大，結果牆上沒有足夠的空間塞下戀童癖，

paedophile，整個字。或者他們只是不知道怎麼拼罷了，因為他們已經落掉一個A了。

我敢打賭，一定是我們學校男生幹的。

「嗨，蘿兒。」老媽發現我站在那兒。

「嗨，媽媽。」我說。

「昨晚還好嗎？」她刷著字母E說，「我昨晚沒見到妳。」

「還好。」我說，「我跟奶奶去靈修教堂，聽天使演說。我們還練習想像天使，可惜我的天使沒出現。」

「沒關係。」媽媽把刷子泡進水裡，「我們不能期望自己需要別人時，別人一定會出現。」

「可是圖拉跟我們說，我們需要天使時，他們一定在。」

「圖拉是誰？」媽媽刷著E的頂端問。

「一位光之工作者。」我說。

媽媽聽得一頭霧水。

「妳知道這是誰幹的嗎？」我問說，想改變話題。

「不知道，」老媽表示，她停下刷洗，盯著大大的白色字母。

米奇拿了另一把刷子和萊克蘭的紅色小桶子，從屋子裡出來。他全身裝扮齊全，害我再次尷尬起來，我就這樣穿著睡衣站在車道上，為什麼我老是不斷出這種事？

米奇開始清洗O，我猜他們會一起刷到D。

「應該交給老爸來刷。」米奇生氣的說。

媽媽嘆口氣，「清掉就算了。」

「要我幫忙嗎？」我問。

「沒關係，蘿兒，我們來就行了。」媽媽用非常堅毅的口吻說，一邊重新刷洗起來。

「老爸**跑哪兒**去了？」我問。

「他昨晚沒回來。」媽說，「他這個週末好像不在。」

「是跟——？」

「是的，跟凱莉。」媽說。

「他怎麼什麼都沒說。」我問。

媽媽轉頭看著我，「我想大概是臨時決定的。」她說。

「也許她有游泳比賽？」米奇努力緩頰。

三個人望著牆壁一會兒，媽媽又開始刷洗了。「誰知道？」她說，「誰知道呢……」她看起來很厭煩。

我不必問莎拉的去向了，如果她在家，一定在床上。她從十一歲起，週末就不曾在下午一點前起床了。

隔壁家的前門開著，狄索扎太太穿著晨衣走到外頭，拿放在門毯上的型錄。

她看到我們全在屋前，媽媽和米奇戴橡膠手套拿著刷子，而我則穿了睡衣，便忍不住盯著我們看。

她皺起眉頭，很快鑽進屋裡。

「我想我們把她嚇跑啦。」老媽說，「或許她不高興，因為我們一直沒把碎紙機還給她。」

「我稍後就去還。」米奇說。

有對遛狗的夫婦從我們房子前頭經過，我覺得自己穿得有些曝露。「我想我最好去換衣服。」我說。

「要我烤司康嗎？」米奇問，一邊將O刷完。

「好啊！」媽媽和我齊聲說。

大家都笑了。

至少我們還笑得出來，我心想，即使我們的屋子遭到破壞，即使鄰居不肯跟我們說話。

週一早上，菲絲回學校了，我點名時坐她旁邊，她在作業日誌上塗鴉畫星星。

「妳生病啦？」我問她。

「有一點。」她說，「日子過得不太平順，黑暗降臨。」她在星群裡添了一個半圓月。

不知道菲絲心情不好時，會不會跟我一樣坐到地板上？她會跟我一樣，有時恐慌發作，而無法呼吸，無法說話，有時甚至頭昏嗎？

「妳有恐慌發作嗎？」我問菲絲。

菲絲不再畫星星了，她仔細看著我，「我寧可稱之為神智清醒的時刻。」

「為什麼？」我問，不確定她什麼意思，但非常感興趣。

「因為那是瞭解自己什麼都不是後的結果。」菲絲說著，在她的塗鴉中加了一顆流星，或是彗星。

「原來如此。」我還是一知半解，但很想多瞭解菲絲的「神智清醒的時刻」。我很少遇見有奇怪情緒，且會不自覺做出怪異舉動的人。我搞不懂自己為何會恐慌發作，有時理由很明顯，例如，在學校不順遂，或媽媽弄亂我內衣抽屜裡的襪子和內褲，她經常這樣，但其他時候，則發作得莫名其妙。

「有時我恐慌發作便無法呼吸，我得坐到地上，很長一段時間沒辦法說話。」我說。

「妳運氣超好的。」菲絲說，「我們在恐慌中，才能認清自己的自由，而成為真正的自己。」

我聽得一臉呆愣，菲絲放下筆，開始說出一番很深奧的話，彷彿在釐清剛才的重點。「恐懼是所有情緒的陰暗皇后。」她像在引用別人的話。

「是那個德國人說的嗎？」我問，「那個陰暗之后什麼的。」

「不，」菲絲說，「是另一個德國人說的，葛拉罕有一次在某場大會上遇見他。」

「我每次感覺迷惘時，就得坐到地上。」我說，「我覺得好像迷失了自我。」

菲絲聳聳肩，「人必先受到破壞，而後才得以自由。」她說，「做自己是很嚇人的，但這份恐懼，不該與對外在物體的恐懼混為一談。」

這下子我是真的有聽沒有懂了。對外在物體的恐懼？

米奇和我以前有個保母，她說她怕掛外套的衣架，但只怕空衣架，因為看起來很恐怖，也許菲絲指的就是這個。這種對外在物體的恐懼，或許也包含了動物。

「例如，害怕蜘蛛嗎？」我問，想到媽媽很怕蜘蛛。

「沒錯，」菲絲說，「像害怕蜘蛛。」

威克斯霍先生點名打斷了我們，菲絲被點到時，已經不再喊「在這裡」了，她現在習慣跟所有人一樣，點到名時只喊「有」。

威克斯霍先生點完名後，發橫格紙給大家，並說我們年紀不算太小了，應該開始思考長大後，可能想做什麼工作，該完成何種教育。

老師給我們五分鐘，寫下我們想從事的工作，以及為了「追求我們選擇的專業」，將需要哪些資格。他說如果我們還不確定，也沒關係，這只是一項練習，讓我們能「開始思考自己的選擇」。

我坐在那兒望著眼前的白紙。

感覺紙好白，好空。

我看到山姆振筆疾書的列下一串普通中等教育證書GCSE s、普通教育高級證書 A Levels ，和高等教育學位，這是他上大學、發掘上流社會生活的必要條件。

「妳有黑色色鉛筆嗎？」菲絲問我。

「當然。」我打開自己的鉛筆盒。

我將黑色色鉛筆給菲絲，然後繼續面對我的空白紙張。

我才十三歲半，怎會知道餘生想做什麼？我連直排輪都溜不直，也許這跟沒有診斷出來的運動障礙症有關，或許無關。

我只能想到，我寧可應付動物，也不想與人工作。我不是指集會上，那個十年級女生展示的，小小的陶製動物，而是指像綿羊、雞、馬和迷你刺猬等真正的動物。刺猬的數量驟減，是因為人們的花園整理得太乾淨，沒有足夠的，刺猬喜愛的灌木與樹籬供其居住。這是我從網路上一篇關於刺猬的文章中讀到的，我還發現，赫特福德郡有一間刺猬醫院，他們會收留人們送去醫院的傷病刺猬，不過有一次，有隻刺猬從瓦特福郡自己搭計程車抵達醫院。

我拿出紅筆，因為今天是星期一，紅色是週一的顏色。我在紙張上端寫下動物兩字，並在下面寫下**刺蝟**。

「好了。」威克斯霍先生說，「大夥輪流說好嗎？」

他先從窗邊的男生開始。其中有個男生想當職業足球員，並不需要任何資格認證。另一個男生說他想當水管工，因為他爸爸就是水管工人，錢很好賺，而且還可能看到穿晨衣的女人。

接著威克斯霍先生問坐在後排的那群女生，她們全都很討厭我，總是嘲笑我。老師問她們都寫了什麼。

今天坐在後排的有揍我眼睛的蓮恩．派克斯，把我的體育課袋子扔在地上，罵我怪胎的布蕾妮．席維。這兩個人對我尤其深惡痛絕。

蓮恩說她打算做上門服務的美髮師，布蕾妮表示想當指甲技術員。

「指甲技術員是什麼？」威克斯霍先生一臉困惑的問。

布蕾妮和蓮恩翻著白眼，「就是美甲師啦，先生。」布蕾妮的語氣，彷彿威克斯霍先生是世上最笨的人。

布蕾妮和蓮恩的朋友邦妮・傑克遜說，她想當汽車展示間的接待員，因為她姐姐就是做那行的，跟她姐姐合作一起賣車的男生，常約她出去。

布蕾妮和蓮恩讚同的點著頭。

威克斯霍先生摘下眼鏡，用放在斜紋軟呢夾克上邊口袋的布片，慢慢擦拭。他瞄著牆上的鐘，還有七分鐘，第一堂課的下課鈴才會響。

他煩累的看著教室，三名女生正在用手機傳訊息，兩個男生在比腕力。有個女生在幫另一名女生編辮子，一個叫馬修・馬克森的男生把他的手擺在邦妮・傑克遜的大腿上。現在雖然已經十月份了，邦妮還是穿著長襪，而不是緊身褲，因此她的大腿是裸露的。

我看到威克斯霍先生盯著那隻放在大腿上的手，那隻手開始朝邦妮的裙子爬上去。威克斯霍先生把眼神調開。

「麻煩各位注意聽，五分鐘就好。」

少數人抬起頭。

威克斯霍先生看往我們的方向，我假裝在看自己的作業日誌。

「我們還沒聽到這桌同學的說法。」他滿懷希望的看著山姆，「山姆？」

山姆臉一紅，他很不擅於在眾人面前說話。

「有屁快放啦，腮紅小子。」坐在窗邊的一名男生說。

山姆的臉又更紅了，「是玫瑰斑。」他喃喃說。

「我看到你寫了一些東西，」威克斯霍先生依然瞅著山姆。

「天體生物學家。」山姆悄聲說。

「什麼？」威克斯霍先生問。

「天體生物學家。」山姆這回稍稍提高嗓門，好讓威克斯霍先生聽見。他開始有點信心了，「等我取得必修課程——也許是數學、地理、物理、化學與生物的第一級普通中等教育證書GCSE s、普通教育高級證書 A Levels，以及我的第一個物理及天文學的學位，還有天文物理的碩士學位，以及天體生物學的博士學位……」山姆打住話，低頭看著書桌，「之後我會去美國太空總署NASA工作，參與尋找外星生命的職務。我媽媽和我在我七歲時就都想好了。」他靜靜的說。

教室裡突然一片死寂。

「怪胎。」有人喃喃說。

「書呆子。」

「至少有人是有計畫的。」威克斯霍先生說，「即使——野心很大。」

「我也有計畫呀。」布蕾妮憤憤的說，「美甲藝術一向都是有需求的。」

我瞄著菲絲，她看起來非常無聊。

威克斯霍先生把目光調回我們桌上，「妳呢，愛曼達？」

愛曼達、我、菲絲和山姆坐在同一張桌上，阿靈今天沒來，反正大家都知道他想當什麼。

「幼兒園老私。」她輕聲說，愛曼達不太會發捲舌音。

「很好。」威克斯霍先生說。

「我可以拿協位。」愛曼達說。

「『協位』是他媽的什麼東西。」布蕾妮壓低聲說。

「我呢，」蓮恩說，「我才不想每天被別家小孩的嘔吐和尿尿弄得滿身都是。」

所有男生哈哈大笑，不是因為蓮恩的話好笑，而是因為你若不讚同她，她很可能讓你生不如死。

威克斯霍先生皺著眉，顯然聽到這番話了，但他決定不理會。

「妳呢，蘿易莎？」

我垂眼看著自己的紙，祈禱鈴聲能響起。

「我看到妳也寫了一些東西。」威克斯霍先生靠向前說。

「我……我不確定……」我拖延時間說。

愛曼達同情的看著我。

威克斯霍先生並未放棄，「說吧，蘿易莎，上面寫了什麼？」

我不知道為什麼會這麼做，但我舉起我那張紙說：「動物。」

全班哄堂大笑。

「噓！」威克斯霍先生憤憤的掃視課堂，他回到我身上，「這話是什麼意思，蘿易莎？妳想從事與動物相關的工作嗎？」

「是的。」我虛弱的說。

布蕾妮咯咯笑說：「她想去動物園上班。」

有個男生學猴叫。

「她自己**就是**動物園。」蓮恩說。

「什麼樣的動物？」威克斯霍先生問。

他為什麼非要窮追猛問，我心想，鈴聲為什麼還不響？

「綿羊。」這是刺蝟之外，我第一個想到的動物。

所有人都笑了。

「咩。」蓮恩說。

「他們那**整張**桌子就是個農場。」布蕾妮竊語說，意指菲絲的姓氏。

有句俗話說「恨不得地上有個洞能鑽進去」，我想像椅子底下有個適合蘿兒大小的洞，讓我可以躲進去，可惜沒有。

「噢，閉上妳他媽的臭嘴。」

所有人看著菲絲，她講得超大聲，大到沒有人能假裝沒聽見，連威克斯霍先生都辦不到。菲絲瞪著蓮恩和布蕾妮，她們兩人都安靜下來。

威克斯霍先生一臉不悅，我心想，老師會把菲絲逐出教室，菲絲會被關禁閉，放學後留校一週，罰她停學，退她學。全班似乎屏住了呼吸。

「妳有什麼話要說嗎，菲絲？」威克斯霍先生問。菲絲不再看那些女生，威克斯霍先生清清喉嚨，菲絲看著他。老師看起來有一絲惶恐，「妳寫了什麼？」他問。

我可以聽到後排的蓮恩吸了口氣，我心想，她快要氣炸了。菲絲對她出言不遜後，竟然能全身而退，她氣威克斯霍先生沒有因為菲絲罵髒話，要趕她出去的意思，雖然蓮恩自己老是講髒話。

菲絲拿起自己的紙，她用我的黑色色鉛筆把一整面塗黑了，還削了兩回鉛筆。

她指著紙張白的一面，「這個，」她說，「代表存在，並且……」菲絲把紙翻過來，指著黑色的一面說：「面向死亡。」

威克斯霍先生瞪著菲絲，不知如何回應。

「妳要不要解釋一下這句話的意思，以及這個……」他指指菲絲的紙，「跟妳未來的職業選擇有什麼關係？」

「沒問題。」菲絲慢慢把紙放回桌上。「我用死亡來衡量自己身為一個人，所有的潛能與極限。我的人生將與死亡及自身的限度息息相關，即『面對死亡的存在』。」（being-towards-death，譯注：德國哲學家海德格的理論，意思是當人意識到自己終將一死時，才會思考存在的意義）

威克斯霍先生繼續瞅著菲絲，彷彿她是來自外太空的外星人。

「一群怪胎。」蓮恩嘀咕說。

「這也是那個德國男人說的嗎？」我悄聲問。

「是另一個不同的人說的。」菲絲說。

「又是另一個不同的人？」我真不知道究竟有幾個德國男生。

「是的。」菲絲說，「海德格。」

「可是，」威克斯霍先生完全摸不著頭緒的說，「妳要如何謀生？」

「噢，那個呀。」菲絲像是聽到一個蠢問題，「我要當牙醫。良好的健康，始於嘴巴。」

下課鈴終於響了，大夥火速開始收拾自己的東西。

威克斯霍先生摘下眼鏡，揉著自己的頭，我在達德先生辦公室，也看過達德先生用同樣方式揉著頭。老爸有時也會這麼做，也許他們是在比賽揉頭。

威克斯霍先生站起來，大家匆匆經過他身邊，走到教室外。他看起來非常疲累，彷彿不確定自己怎會來到這裡，他只想吹奏他的長號。

我替菲絲感到憂心，「這下子蓮恩會找妳麻煩了。」我們去上數學課時，我對菲絲說，「布蕾妮也是。」

「我才不擔心她們。」菲絲說。

「她們不會放過妳的。」我說，「她們已經很痛恨我了。」

菲絲笑了笑，「非利士人要來追我們了，伊洛德先生。」（譯注：電影《春風不化雨》裡的著名臺詞，非利士人是聖經裡的重要反派）

「是啊。」我非常嚴肅的點著頭，但心想，伊洛德先生是誰？我得記得稍後查一查「非利士人」是什麼東東。

「嘿，」菲絲說，「那讓我想到一件事，妳喜歡R.E.M.嗎？」

「我很喜歡。」我真心的說，「我喜歡那首月球上的男人的歌，還有失去了宗教的那首。」

「是啊，」菲絲說，「我們都會遇到這種事。」

「尤其是尼采。」我笑說。

菲絲轉頭看我，哈哈笑道：「沒錯。」

這是我第一次聽到菲絲笑，感覺真好，因為我們是一起被我說的話逗笑的，她不是像大部分人那樣嘲笑我。

「這裡，」她說，「我還有一份要給妳。」

她從課本裡拿出一張閃亮亮的銀色CD遞給我，這次沒有盒子。我看著CD，一會兒後才發現，菲絲在CD環周，用不同顏色寫下所有的字母FLEETWOOD MAC，佛利伍麥克。（譯注：英國搖滾樂團）

「謝謝。」我說。

「不客氣。」菲絲說，兩人走進數學教室。「對了，」她又說，「我也很喜歡刺蝟，刺蝟超酷的。」

我一直到星期三，才意識到我已經好幾天沒看到老爸了。

剛入夜時，米奇在廚房裡做梨子馬芬蛋糕，媽媽正準備去上健身課。

「我給你們留了焗烤義大利麵。」她對著掛在走廊上的鏡子整理頭髮，「拿到烤箱加熱，烤五十五分鐘就好了。如果想配沙拉吃，冰箱裡有。」

「老爸人呢？」我問。

「噢，他搬出去了。」媽媽說著打開前門。

「搬去哪裡了？」我問，這麼重要的消息，竟然都沒有人想到要告訴我。

「我也不知道。」老媽說，「我想，應該住在鎮上某處吧。」

「他什麼時候搬出去的？」我問。

媽媽嘆口氣，「我真的不清楚，蘿易莎。是上個週末嗎？很抱歉，心愛的，可是我的極球課快遲到了，史帝夫不喜歡我們遲到，他說會干擾班上的氣場。」

媽媽抓起車鑰匙，「別忘了焗烤義大利麵。」她關上門，留下我一個人在走廊上。

我聽到她的車子在車道上轉彎後，慢慢走進廚房。米奇正在馬芬烤盤裡擺紙杯，他又穿了媽媽的凱思金斯頓牌圍裙（**Cath Kidston**，譯注：英國紡織品牌，以花朵圖案設計聞名），上面有小藍花的那條。廚房裡飄著麵粉和蛋香，以及淡淡的果香。

「你知道老爸搬出去了嗎？」我問他。

米奇轉頭看我，「還沒正式搬出去，」他說，「我們還不該知道。」

「可是媽媽剛剛才告訴我，」我覺得很困惑，因為「非正式」表示尚未正式確定，但媽媽似乎確信他**已經**搬出去了，雖然她並不確定老爸是**什麼時候**搬離的。

「她不小心說溜嘴，讓貓從袋子裡溜出來啦。」米奇把剩下的紙杯收回櫃子裡。

我忍不住想像有隻貓從袋子裡被放出來，而且是頭黑貓，和棕色的紙袋。看起來挺可愛的。

米奇對著一臉懵的我說：「他本想親自告訴我們，但我知道他已經找到住處了。」

「你怎會知道？」

「昨天房仲打電話來，她以為我是老爸，就說鑰匙已經準備好了。」

「那你怎麼說？」我問。

米奇檢查烤箱溫度，他對烤箱溫度非常講究。

「我請她打老爸的手機。」

我頓了一下，思索此事，米奇則回去顧他的攪拌盆。

「老爸跟我們宣布他搬出去的事時，我們得假裝不知情嗎？」我問，因為我實在很不會撒謊。

想當年我五歲，莎拉十歲，有一次她叫我把所有復活節蛋都給她，否則花園裡的小妖精就會在半夜偷偷溜進我房間，在我的床尾跳舞，莎拉知道這會嚇著我。她叫我告訴爸媽，說我不想要復活節蛋，因為我已經不再喜歡巧克力了。那是謊話，因為我非常喜歡巧克力。我真的很想撒謊，首先，我想取悅莎拉；其二，我很怕小妖精，可是我就是撒不了謊。媽媽問我為什麼不吃復活節蛋時，我跟她說，我得把蛋讓給莎拉，否則小妖精會來。媽媽很氣莎拉，便沒收她的復活節蛋，莎拉很生我的氣，因為我不會說謊，不過我倒是很享受我的復活節蛋。

米奇看來心思凝重，他知道我不擅長撒謊。「我們可以努力假裝不知情。」他建議說，一邊開始把蛋糕糊倒進紙杯裡，從他的動作看得出來，他非常努力想把馬芬烤好，不讓它溢出來。

「好吧。」我心想，假裝不知道某件事，也許跟撒謊不一樣，或許我可以辦得到。

我決定上樓，讓米奇自己做馬芬。

我摸著光滑的扶欄木頭，這是老爸三年前用砂紙磨平，以一種叫多佛白崖（Dover Cliffs，譯注：英國英吉利海峽比奇角，一片長達五公里的白色懸崖）的白漆，塗在底下的。我記得，因為爸爸用舊床單蓋住樓梯，而且我得在他上漆期間，不斷的為他送茶。不知道爸爸是否想過自己會這麼快就搬走。

我來到樓梯頂，在爸媽臥室門外駐足。

不知道為什麼這麼做，但我扭開門把，推門進去。

臥室看起來沒變，但感覺不同了，我試著理清差異。

我發現，爸爸那邊的床側沒有書（通常是運動傳記）和單隻的襪子了。

以前他那一側的床頭几上，總是擺滿零錢、舊筆，以及他看書用的老花眼鏡，但他從不承認自己需要用。茶几上現在完全清空了，僅留下一盞與老媽那側相同的燈，連他的紅色舊鬧鐘都不見了。

不知他為何決定帶走鬧鐘，而不是燈。他是不是拿著這兩樣東西，委決不下？鬧鐘、燈……鬧鐘、燈、燈……他留下燈，是因為它跟另一邊的燈剛好一對？何必呢，如果沒有人會用燈的話，他的新家，難道不需要燈嗎？

這些事令我困惑而苦惱。

我打開衣櫥，媽媽的衣服還在，擺在衣櫥左側，但右邊的衣服都拿光了，只剩一堆空掉的衣架。

我們的保母說得對，衣架看起來確實很恐怖。

我關上衣櫥，決定不再四處多看。

我離開爸媽的臥房，或者現在只能說是「媽媽的房間」了，然後回自己房裡。

我必須在地板上坐一會兒。

我知道不能忘掉焗烤義大利麵，也許米奇會賞我一個梨子馬芬。我想，我會把馬芬拿回樓上，鑽到被子底下，看《冰凍星球》裡的企鵝，在南極蓋牠們的石頭窩。

我會試著忘掉爸爸已經搬走的事，還有那些空掉的衣架。

我想，我要做的第一件事，就是放菲絲送我的新CD。

我慢慢伸手拿起書包，從數學練習簿裡取出CD。

我把光碟片放入CD播放器裡，坐回地板上，等待音樂奏起。

一開始，我不太確定自己喜不喜歡，但聽著聽著，便還挺喜愛。我喜歡那首下雨時才會打雷的歌，還有另一首「人得走自己的路」。我喜歡這歌，因為我想到老爸，以及他「必須走自己的路」，雖然那令我悲傷。

我聽著音樂，直至聞到梨子馬芬的香氣，我知道米奇很快會結束廚房裡的工作。

我在夜裡醒來，感覺怪怪的，腹部下邊隱隱作痛，而且有點想吐。

我去廁所時，發現馬桶裡有血，我最喜歡的兔子睡衣上也有。

我的兩腿間在滴血，我慌忙的把血擦掉，手上也沾染了血，看起來就像一九九〇年代的恐怖片，就是莎拉和她的朋友喜歡在免費電影頻道上看的那種影片。女孩被戴面具的男人在肚子上捅了一刀（或故弄懸虛的，由女性去捅）。女孩低頭看著自己染血的雙手，然後看著不知名的凶手，那對深色而沒有靈魂的眼眸，然後就倒在地板上死掉了。

我沒遇到這種事。

我並不驚慌。

我面對災難挺能鎮定，我立即明白一定是我的大姨媽來了。

我知道，因為小學最後一年，我和媽媽一起參加「母女之夜」。我們坐在學校課桌椅上，白板上還留著下午的心算題。我們老師金斯頓太太跟我們談論一切關於月經，以及生殖系統的事，班上所有女生都超尷尬，而坐在教室裡的母親則露出瞭解的微笑，或查看自己的手錶，確定她們能及時趕回家，看下一集的《幸福谷》。

我套上晨衣，脫掉睡褲，泡在洗手臺裡，把汙血清掉。我清洗雙手，將身上清洗乾淨，給自己一點思索的時間。

我在參加「母女之夜」時，拿到了一個像派對袋的小袋子，裡頭有宣傳單和衛生棉墊的樣品，但我相當確定，我們回家後，老爸以為是回收袋，便不小心把袋子扔了。我不知道那片棉墊樣品後來怎麼樣了。

我飛快尋思，媽媽應該睡了，我不想拿這種小事去煩她，可是我知道不能光靠衛生紙，把下半夜的經血吸掉，而街角的商店十一點就關了，浴室的時鐘已指著十一點十五分。

也就是說，我只有另一個選擇。

莎拉的房間。

我打開浴室門，拿著一疊衛生紙，躡手躡腳的走到樓梯間的平臺上。我走回自己的臥室，快速換了件乾淨的睡衣，和一件我也許幾年前就該扔掉的舊內褲。

我再輕手輕腳的回到平臺，這回穿了乾淨睡衣，且兩腿間墊了一疊衛生紙。在這種情況下，很難走得輕巧，而且我不想打開平臺上的燈，只能摸索前行。我看起來就像隻巨大的昆蟲，曲著膝蓋和腳趾頭，用不自然的角度，伸張兩腿和手臂。

我摸到莎拉的臥房門口，放鬆伸出的四肢。到目前為止，衛生紙似乎還算管用，幸好莎拉今晚不在，和她的消防隊男友過夜去了。莎拉最近多半時間都跟他在一塊兒，不知她是不是也搬出去了，但卻有人忘記告訴我。

我小心翼翼的扭動門把，我的肚子越來越痛了。

我走進去打開燈。

到處都是衣服；床上、地上，打開的衣櫥也掉出衣服，各種顏色的洋裝、上衣、緊身牛仔褲，披在打開的門上，從衣架上掉下來（這裡沒有可怕的外套衣架）。

我踩到某個黏黏的東西，低頭仔細一看，是某種從瓶子裡滲到地板上的護髮乳。

地板上丟了一堆鞋子；球鞋、夾角拖、細跟高跟鞋、粗跟高筒靴，甚至有一隻毛絨絨的白色滑雪靴。這些鞋似乎都是單隻的。

門邊鏡子上沾著睫毛膏的黑痕，和各種彩度的口紅。我前面地板上，躺著亂七八糟的髮梳、髮夾、直髮器、髮捲、有齒的大髮夾和其他看起來挺危險的電器用品。

牆上貼滿斑駁的男人海報，大部分半裸，我大致認得他們的臉，卻叫不出名字，而且還有莎拉的照片。

放眼四處，都有莎拉的照片。有莎拉和她的男友、莎拉和她的朋友、莎拉在夜店裡、在布萊頓碼頭吃冰淇淋、莎拉在倫敦眼旁邊、去年暑假莎拉跟她朋友在西班牙度假、莎拉的畢業舞會、莎拉小時拿麥克風唱歌、甚至是莎拉從看似粉紅色禮車跌出來的照片。莎拉用一組照片排在牆上，拼出自己的名字：莎拉。

我開始覺得頭暈了，那些照片似乎在對我吶喊：我存在！我是莎拉！

我深深吸了一口氣。

我不能忘掉自己的任務。

我走向莎拉的床頭櫃，最上層的抽屜裡擺滿首飾和更多的髮梳，還有一張張凌散而看似重要，但實則早該歸檔的文件資料。

我自己有一個寫著「重要檔案」，專門拿來放重要文件的綠檔案夾，雖然我沒有很多重要文件要放。我把自己的護照和圖書館卡收在裡頭。

我其實不喜歡翻莎拉的東西，我得不斷告訴自己，這是出於緊急，沒有別的選擇了。

不知莎拉會不會曉得我到過她房裡，以前我看了很多《神探南茜》系列小說，知道有很多方式，能知道別人是否進過你的房間，打開你的私人抽屜。不知莎拉有沒有在第一層床頭櫃放一根頭髮，等回家再檢視那根頭髮有無掉到抽屜裡，知道是否有人進過她的房間。

我覺得不太可能。莎拉不太看書，她有很多時裝雜誌，但我懷疑她多半只看照片。我知道她唯一會讀的東西，就是購物時，一定會讀衣服上的標籤。莎拉得檢查衣服的大小和價格，以及衣服需不需要乾洗，因為老媽說，如果莎拉再買任何需要乾洗的衣服，就叫她自己付乾洗費。

我聽到身後傳來沙沙的腳步聲，嚇一大跳。

我當場僵住，有人發現我了。

我用極慢的速度轉過身。

卻看不到人。

我又聽到鬧聲了，聲音似乎來自莎拉的書桌底下。

我戰戰兢兢的走向書桌，彎下身，結果看到漢咪。牠在從莎拉的垃圾桶裡掉出來的，一袋擺了很久的鹹花生米裡忙著。垃圾桶被翻倒，掉出一堆用過的衛生紙和洋芋片袋，還有巧克力包裝紙跟鹹花生。

「嗨，漢咪。」我小聲說。

牠似乎很愛鹹花生，兩個腮幫子鼓得滿滿的，大概是要保存一些，留待日後吃吧。

難怪牠一直沒理會老爸設的人道捕鼠器，那是老爸離家前買的，爸爸在裡頭放了食餌。人道捕鼠器是透明的塑膠箱，晚上媽媽會放到廚房地板上。漢咪若看見或聞到食物，應該會走進箱子裡，啟動陷阱的門，將牠關住。

不知道是不是漢咪自己把垃圾桶弄倒的，如果是，我也不會太訝異，牠是隻很厲害的倉鼠。

我決定丟下漢咪不管，希望那些過期花生不會害牠生病。以後再來抓牠，可能得多費點時間，但我現在有更迫切的事情要做。

我試了一下莎拉床頭櫃的底層抽屜，有了，衛生棉墊！我很快抓了一把，外加幾根衛生棉條。

我勝利的關上抽屜，成功達成任務。

我仔細想了想，再次拉開抽屜，從衛生棉條的盒子取出說明書。

我越過臥室地板摸索回去，小心的避開溢出來的護髮乳。我關掉燈，把門拉上，但沒關死，這樣漢咪才能離開（不過我還是很懷疑牠有地底通道系統），然後帶著我新搜刮來的月經防堵設備，回到浴室。

我覺得像個被迫闖入敵區的戰士，我不僅存活下來，還帶回了寶藏。雖然我的寶藏只是衛生棉墊和衛生棉條而已。

下課時我找到菲絲，我向來很難在下課和午餐時，找到一個可以躲起來讓別人看不到的地方，直到上課鈴響為止。餐廳通常還算安全，因為會有比較多老師在，可是即便如此，還是會有像布蕾妮・席維這樣的人，走過來叫你立刻到外頭，讓蓮恩・派克斯揍一頓。反正我不太喜歡學校餐廳，因為實在太吵了。

我在科技大樓外找到菲絲，我們已經開始在一起混了。我覺得最好先警告她，跟我在一起不是什麼好事，因為我常受人欺負，被視做怪胎，加上老爸跟凱莉外遇，可是當我試圖告訴菲絲時，她只是看著我說：「蘿兒，妳在講什麼屁話，我才不在乎呢。」話題就這樣被打住了。

菲絲非常聰明，她應該已經知道別人怎麼看我了。

現在，每次蓮恩、布蕾妮、裘莉和邦妮一看到我們，就會瞇起眼睛，轉身離開。菲絲似乎沒注意到這點，也沒留心男生們每次看到我們在一起，就哈哈大笑。

我們穿過操場時，男生們對我們喊。

「小心唷——小跟班跟大老闆來囉！」

「勞萊跟哈台！」（Laurel and Hardy，譯注：一九三〇年代好萊塢知名喜劇雙人組，一瘦一胖）

「鯊鯊與喬治！」（Sharky and George，譯注：卡通角色，大鯊魚和小魚）

我們不理會他們，反正菲絲是不會理睬的，我則有樣學樣。我得走得特別快，才能跟得上她。

我不太確定自己能否把菲絲視為朋友了，我以前犯過這種錯，以為某人是朋友，結果其實不是。例如，念小學時的那個女生，她跟我說，她找到了一個像《納尼亞傳奇》的祕密世界，但你只能從清潔用品櫥櫃裡，才能到得了那裡，當我走進用品櫃後，她卻把我關在裡面，我可以聽到許多女生在櫥櫃外頭哈哈大笑，這才明白受騙了，她不是我真正的朋友。

我也不確定能真的把山姆視為朋友，因為我在校外很少見到他。山姆和我比較像兩個同樣物種，有時為了生存而彼此相依。

「妳怎麼了，蘿兒？」菲絲看著我說，「妳看起來臉色慘白。」

「我大姨媽來了。」我說。

「妳第一次嗎？」菲絲不可置信的看著我。

我點點頭。

「我十歲半時就來了。」菲絲說。

「我發育慢嘛。」我說，因為媽媽總是這樣說我。

「會痛嗎？」菲絲問。

我再次點頭，還是覺得有些頭昏，我的肚子好痛，得不時停歇坐下，而且我覺得身體好沉。我似乎只能慢慢走動，雖然衛生棉條待得好好的，但我就是害怕它會掉出來。

「來吧，」菲絲說，「我知道一個能幫妳的東西。」

她開始大步從我身邊走開，穿過大門，走向學校操場。

我很快跟上去，不知道為什麼治療經痛，得穿越學校操場。

我們經過一群穿冬天外套的女生，有些人正在吃早餐，其他人則盯著自己的手機。

我們經過幾個七年級男生臨時拼湊成的足球賽，他們拿四件學校的西裝外套，當成球門柱。

足球朝我們飛過來。

「當心！」菲絲大喊一聲，我們兩人雙雙避開飛球。

「越位！」有人在臨時湊合的球門柱後喊道。

「對不起。」其中一名男生嘟囔說，從我們腳邊撿起球。

菲絲搖著頭，兩人繼續前行。通常下課時間，不會有人跑到學校操場這麼遠的地方，我看不出這對我的經痛有何幫助。事實上，這害我更痛了。我很想坐下來，可是現在除了冰涼的地面，我根本無處可坐，而且我今早第一次注意到地面已經結霜了。

我們走向圍籬和後門，後門通往我超捷徑用的田野。

這會兒除了門邊幾個獨立搖滾族外，幾乎沒什麼人了（Grebo，譯注：一九八〇及九〇年代，流行於英國的次文化樂風），他們通常待在這裡，盡可能的遠離其他人。

我不知道他們為什麼被稱為獨立搖滾族，反正大家一向這麼喊。

他們通常穿黑色連帽運動衫，有時上面印著重金屬樂團的名稱。他們常帶著滑板，戴很多耳環和摩托車鏈首飾。

這幫人只管自己的事，不會跟其他學生廝混。

我們似乎朝他們走過去。

「我們不能跟他們說話，」我悄聲說，菲絲大步走在我前面。

菲絲轉頭看我，「我們當然可以跟他們說話，」她說，「誰說不行的？」

我想不出如何跟菲絲解釋，在學校裡，就是不能跟某些人說話。

我們走近時，聽到手機傳來的樂聲，他們只要有機會，就喜歡放自己的音樂。這批人大多坐著，或躺在地上，他們似乎不介意那樣會很冷或身體會溼掉。有個男生拿著他的滑板站起來，他把黑色的帽子壓低，蓋住超油的頭髮。

「AC/DC。」菲絲喃喃說，「簡直有夠復古。」（AC/DC，譯注：澳洲搖滾樂團）

「蛤？」我說，可惜太遲了。

「喂！」菲絲對他們喊道。

他們全看著我們，沒有一個人動。

我發現拿滑板的傢伙，垮褲上的口袋掛了一條摩托車鏈，他把鏈子拿出來，像在練習甩鏈比賽似的甩著，或者他想知道，這鏈子能對人的頭造成多大的傷害。

菲絲真的闖大禍了，我心想，我們完蛋了。

我們離這幫搖滾族很近，他們一共六個人，全是男生。

他身上飄著糖果、機油和另一種氣味，某種──草藥味。

所有男生盯著我們，大半看著菲絲，似乎想搞懂她。

最後，一名躺在地上的男生說話了，他似乎是這幫人中，年紀最大，塊頭最壯的。

「喂，」他緩緩說道，「有啥事？」

他說完這句話後，其他人似乎放鬆點了。

拿車鏈的傢伙還在練習甩鏈，但方式更加輕鬆。

地上那個年齡稍長的大個子，用單隻手肘撐起身體，抽著菸。他吸了一大口手捲菸，閉起眼睛，然後再次張開。「有什麼我們能幫二位同學的嗎？」他緩緩的說。

「我這位朋友，」菲絲指指我說，「身體不太舒服，覺得很痛。」她又說。

我盯著地面，可以感覺所有眼神都盯在我身上。

「她需要能止痛的東西。」菲絲說，「各位或許能幫得上忙。」

「妳想要捲煙？（joint，譯注：通常指大麻捲菸）」地上的傢伙問。

「你不是有嘛。」菲絲說。

「當然，」那男的說，「沒問題，我們可以給。」

我抬起眼，拿滑板的男生咧著嘴對菲絲笑，菲絲則客氣的不理會他。地上的男生伸手到夾克口袋掏出一個像錫箔紙揉成小球的東西。

接著我才會意，菲絲剛才跟他們要藥品，而且不是藥房裡的藥。她要求的是大麻。這樣不好吧，太可怕了，毒品很糟糕的。去年有一群演員到學校宣導毒品的災害，他們演了一場戲，其中一人差點死於嗑藥過度，所有朋友都試著幫她，但她嗑藥成癮，無法恢復正常。最後，我們都收到宣傳單，說明毒品的害處，上面寫著「遠離毒害，幸福永在」的字樣。宣傳單告訴我們，大麻對青少年正在發育的腦部傷害尤甚，會阻斷腦細胞，減低智商，基本上，就是會讓你變笨。

菲絲伸手到外套口袋裡，拿出一張皺巴巴的紙條。

地上的傢伙揮手表示不用了，「這個由我來請，」他說，「算是免費試用。」

他慢慢坐起身，在膝上放了張香菸紙，「需要捲得美美的嗎？」他問。

菲絲翻翻白眼，「我們看起來像什麼，大麻癮君子嗎？別給我們亂七八糟的東西，我們要真正的大麻，否則我們不感興趣。」

男生笑了笑，轉身面對其中一位朋友，「她們要貴的那種，」他聳聳肩，「把菸草拿過來，紅仔。」

一名高高瘦瘦，穿「超脫樂團」毛衣的紅髮男生，把菸草盒扔給正在捲菸的傢伙。

男生捲好菸後，把菸交給菲絲。「這是好東西，需要火嗎？」

「不必，謝了。走吧，蘿兒。」菲絲轉身要走。

「妳們不打算跟我們一起在這兒抽嗎？」那傢伙在她身後喊。

「不用了。」菲絲說。

「那就以後見啦。」拿滑板的男生說。

「好啊，」菲絲回頭對肩後喊說，「以後見。」

我們走到離搖滾族一大段距離後才停下來，我好訝異菲絲竟然直接走過去跟他們要大麻，而他們竟然也就給了，我們全身而退，我簡直不知道該說什麼。

我們在後園籬旁的一棵樹邊停下來。

「菲絲，」我說，「我知道妳是好心，可是——」

「沒關係。」菲絲從口袋拿出一小盒火柴，「妳不一定非抽不可，這只是個點子，但確實有幫助——可幫妳減緩經痛。」

我看著菲絲點燃小小的白火柴棒，她吸了一口，然後閉起眼睛。

我四下張望，確定沒有人看見我們，「毒品害處很大。」我說。

「是的，」菲絲說，「毒品是有害，但我比較把大麻當成醫用草藥。」

「真的假的？」

菲絲看著我，臉部很放鬆。「當然啊。」她說，「大麻做為藥用，已經有好幾百年的歷史了，但一定得用好品質的大麻。」

我看著菲絲吸食，心想，我這輩子也許應該冒一次險。

「萬一我上癮怎麼辦？」我問。

「那就別上癮。」菲絲說。

「萬一吸了害我變笨呢？」

菲絲一臉懷疑的說：「才抽半根而已欸？」

這答案似乎挺合理，而且我不是那種會藥物上癮的人。有時我喜歡不斷吃同樣的食物，例如，我曾有大約兩年的時間，早餐都吃一碗麩片和一片塗蜂蜜的吐司，後來媽媽勸服我，試著稍稍「在早餐加些別的東西」。我不認為這叫上癮，反正我永遠提不起勇氣，去跟搖滾族的人討大麻，而且我也沒地方去要。

「我試試吧。」我說。

「妳確定？」菲絲說。

我點點頭。

「也許效用不大，」菲絲說，「他們小氣死了，這一丁點，說不定連蒼蠅都沒感覺，不過我倒是有點飄飄然……」

「飄飄然？」

「別緊張。」菲絲把白色的菸捲遞給我，「盡量吸深一點。」她說。

我抽第一口時咳了起來，但第二次吸，就抽對了。現在我知道搖滾族旁邊的那股草藥味是什麼了。

我們兩人來回遞著菸捲抽，我真的知道怎麼把菸深深吸入肺中，然後再緩緩吐出來了。

「妳覺得如何？」菲絲問我。

「好些了。」我說，不知道這是因為大麻發揮效用，還是因為吸大麻這件事，讓我腎上腺素飆升之故，或是我的經痛跟產痛一樣，是一陣陣發作的。我雖然沒生過孩子，但在電視上看過。

「很好。」菲絲慵懶的說，我把菸再度遞給她。

搖滾族的人開始散去，我們看到其他人離開操場，往科技大樓走。

「鈴聲一定響了。」我說。

「我們最好走了。」菲絲說，「拿去吧，最後一口給妳抽。」

我從菲絲手上接過菸，然後再遞還給她，她把菸扔到地上用力踩熄。

我們穿越操場時，我發現感覺超平靜，事實上，我有點恍神，覺得什麼都干擾不了我，無憂又無慮。

我覺得像動畫影集《神奇的旋轉木馬》裡，那個總是看來精神恍忽，一臉愛睏的兔子狄倫（The Magic Roundabout，譯注：一九六〇年代的動畫影集）。小時候，媽媽會叫我們陪她一起看影集，因為她喜歡看，覺得我們也會喜歡。後來她買了一部叫《道格與藍貓》的電影（Dougal and the Blue Cat），可把我嚇壞了。

反正我不是很喜歡《神奇的旋轉木馬》，覺得挺可怕，裡頭的樹長得奇形怪色，人們的頭又那——麼大，但我特別懼怕那隻想把全世界變成藍色的邪惡藍貓。

我們穿越操場時，我心想，我心目中的地獄，就是困在總也演不完的《神奇的旋轉木馬》裡。

「妳在想什麼？」菲絲問，「眼睛都皺起來了。」

「我在想，所謂的地獄，就是被困在《神奇的旋轉木馬》裡。」我說。

菲絲停下來思索，「地獄即眾生。」她說。

我們走進大樓，朝置物櫃去。我雖然挺享受搖滾族給的大麻，但並不想再抽了。我的經痛已經消失了，但有些頭疼，而且我再也不要多想《神奇的旋轉木馬》了。

放學回到家時，老爸也在，但老媽不在。這很奇怪，因為老爸已經不住家裡頭了，我知道他在家，是因為看到他的車停在車道上。

不知是不是有人發現我在下課時抽大麻，我想像進屋後，老爸鐵著臉站在走廊上，廚房桌邊坐了兩名警察。他們為了隱瞞到訪的事，以免我在被捕前趁機逃掉，所以把警車停到街角之外了。我會跟老爸一樣，被學校開除，而且沒有別的學校願意收我，我會被送去少年感化院，穿上橘色的連身褲，學習職能。廚房裡的警察會搖頭想，**唉，你能對犯罪家庭抱什麼期望？**先是做媽媽的在德本漢姆偷東西，然後做爸爸的因為跟學生不倫戀，被學校停職，連米奇都盜用老爸的PayPal帳戶買烘焙用品了，也許莎拉才是家裡真正的聖人，只是她喬裝得太天衣無縫了。

我把鑰匙插入門裡，慢慢將門打開，至少走廊上沒人。

「嗨，蘿兒。」老爸從廚房裡喊道，彷彿一切都很正常。

我把書包放在走廊上，然後走到廚房。

「今天過得如何？」老爸微笑著問，他看起來毛躁而緊張，在自己的廚房裡超不自在。爸爸手裡拿著一小疊郵件，應該是我到家之前，正在整理的。他匆匆把郵件放到廚房桌上。

我左張右瞧的找警察，沒看到人，但這並不能解釋老爸的詭異舉止。

「還行。」我說，不知老媽有沒有跟他說，我來初潮了。

「米奇在客廳裡。」老爸說，「我想我們可以聊一聊——家人聚在一起。」

我點點頭，老爸突然如此興致高昂，實在令人害怕。

「媽媽和莎拉呢？」我問。

「莎拉在樓上，妳幫我喊她一聲吧。妳母親出去了，我覺得這次只有我們四個人會比較好，上樓去幫我找莎拉過來。」

「你確定她在家嗎？」我問。

「是的。」老爸說，「妳沒看到走廊嗎？」

我沒注意，可是等我走回去一看，便明白老爸的意思了。莎拉的鞋子就躺在被她踢掉的地方，一隻在門毯上；另一隻在樓梯底階。她的大外套披在樓梯扶手，走廊桌子上是各種莎拉從她口袋掏出來的東西；一把太陽眼鏡、一堆鑰匙和一個仿製的**Juicy Couture**鑰匙環、一個檸檬綠的豹紋皮包和一條粉紅色唇釉，唇釉開口積了厚厚的黏液，似乎都黏到桌上了。

我走上樓，聽見莎拉房中傳出音樂，音樂的節奏令人吃不消。

我深吸一口氣，敲著門。

門打開一條縫，莎拉露出臉說：「幹嘛？」

「老爸想開家庭會議。」我說，「在客廳裡，現在就要。」我強調說，確定她聽進去了。

門拉得更開了，莎拉兩手疊胸，穿了一件T恤，上面有棵棕櫚樹，寫著**夏威夷海灘**的字樣，還有她最愛的黑色絲絨粉紅滾邊的運動褲，這是她放學後換上的。我並不訝異她一到家就換衣服，我從不覺得緊身牛仔褲看起來很舒服。

「我不想跟他說話。」

「我不認為妳有選擇。」我盡量客氣的說。

莎拉瞅了我一會兒，眼神就像在看前廊上的螞蟻，接下來就準備要打死牠們了。

「罷了。」她說。

她擦過我走到樓梯平臺，我跟著她下樓。

「妳也搬出去了嗎？」我在她身後問。

莎拉扭身對我皺著眉，「別傻了，我在家裡吃住都不用錢。」

我們走進客廳，米奇和老爸坐在沙發上，米奇正在看《糕點小廚神》（Junior Bake Off，譯注：英國電視節目，由九至十五歲的小烘焙師比賽）。瑪莉・貝瑞正在說明某種看似糖漿水果餡餅的味道。老爸一副茫然不知所措的樣子。等我們坐下後，米奇便關掉電視。

我坐在老爸對面，莎拉坐在另一張沙發上，盡可能遠離我們。我注意到她的絲絨運動褲上，有一抹油斑。她沒有穿襪子，腳趾的粉紅色亮光油已經剝落了。不知道莎拉的腳會不會冷，我一向穿襪子，除非我穿了學校的緊身襪。我很愛襪子，尤其是顏色明豔，或非常柔軟蓬鬆的襪子。

「哈囉，心愛的。」老爸對莎拉說。

莎拉突然困惑起來，彷彿被老爸逮個正著，不確定如何回應。

「嗯。」她嘟囔說，這不算真的回應。

老爸把茶几上的雜誌重新擺好，「是這樣的，」他說，「我想告訴你們，我要搬出去了。」

「我們知道。」我說。

莎拉翻著白眼，大概是受不了我大嘴巴。

米奇點頭同意我的話。

「呃，」老爸有些慌張的說，「那很好，我的意思是——那樣你們就有時間適應了。」

「你從九月五日起，就一直蓋青蛙被子，已經七個星期又三天了。」我多事的說。

「我們有充分的時間適應。」米奇說。

「原來如此。」老爸表示。

「真的沒什麼大不了，我所有朋友的父母都離婚了。」莎拉檢視自己的指甲，她的語氣似乎變了。我知道她還在生老爸的氣，只是努力不表現出來罷了。「只有漢娜的爸媽除外。」她說，「不過每次她老爸拿到紅利，就會邀網上認識的年輕雙性戀女子，到他們家臥房。」

老爸咳了起來，超級尷尬。「好的。」

「英國約有百分之四十二的婚姻以離婚收場。」我說，「我搜尋過了。」

米奇看著手機，「同性戀夫妻在二十九個月內的離婚率不到百分之一，」他驕傲的說，

「女同志離婚的可能性，比男同志高一倍。」

老爸聽得一頭霧水。

「那跟我們有什麼關係？」莎拉問。

米奇臉一紅，放下手機。

老爸重重吸口氣，「總之，我希望帶你們大家一起去看公寓。」

「你住公寓？」米奇說，「在哪裡？」

「她會在那兒嗎？」莎拉問。

「是的，我們住公寓，屋子很──舒適。是的，凱莉也許會在。」

莎拉一臉嫌惡，米奇則憂心忡忡。

「是在城裡嗎？」我問老爸。

爸爸對我一笑，「在火車站旁邊，蘿兒。」

老爸知道我會喜歡，他猜得沒錯，老爸離火車那麼近，很能收買我，我知道自己被賄賂了。

「從你的公寓，能看到火車嗎？」我忍不住興奮的問。

「呃，算可以吧。」老爸說，「如果從浴室窗口，用某種角度把身子探出去，就可以看得到了。不過肯定是聽得到火車聲的。」他滿懷期望的說，不想失去我的支持。

「噢。」我覺得很失望。

「公寓有幾間臥房？」莎拉問，語氣單調，表示她並不感興趣，雖然她其實很想知道。

「兩間。」老爸說，「不過有一間比較像儲藏室……」

「你是指櫥櫃吧。」米奇說。

「兩間！」莎拉看起來很驚恐。

「我們有一張三折床墊，」老爸說，「在客廳裡頭，歡迎你們都來住。」他看著我們每一個人說，「不過也許要——一次一個人。」

我們全瞪著他。

老爸清了清喉嚨，「公寓地點很棒，」他的語氣聽起來像房仲，「附近有很多便利設施，事實上，公寓就在一間店鋪上頭。」

莎拉眼睛一亮。

「一間油炸食品店，」老爸說，「他們家有非常好吃的——」

「我無法相信你竟然住在油炸食品店上面！」莎拉哀嚎說，「太噁心了。」

老爸一臉不解，「可是公寓很棒，」他說，「有——」

「我才**不在乎**，」莎拉再度打斷他說，「油炸店就是油炸店，氣味一定很重。」

「可是妳不都吃炸薯條嘛。」老爸說。

對於這點，莎拉無力反駁。

「他們的鱈魚超讚的，」老爸說，「他們在炸衣的麵糊裡摻啤酒，昨天晚上凱莉和我去吃他們的比目魚。」

我突然想到老爸和凱莉坐在他們的三折床墊上，就著包裝紙，吃啤酒麵糊的炸魚和薯條。這想法太詭異了。

「我們談完了嗎？」莎拉說著站起來兩臂往胸前一疊，遮去了「夏威夷海灘」的字樣。

「是的。」老爸說，「談完了，謝謝妳。」

莎拉翻翻白眼，離開客廳。

「莎拉也許要一陣子才能適應，」老爸語重心長的說，「適應這些改變，但我真的很希望你們兩個週六能來。」他期待的看著我和米奇。

米奇和我互換眼色。

「好吧……」米奇緩緩說道。

「太好了。」爸爸說，「妳呢，蘿兒？」

「大概可以吧。」

老爸咧嘴笑了，他男子氣的重重拍著米奇的肩膀，米奇縮了一下身子。「太棒了。」爸爸說，「我就知道你們兩個靠得住。」

週五晚上，我獨自坐在自己房間床上，看睡鼠的紀錄片。榛睡鼠是英國本土產的唯一一種睡鼠，牠們跟刺蝟一樣，數量驟減，瀕臨絕種。

我的臥室門上傳來敲門聲，媽媽穿著新的緊身褲和運動衫走進來，手上拿了一小瓶水。

我將紀錄片按暫停。

「我要出門上太極課了。」老媽說。

我點點頭，等她跟我說些什麼，雖然我想不出會是什麼，因為我們已經吃過晚飯了；魚餅、甜玉米和菠菜。

媽媽在門口逗留不去。

「不知道妳想不想陪我去。」她滿懷希望的說。

我把眼光從螢幕上停格的睡鼠調開，看向對我微笑的媽媽。

「不用了，謝謝。」我想到奶奶的天使之夜，我們家的人，幹嘛老愛叫我陪他們參加他們的休閒活動。

「可能挺好玩的。」媽媽說，「史提夫想見見妳。」

「史提夫是誰？」我問。

「他是教課老師。」媽媽說，「星期五晚上沒什麼人上課，很安靜。」

媽媽這麼說，是因為她知道我不喜歡吵雜的環境。我尤其討厭健身房，老媽的太極課就在健身房，我討厭嘈雜的音樂、機器的聲音，和所有動作匆促，滿身大汗，但哪兒都去不了的人。

「我不想去。」我說。

媽媽嘆口氣，「又不會要妳的命，蘿兒，妳真的應該多出去走走。」

我看看老媽，但沒說什麼，只希望這次討論能趕快結束。老媽顯然不想善罷干休，「太極課能讓人靜下心的。」她稍稍讓步的說，怕自己太咄咄逼人，惹我不開心，而壞了她的大計。

「班上有很多初學者，」她說，「只有一個小時而已，我覺得我們一起去上課應該很棒。」

媽媽端詳著水瓶上的標示，努力擺出渴望與孩子共度優質時光的樣子。

我闔上筆電，「好吧。」我說。

老媽精神大振，「我們五分鐘後出發，」她說，「穿舒適的衣服。」

她關上我的臥室門，好讓我做準備。我心想，本姑娘什麼時候不穿舒適的衣服了？我把自己最喜歡的男朋友牛仔褲換掉（這是標籤上寫的），改穿一條褪色的藍色緊身褲，和一件寬大的灰T恤。我穿上一件連帽運動衫，怕萬一覺得冷。健身房通常有冷氣，而我非常討厭冷氣。

我走下樓，媽媽已經等在前門了。我穿上布鞋，她則在鏡中檢視自己的頭髮。

母女倆上了車，「我真高興妳決定一起去，蘿兒。」媽媽說，我們把車開出車道。她朝出門倒垃圾的狄索扎先生揮揮手，他的垃圾好像很多，我懷疑他有做資源回收。

我看著窗外各家各戶和其他車子，還有個女人穿著粉紅色夾克，正在遛小狗。我心想，此刻在安娜貝拉和尼爾家中，我們已吃完晚飯，大夥坐在客廳的設計師沙發上，閱讀自己的書。尼爾把燒柴的火爐點上了，木柴劈里啪啦的燃響。外頭太陽垂在湖面上，看來美極了。茶几上有一碗烤腰果，是安娜貝拉剛剛從烤箱裡拿出來的，朗佐在爐火前的地毯上打盹。安娜貝拉和尼爾都拿著優雅高長的玻璃杯，啜飲熱熱的香料紅酒，我拿著自己最愛的藍點馬克杯，喝著用未經殺菌的全脂牛奶調製的熱巧克力。

我發現我們已經快到城裡了，想到要進健身房，我就很緊張。如果我必須去某個以前沒去過的地方，就會非常緊張，因為我不知道那地方會是什麼樣子。

「到啦。」媽媽說，我們轉進一條較小的路，然後來到一個大停車場。

我們很快找到停車位，媽媽對著鏡子，最後一次檢視頭髮，然後我們才下車。她最近似乎常這麼做。

我們走到健身房入口的大片玻璃門。

「我能進去嗎？」我突然擔心的問媽媽說，「不是要會員才能進去嗎？」

「我早就想到了，」媽媽說，「我想了一個辦法，這樣我們就不必多花錢了。」

我蹙著眉，聽起來跟老爸不肯付停車費是同一個套路。

「只要接待櫃臺的女生一背對我們，我們就進去。」媽媽悄聲說，「妳拿我的會員卡先進去，妳得在掃瞄機上過卡，然後才能推開金屬旋轉柵欄。我會緊跟在妳後面。等妳掃完卡，把卡留在柵欄上的掃瞄器邊。我會很快把卡拿過來，然後重新掃瞄，幾秒鐘後就進去。」

這事聽起來好複雜，而且我不喜歡破壞規定，規定是用來遵守的。

媽媽往玻璃門裡張望，「走。」她嘶聲說，「她從螢幕邊走開了。」

媽媽把會員卡塞到我手裡，將我推到她前面。

一位頭髮溼答答，帶著毛巾，泳鏡還掛在脖子上的男人幫我們撐住門。我發現男人穿著牛仔褲和人字拖，心想，沒有什麼比牛仔褲配拖鞋更怪的事了，尤其在十一月。

我盡可能自信的越過接待區，但我一點也不喜歡這樣。我故意不去看正忙著與一名穿西裝的男子談話的接待員。我刷了卡，聽到咔的一聲，柵欄開啟。媽媽就跟在我後頭，我鬆開卡片，卡片立即掉到地上。

「唉呀。」我說。

這樣一來，我在柵欄的一側，媽媽卻被困在另一側了。她看起來很慌亂。

我彎身把卡片撿起來交給媽媽，這個動作看起來超級可疑。「妳的卡掉了，媽媽。」我被迫撒謊，可是我知道，萬一媽媽被逮到偷放我進健身房，她一定完蛋。

「謝謝。」媽媽說。

櫃臺人員又出來了，她正在瞪我們。

媽媽進來了，她匆匆走過我身邊，我們很快走樓梯上樓，我猜太極課應該就在樓上。

「幹得好，蘿兒。」媽媽說，「那樣幫我省了十英鎊。」

我無法對此事做評論。

我們得穿過健身房的主區，這裡有飛輪、跑步機，全都面對不同頻道的電視機。健身房裡咚茲咚茲響的音樂，似乎與任何電視螢幕無關。這裡有很多汗流浹背的人，有個區塊像擺著刑具，人們要嘛坐在刑具裡，要嘛面目猙獰的拉動零件。牆上有個大標示寫著「抗阻力訓練區」。我不懂為什麼要隔出一個區塊，給那些抗拒訓練的人用。

我們來到二號教室門口，幾個在教室門邊練舉重的男生，臂肌比我的大腿還粗。

「就是這裡。」媽媽打開門說。

教室裡暗了很多，我喜歡幽暗，健身房的燈光對我來說太亮了。我可以聽到叮叮噹噹的聲音，發現那是隱隱的樂聲，聽起來像風鈴。

房間一側覆著鏡子，有幾位女士正在做伸展練習，還有幾位在後牆邊聊天，牆壁旁邊擺著一堆堆的毛衣、布鞋和手提袋。

大部分女士的年紀似乎都挺大了，事實上，除了我，媽媽應該是教室裡年紀最輕的一個。其中一位女士穿著聖誕節毛衣，毛衣正面有隻知更鳥，看來像是手織的。另一位女士穿了粉紅色的運動褲、藍色頭巾和一件白T恤，上面寫著「一九九九年阿茲海默，十公里達標」。

媽媽走向她們，「嗨，桂恩。」她們說。

「這是我女兒，蘿兒。」媽媽說，兩位女士對我微笑。有時我不敢看別人，與對方做眼神接觸，此時便是如此。「嗨，」我專心看著知更鳥說。那是一隻胖知更，有圓呼呼的白肚子和圓圓的眼睛。

「妳以前上過太極嗎？」穿阿茲海默T恤的女士問我。

我勉強搖頭。

「噢，妳一定會喜歡的。」知更鳥女士說，「史提夫很會教。」

阿茲海默女士同意的點著頭，「他是最棒的。」她說。

媽媽脫掉她的夾克和球鞋，我也跟著做。我們把衣物整齊的疊妥，另外兩位女士則走去跟別人聊天。

「來吧。」媽媽說，「我們過去打聲招呼。」

這時我注意到房間角落的小音響旁，有個男人，他是房中唯一的男性，正在把一張CD收入CD盒裡。

我跟著媽媽朝他走過去。「嗨，史提夫。」媽媽對男人微笑說：「這位是蘿兒。」

史提夫很高，留著及肩的棕髮，鬍子裡夾雜霜色，眼周皺紋頗多。他身上的條紋褲看起來像條巨大的茶巾。我想像這是在某個海灘買的，而且還順便買了一顆插著吸管的椰子。

「哈囉。」史提夫說，「很高興妳今晚來加入我們。」

「謝謝。」我尷尬的說，不確定史提夫能代表房中每一個人發言。

老媽不停的對史提夫微笑，「我一直在讀你借給我的那本書，很抱歉我忘記帶來了。」媽媽撫著自己的頭髮，雖然頭髮已經平順到不能再平順了。

什麼書？我心想。媽媽通常只讀愛情小說，或偶爾看點犯罪小說，但我知道她有的時候會跳過暴力血腥的段落。

史提夫點點頭，「那本書很棒。」

「什麼書？」我問。

「《西藏生死書》。」史提夫說。

媽媽用夢幻的眼神看著史提夫，彷彿他握有她想知道的一切祕密。

「書在寫什麼？」我問，因為對於沒讀過的書，都會這樣問。

「意識狀態的轉移過程。」史提夫對我微笑說。

我不確定那是什麼意思，但我想有一天，我會去讀這本書。

一名男子走進教室，躺到地板上，拿毛衣蓋住自己的頭，我忍不住去看他。

「別在意布萊恩。」史提夫說，「他正在做準備。」

準備什麼？我心想。

「來吧，蘿兒。」媽媽說，「我們去找個好位置。」

我們小心翼翼的繞過躺在地板中央，頭蓋毛衣的男子，然後站著面對一大片鏡牆。

「我們得站開一點。」媽媽說，「找個屬於妳自己的空間。」

我發現房中其他女士，每個都在我們後方找自己的位置。我想像四周有個隱形的圓圈，但願沒有人會闖入我的空間裡，我不喜歡別人侵入我的空間。

讀小學時，有一次上體育課，老師要我們待在自己的墊子上。有個叫雪莉•布拉克的女生站到我的墊子上，所以我就打她，因為她站在我的墊子上，破壞規矩了。我被趕出教室，罰寫二十遍**我以後不再打人**。我試著解釋，不守規矩的人是雪莉，卻惹得老師大怒，說我必須**負起責任**。

史提夫站到教室前方，此時他已將頭髮綁成馬尾。

「開始吧。」他說。

躺在地上的毛衣男緩緩起身，我發現他的脖子上，戴了一顆懸在黑繩上的粉紅色水晶。

「我們先做暖身練習。」史提夫說，也許是為了我著想，因為本人顯然是教室裡唯一的新生。

史提夫要大家腳與肩齊寬，曲膝，鬆垂雙臂，然後輕輕搖晃。

這對我來說非常困難，我試著模仿史提夫，可是他的身體整個軟呼呼的，我無法讓身體也變成那樣。

我看到前面鏡牆裡的自己，我不喜歡鏡子，通常會避開不看。媽媽和我站在全班前方，我常坐在學校教室的前排，因為那樣就不必看到教室裡所有其他人，比較不緊張，可是這裡因為鏡子的關係，我能看到每一個人，他們也都看得到我。

「讓身體變得像果凍一樣。」史提夫鼓勵的往我的方向看。

我望著鏡子裡的反影，我的膝蓋詭異的彎著，像要往地板坐。我雙臂僵硬，有如強風中的樹枝，快速的上下移動。

「要像果凍，蘿兒。」媽媽輕聲對我說。

我白她一眼，希望藉此解釋，本姑娘已經很努力像果凍了，如果我看起來更像在風中搖擺的怪樹，是因為力不從心。

教室外傳來碰的一聲巨響，緊接著是一聲高喊。那聲重擊，震得教室地板都在晃。我想像是外頭的肌肉男掉了舉重器。

所有班上女生開始嘖嘖作聲，聽起來就像一群母雞，有些人看著史提夫，並搖著頭。

史提夫看向教室門口，也在搖頭。「太難了，」他說，「在這種情況下要教身心靈課程，實在太難了。」

所有女人點頭同意，包括老媽在內。我在想，幾個星期前，老媽也許還不知道何謂「身心靈課程」，難道是我們在醫院遇見的那位威爾斯醫生，鼓勵她去上這些課、畫著色的嗎？

史提夫告訴大家，暖身練習結束了。真是謝天謝地。

「現在，」史提夫說，「我們來打一套拳。」

所有女人點著頭，她們抖動手臂雙腿做準備。史提夫看著我，「別擔心，蘿兒，只要盡量跟著做就行了。」

每個人都轉頭看我，我垂眼望著自己的腳，感覺臉漲得極紅，我不喜歡被別人盯著。

「我們先抓好重心。」史提夫說。

等確定沒有人看我後，我緩緩抬起眼睛。史提夫和大部分女士都閉上眼睛站著，戴粉紅色水晶的男人對鏡子裡的我笑了笑，我沒有回應，以免他把我當成彩虹小孩。

接著史提夫張開眼睛，「我們開始吧。」他說。所有人打開眼睛，只有我和水晶男例外，因為我們一直沒把眼睛閉上。

史提夫維持雙膝彎曲，把一隻腳踩到另一隻腳的前方，開始緩緩移動雙手。所有女士、媽媽和水晶男都學著他的動作，我也試著跟。一開始我還以為很簡單，接著便發現並不容易了。

史提夫站在我們前面，我盡可能的模仿他的動作，這很難。當史提夫抬起左臂，我卻舉起右臂，因為他站著面對我們，我把他當成鏡子，只是我發現這是錯誤的，因為其他所有人都對我抬起另一隻手。

「左臂，蘿兒。」媽媽小聲對我說，「不對，是右腿。」

根本不可能做得到嘛。

史提夫邊動作邊出聲喊道：「把猴子趕走。」他說著往退後，雙手優雅無比的往下掃。我瞥著鏡中的自己，我退後時踩錯腳了，而且看起來像在用手趕蒼蠅。

「抓住鳥尾。」史提夫喊道，收回雙臂，再把手臂往前一推，一隻手放在另一手上頭。

我有樣學樣，渾然不知自己在過程中落掉好幾個動作，而且前腳依然踩錯腳了。

我很快換腳，等我回頭看向史提夫時，他已經又改變姿勢了。我根本不可能跟得上他，我不理解為什麼只有自己會覺得很難，我一次只能顧及一隻手腳，無法像史提夫那樣，同時移動兩或三隻手腳，而且還送往不同的方向。

「單鞭。」史提夫喊道，再次改變姿勢，每個人都跟上了，連老媽似乎都沒問題。不知她是否在家裡看YouTube練習。

一會兒後，史提夫瞄著後方的全班同學，他把腳收合起來，雙手垂放身側。所有女士和水晶男學著他，我也跟著做，很慶幸我們好像要停了。我以為史提夫會鞠躬行禮，大家會拍手，可是並沒有。

史提夫閉上眼睛，「感受教室裡的氣場。」他說。他張開眼，「記住動作切莫使勁，要用心，讓自己如流水一般。」

幾位女士點頭如搗蒜。

「我們休息五分鐘。」史提夫說，「然後我們再打一趟，這回要打一整套。」

我的心都「沉了」，我真的這樣覺得，我無法相信我們竟然還要再打一遍，而且是一整套？到底還有多長啊？

女士們走到後頭牆邊喝水，或檢查手機。水晶男又躺回地板上，拿毛衣蓋住自己的頭了。

媽媽將她的水遞給我，我喝了一口，雖然我並不渴。「做得很棒啊，蘿兒，妳做得很好，是不是很放鬆？」

我無言的看著老媽。這是我做過，最不放鬆的事情之一。

媽媽注意到我的表情後說：「等妳知道動作後，就會變簡單了。」

史提夫回到教室前面，女士們連忙扭上水瓶蓋，或把手機放回外套口袋裡，毛衣水晶男也起身了。

「媽，」我很快表示，「我覺得如果只在旁邊看，對我可能更有幫助。」

媽媽對我一笑，「好啊。」她說，「妳可以在旁邊看。」

我鬆了一大口氣，我在房中最陰暗的角落，找了個地方坐下來，四周都是提袋、大衣和毛衣。我膝曲抱在胸口，前後微微搖動，因為我覺得這樣很能寬慰我，而且有時候，我需要做些能安撫自己的事，尤其是站在大面鏡子前，讓所有人盯著我努力學太極之後。

我看著史提夫、粉紅水晶男，和所有女士打著拳法，開始覺得比較放鬆了。也許對我來說，太極是一種看比做，更能教人放鬆的東西。

星期六早上，老爸來接我和米奇去看他的公寓。米奇來敲我臥房的門，通知我老爸到了。

「在哪裡？」我望著臥室窗外，看不到老爸的行跡，而且我一直在聽他的車聲，「你怎麼知道他到了？」我問米奇。

「他發簡訊給我。」米奇說。

米奇和我一起離開家，走到車道盡處。

「在那裡。」米奇指著路上說。

我看到爸爸的車子停在隔幾個房子外的地方，「他在那裡做什麼？」

米奇聳聳肩，我們沿路走到老爸停車的地方。

我們上車後，發現老爸戴著太陽眼鏡和棒球帽。我坐在後座，米奇坐前邊，老爸是自己一個人來的，凱莉不見人影。

「我想還是低調一點好。」老爸說。

「可是你是我們爸爸呀。」我說。

「我將永遠是。」老爸說著發動引擎。

住在六號的格里芬先生帶著他們家的約克夏洛基，正在路上散步。格里芬先生是負責組織守望相助會議的人，但爸媽從來不參加。我知道，因為他會把會議傳單塞到我們家門下，加上通知書，說我們這一區有竊盜案，或路上停了外國車牌的車子。這些通知單總是直接被丟到回收桶裡。

格里芬先生看到老爸的車子後皺起眉頭，爸爸將棒球帽壓低，蓋到眼睛上方。

格里芬先生知道很多人的很多事，他總是跟中小學的女員工聊天，媽媽說，若有不想讓很多人知道的私事，就千萬別跟學校裡的女員工說。

格里芬其實是一種神話裡的動物，半獅半鷲。格里芬先生看起來不像半獅半鷲，他穿了一件棕色的防雨衣和綠色燈芯絨褲，還有下雨穿的棕色長筒塑膠靴，這些是他遛狗的裝扮。夏季時，他會戴一頂寬邊的大帽子。**帥哥鄧弟來了**，格里芬先生帶著洛基走過我們家時，老爸總是這麼說。媽媽告訴我，老爸喊格里芬先生「鄧弟」，是因為他的帽子令老爸想起電影《鱷魚先生》裡，男主角戴的那頂帽子。

「你們兩個還好吧？」等我們離開那條路後，老爸問。

「可以。」米奇望著窗外說。

「還行。」我說。

「很好。」老爸摘下遮陽鏡，放到儀表板上。這對老爸來說，算是成功的對話了，但我心想，你能期望兩個青少年說什麼呢？

車子往城裡開，不知我們是否該買些東西送老爸和凱莉，例如，「恭賀喬遷之喜」卡片，或氣球，或一盆植物（最好是一盆植物，因為我不喜歡氣球）。媽媽通常會送搬家或生寶寶或離職的人盆栽，她說盆栽比鮮花好，因為鮮花會枯萎。家裡給植物澆水的人通常是老媽，不知道凱莉會不會幫植物澆水，也許她太年輕，不會考慮到那點。我若要送盆栽，或許會送仙人掌之類，很少需要澆水的植物吧，免得凱莉忘記。

不過我們已經上車開往城裡，大概已經來不及買盆栽了。我看著車窗上，一滴緩緩沿著玻璃往下淌的雨珠。

老爸終於把車開進一條小路了，小路似乎沒有盡頭，這就是所謂的「絕路」吧。我知道我們在哪裡了，我們在後火車站附近的一條路，這邊有一個長時停車場，爸媽如果需要搭車去某個地方，或要去倫敦一整天，有時會把車子停在這裡。

「到了。」爸爸說。

路的盡處有一間叫「綠人」的酒吧。酒吧關著，因為現在是星期六早上，這邊還有一排櫛比鱗次的連棟屋、一間便利商店和一間炸魚薯條店。那是街上唯一的炸魚薯條店，所以我猜應該就是老爸公寓下的那一間了，店門上的牌子用黑色大字寫著店名，「年年有魚」。字體下是表示海洋的藍色旋紋，招牌一端畫了一棵棕櫚樹，另一端是一大顆瑞氣千條的黃太陽。

爸爸把車子停到對街的停車格裡。

「有時候很難停車，」他說，「得有停車證。」

米奇和我點點頭，誰在乎呀？老爸熄掉引擎。

我們過街，穿過炸魚店側邊的一道門，老爸有這扇門的鑰匙。裡頭有一道長長的通道，通道盡頭有扇門，上面寫著「廚房」。通道裡飄著油味，像冷掉的食用油。

「往這邊走。」老爸說。我們跟著他走上一道樓梯，我發現地毯非常破舊，看起來是很怪的棕色，但那或許不是原本的顏色。

老爸從口袋掏出另一把鑰匙，打開他新公寓的門。

我們跟著他穿門而入，裡頭有一小道走廊，走廊左側有三扇門，其中兩扇關著，盡頭是另一扇門，我猜應該是浴室，因為門開了條縫，我可以看到地板上的黑白瓷磚。走廊牆壁十分斑駁，需要重新油漆了。木地板上泛著紅色，上面有些斑點，有的看起來像是滴落的油漆。顯然某人曾在某個時段，想幫走廊油漆，但那應該不是最近的事了。

老爸轉往右邊，我們跟著他走進客廳，客廳裡有架小電視、一張三折式床墊、一把從我們家車庫搬來的躺椅、晾衣架、一張鋪上床單的桌子，角落裡還堆了幾個硬紙箱。有個架子上擺滿小物件、相框、飾品和一個獎牌，我猜應該是凱莉在集會時，拿給大家看的游泳獎牌。

我看著牆上的海報，上面有各種不同魚種，海報上寫著，**魚、貝類、軟體動物**。

「馬里本來想把海報扔掉，」爸爸發現我在看海報後說，「他樓下店裡也有這張海報，我想等我們找到自己的圖片前，暫先留著。」

我點點頭，一邊試著細讀所有魚類名稱，我還蠻想把它貼到自己的臥室牆上，放到三趾樹懶旁。

莎拉那位有恐魚症的朋友，一定不會喜歡這張海報。

我發現窗臺上的油漆剝落了，掉在底下的地板上。不過我還是挺喜歡老爸家的窗戶，因為看起來很舊。我猜，這裡在改成炸魚店跟店鋪的公寓之前，是一整棟房子。我不介意坐到爸爸家的窗臺邊，看窗臺上的剝漆。有時我可以什麼事都不幹的坐很久，只是看著窗臺上剝落的油漆，或花園裡的草葉。其他人似乎沒辦法這樣，他們會覺得無聊。

「我們還在整理。」老爸歉然的說。

「那個躺椅是怎麼回事？」米奇問。

「噢，」老爸滿臉罪惡，「是我借用的，我們目前短缺東西，三折墊不夠大，躺不了三個人。」

我坐到墊子上，米奇坐在我旁邊，我們兩個都不太確定要幹什麼。

「我幫你們弄點喝的。」老爸說，「要蘋果汁嗎？這裡的自來水有點汙濁。」

「好啊。」米奇說。

「謝謝。」我說。

爸爸笑了笑，很快的消失在門後。門後一定就是廚房了。

我望著躺椅，上面有一九七〇年代的旋紋、橘色和棕色的花紋圖案，我想有可能是祖父母搬去康沃爾前，從祖母家搬過來的。看到躺椅在這裡，感覺好奇怪。

三折墊的氣味不佳，感覺有點——草藥味。接著我認出那個氣味了，就是搖滾族身邊飄散的氣味，是大麻的味道。

老爸和凱莉抽大麻嗎？

爸爸端了兩杯蘋果汁走回來，是我喜歡的，那種濁濁的蘋果汁。老爸記得我喜歡哪種蘋果汁，令我覺得挺開心的。

米奇喝了一口，然後把玻璃杯放到地板上，因為這裡沒有茶几。

「這個三折墊是從哪裡弄來的？」我假裝喜歡的問老爸說。

「看到廣告買的，」爸爸似乎有些得意，「上星期，街上一對夫婦用二十鎊賣給我們，凱莉和我一起把它搬回來的。」

我點點頭，想到爸爸和凱莉辛辛苦苦的在路上扛著厚墊子，不知道他們會不會吵說該往哪邊搬，誰又該搬哪一頭，就像以前媽和老爸搬家具時那樣。

「凱莉呢？」米奇緊張的四處看著說，好像凱莉會從某個地方殺出來。

「她去練游泳了。」爸爸坐到躺椅上，「我覺得只有我們三個人，也許挺不錯，這樣你們兩個就能習慣這裡了。」

爸爸靠在躺椅上，感覺上，他應該在某個海灘，戴上太陽眼鏡，用帽子遮住眼睛。爸爸又坐起來，顯然在椅子上躺得不舒服，他小心翼翼的坐在椅子邊緣，彷彿擔心躺椅會將他吞沒。

「你們家有花園嗎？」米奇問。

「沒有。」老爸說，「但是離公園很近。」

「那個床單下面是什麼？」我看著鋪了床單的桌子問。

爸爸咧嘴一笑，「是撞球桌。」

米奇和我互看一眼。

兩年前，老爸覺得我們看太多電視，決定全家應一起從事更多活動。他知道我們沒有人喜歡運動，決定不硬逼我們，便買了這張撞球桌。某個我們可以一起做的事，就算冬天也可以，他說。爸爸大概覺得我們可以組隊，例如，他和莎拉一組，對抗我和米奇。

第一個問題是，沒有人對撞球有興趣；第二個問題是，媽媽說球桌放在屋裡太大了，還有，她不許我們把由遊戲間改造成的新「休息室」，變成撞球間，反正沒有人想打撞球。

於是撞球臺就被丟到車庫裡了，爸爸依舊熱情不減的說，我們還是可以在車庫裡打撞球，可惜他孤掌難鳴。撞球桌被罩上了床單，留在車庫後方，跟一堆單隻的椅子和自行車零件放在一起，以及老爸那套從沒成功過的自釀設備。有一次老爸釀了一批喝起來很像醋的酒，他告訴我們，酒擺上一陣子後，就會好喝很多。我們在聖誕節又試喝了一次，結果喝起來還是像醋。媽媽把酒吐在她的烤馬鈴薯上。又有一回，老爸試著釀啤酒，可是氣閘爆掉了，車庫地上全是又黏又臭的棕色糊液，還沾到我們的腳踏車輪胎上。

自釀設備跟撞球桌一起被扔在車庫的角落裡，慢慢的，媽媽裝箱的「出清」物品，開始疊到撞球桌上，大家也就忘了有這個東西了。

「我把它救出來了。」爸爸興致勃勃的看著臺子說。

不知凱莉對客廳裡添的這項裝置有何感想。

我注意到晾衣架上掛了一件紅色上衣和一條褪色的牛仔褲，那衣服太小了，不會是老爸的，一定是凱莉的衣服。牛仔褲的拉鍊開著，上方的釦子解開了。不知道是凱莉把牛仔褲晾到架子上，還是老爸幫她掛的。

我聽到火車隆隆駛過，可是看不到火車。

「我能去看火車嗎？」我問爸爸。

「當然可以。」爸爸說，「可是我之前講過……」

「我知道，」我從厚墊上滑下來，「我得到浴室去看。」

「妳自便吧。」爸爸說，「別看浴簾，我們得換掉了。」

我來到走廊，找到浴室門，浴室地板鋪著像棋盤似的黑白瓷磚，馬桶蓋上有一個熱帶魚的圖案。

掛在浴缸上的浴簾，長著某種毛毛綠綠的東西，我決定不要靠得太近。

水槽上方，浴缸和淋浴的控制盤邊，有個很深的窗臺，上面就是窗戶。

我必須從浴缸邊緣爬上去，在窗臺上清出一個可以坐的空間。我挪開一些東西：刮鬍刀、棉花球、空掉一半的洗髮精和潤絲精，一定都是凱莉的。我猜她一定常洗頭，因為氯水的關係，或者因為她游泳時，都得戴那種小小的橡膠帽。

我可以看到窗外的火車軌道，那是一扇大窗，上面沒有結霜，非常利於觀看火車。

我看著軌道，等了一小會兒。我數著能夠看得見的枕木，不知每一英里的軌道，會有多少個枕木。我等了挺久，才盼到一列火車，但我不介意。

我終於聽到火車駛近了，我探到左邊，以便看得更仔細。車來了！火車經過了，我可以直接看到車廂裡。我瞥見一名讀報的男子，一個穿黃色外套，望著車窗外的女人，他們全在短短幾秒中消失了。

不知道有沒有人看到窗口的我，希望沒人看見。不知道老爸和凱莉淋浴時，都在做什麼？他們會介意火車經過，車上的人可能會瞧見裸身的他們嗎？

浴室傳來叩門聲，我沒發現自己把門關上了。

「蘿兒？」老爸隔著門說，「妳還好嗎？」

「很好。」我說，「我在看火車，數枕木。」我跳下窗臺將門打開。

「好吧。」老爸回道，「妳要不要過來吃點炸魚和薯條？」他舉著購物袋，「我剛剛下去買的。」

「謝謝。」我跟著老爸走到客廳。

剛開始，米奇和我又坐到三折墊上，老爸坐著躺椅。然後老爸覺得在躺椅上吃炸魚薯條很不安全，於是便坐到地板上。米奇和我也跟著坐到地上，也許應該讓爸爸自己一個人坐在地上吃炸魚薯條，可是米奇或我，都覺得有些難安。

老爸攤開一張報紙，把包好的食物放到上面。他從廚房裡多拿了一些鹽、醋和一瓶番茄醬過來，他和凱莉顯然備齊了吃炸魚和薯條的調味品。我們大夥一起坐在地上，在室內舉辦炸魚薯條野餐，不知為何，這令我想起《歡樂滿人間》電影裡的飄浮茶會，只是都沒有人在笑。

爸爸拿出炸魚和薯條，「馬里家的這間店，已經開四十多年了。」爸爸說，大夥開始吃了起來。

米奇和我適度的表示讚嘆，我們對老爸的新生活展現興趣，似乎還挺重要的。

「我幫你們準備了幸運餅乾。」吃完後爸爸說。他分別給我和米奇一個幸運餅乾，餅乾用亮亮的紅紙包著。

「幸運餅乾不是中國菜才有嗎？」米奇說。

老爸聳聳肩，「馬里說，中國菜的外帶店也會送客人醋醬包，他這麼做，才能以牙還牙。

馬里在樓下有一整箱幸運餅乾。」

米奇和我打開我們的餅乾，我的籤條上說：「**想更健康，就多吃中國菜**。」米奇的寫道：「**不怕一萬，只怕萬一**。」我們兩個都好失望。

「可是炸魚跟薯條很優吧！」爸爸說，盡量不讓幸運餅乾掃我們的興。

「是啊。」米奇說。

「超好吃的。」我說。

爸爸看起來很高興。

等我們吃完炸魚、薯條、幸運餅乾，老爸把所有東西收拾乾淨後，他問我們接下來想幹什麼。

「我得回去了，」米奇說，「我要溫習功課。」

爸爸看起來頗失望。「星期六溫功課？」

「是的。」

「妳呢，蘿兒？」

「我想我也要回去了。」我說。

「好吧。」老爸一臉挫敗，「至少你們看過房子了。」

爸爸開車送我們回家，我努力記路，以防必須走路到爸爸的公寓，不過我實在想不出何時會有這種必要。

爸爸又只把車子開到我們家房子前，顯然不想靠得更近了。

「我們什麼時候能再見到你？」我說，因為覺得我們得有人這樣問老爸。

爸爸轉頭看著我，「隨時想見都行，」他開心的說，「又沒有人硬性規定。」

「你的意思是，我們不必敲日期或什麼的嗎？」米奇問。

「不用。」爸爸仔細想了一下，「不必硬梆梆的設定日期，但我希望我們可以固定聚會。」他滿臉期待的看看我，看看米奇。

「你想要設時間表？」米奇問。

「我想要見你們。」爸爸說。

米奇想了一會兒，「那就選期不如撞期，」他堅定的說，「別預做安排。」

老爸的臉色一垮。

我點點頭，表示同意米奇的看法。「選期不如撞期。」我說。

「呃，好吧。」老爸打開車門，「不過別隔太久，我怕忘記你們的長相。」他努力裝開心，但我看得出他很受傷。

跟爸爸道別後，我們走上車道，我問米奇是否覺得我們對爸爸太苛刻。

「並沒有，」米奇說，「是他自己開的頭。」

我覺得米奇也許是對的，但我知道人非完美，即使是父母。事實上，尤其是父母。我還知道，有的時候，人們必須做出適合自己的事，即使會讓別人難過或生氣。我忍不住替老爸難過，他還愛我們，想跟我們分享最棒的炸魚和薯條，而且他記得我喜歡哪種蘋果汁，雖然他無法再與媽媽相守，而想跟凱莉在一起了。

儘管如此，我真希望爸爸沒有離開，真希望我們仍是一個完好的家庭。大家好像都在生爸爸的氣，我們的家被拆散了，一想到家庭的分裂，我便會想像全家人站在一起，地上出現一大道裂痕，地面一分為二，將爸爸從媽媽、莎拉和米奇身邊分隔開。爸爸自己一個人站在外頭。接著我想像自己，我跨在越來越大的裂痕上，一腳踩在爸爸那邊；另一腳踏在媽媽那端，這真是一個令人無所適從的位置。

09

星期一早上點名時，威克斯霍先生說要給我們另一項作業，他開始發紙張。

「妳週末過得如何？」菲絲問我。

「我去看爸爸的新公寓了，」我小聲回答，「我從浴室窗口看火車，然後我們坐在地板上一起吃炸魚和薯條。」

「酷耶。」菲絲說。

「那妳做什麼了？」

「我跟葛拉罕和威爾去看現代畫廊，看到一顆用血做的飄浮頭。」

「酷耶。」我說。

威克斯霍先生叫我們每個人寫一份個人聲明，他說我們住在一個需要自我推銷的世界，因此表述自己及自身優點的能力，非常重要。他說這項練習可給我們心理準備，我們上十一年級時，會練習寫履歷。他叫我們不必太擔心這個練習，只要寫下簡短的聲明，解釋我們是誰就行了，如果可以的話，最好試著寫兩份聲明，一個以第三人稱，一個以第一人稱撰寫。老師以第三人稱，在板子寫了一個範例。

威克斯霍先生是中學教師，於西地綜合中學任教。

接著他用第一人稱在板子上舉例。

我是在西地綜合中學任教的中學老師。

這些只是範例，現在大家得安靜下來好好寫稿了，這樣威克斯霍先生才有時間在上第一堂課前，檢查他的電郵和教學進度。

我想先以第三人稱撰寫。我寫下：

蘿易莎．寇森，十三歲半，喜歡獨自做自己的事。她有一隻叫朗佐的狗，但朗佐住在另一個宇宙裡，跟她親生、想像出來的父母住在一起。蘿易莎．寇森不會雜耍、走鋼索或表演任何馬戲技能。她喜歡起司和醃黃瓜三明治，認同地球是圓的，因此她不會從地球上摔出去。

我對自己的聲明還挺滿意，現在我試著用第一人稱去寫。

我的名字叫蘿易莎．寇森，怯於與人交際，十分笨拙，但樂意與分際明確的人當朋友。我喜歡安靜的地方、跟大自然相關的節目，和在英國島嶼土生土長的小哺乳類動物。我也很喜歡火車、火車時刻表，和有橋的老式火車站。我以前常吃麩片，但現在不太吃了。有時我覺得與人相處挺難，談話則又更難。人們常覺得我來自另一個星球，但只要我活在當下，就無所謂。

這篇我比較不滿意，但我想應該還行。

打鈴了，威克斯霍先生匆匆收回我們的作業，我交出紙張，祈禱有好的結果。

我、菲絲和山姆一起坐著吃午飯，菲絲已經吃完她的芝麻菜和新鮮起司三明治了，正在唇上補塗深色口紅。

「妳塗那個他們不會罵妳嗎？」我看著塗口紅的菲絲問。

菲絲聳聳肩，「也許吧。但我相信我有權利用自己選擇的方式表達自己，我在行使我的自由。」

山姆還在吃他的米飯、胡蘿蔔條和無蛋美乃滋。

「可是我們並不自由，」他說，「我們得去上學。」

菲絲皺著眉，「那倒是真的，」她說，「也許我們今天下午應該蹺課。」

山姆和我瞪著菲絲，彷彿見到瘋子。

「蹺課？」我問，「妳是說，就這樣離開嗎？」

「為什麼不行？」菲絲說。

「因為那樣會違反規定。」我說。

「我不讚同那些規定。」菲絲說。

我想了一會兒，我不喜歡破壞規定，但我更討厭上學。「我們什麼時候蹺課？」我問菲絲。

山姆看著我，無法相信我竟然在考慮這個匪夷所思的點子。蹺課一定會害我們被勒令停學，害爸媽去坐牢。

「現在。」菲絲說。

菲絲見我心事重重，很快又說：「看妳自己決定，蘿兒。很難說這決定會造成什麼後果，但妳有選擇的自由，沒有人能奪得走。」

「我加入。」我說，覺得能做決定真爽，而且我不想讓菲絲失望。

山姆愁容滿面的關上午餐盒的蓋子，他還有幾根胡蘿蔔條碰都沒碰。「這件事我就不參與了，我很害怕。我星期六要去看新的《星際大戰》，要是被逮到蹺課，一定會被禁足。」

「我們可以理解。」菲絲說，「大家都有各自的優先順序。」

山姆鬆了口氣，打開午餐盒，繼續吃他的胡蘿蔔條。

「我們要去哪兒？」我問菲絲。

菲絲把口紅塞到外套口袋，「我們去公園看樹根，思索這噁心可悲的生命。」

「好的。」我說。

菲絲和我將午餐收拾乾淨，準備離開餐廳。

「祝妳好運。」山姆對我說。他很快收拾自己的午餐，「我要去圖書館等上課鈴了。」

「謝謝你。」我覺得自己像電影裡，被任命獨自留在外星上的人，僅留下一架輕型的太空船（相當於小舢板），以引爆能催毀這顆星球，拯救世界的雷管。我就是那位前途未卜的英雄。

山姆匆匆走掉了，菲絲和我離開餐廳時，我懷疑自己能否真的做到，去違反規定。

「妳有學校制服以外的衣服嗎？」我們在走廊時，菲絲問我。

我回想自己置物櫃裡的東西，「我有一件GAP運動衫。」我說，「我的體育服袋子裡還有一件深藍色慢跑褲。」我們冬天上體育課，若必須去戶外，便可以穿素色慢跑褲，雖然那並不算制服。

「很好。」菲絲說，「我有一條牛仔褲。」

我們來到置物櫃拿書包，我找到自己的GAP運動衫，慢跑褲和布鞋，把它們全收進包裡，然後盡量把書掏出來，讓書包不那麼重。

我們穿上外套——冬天在操場上可以穿自己的外套——以免啟人疑竇。菲絲和我一起走過學校操場，我們得沿著科學大樓的側邊，那兒通往學校的停車場，所有教師都把車子停在那裡。大門就在停車場盡頭，等我們一走出門，就自由了。可惜學校辦公室的窗口和接待區，都能看得到停車場，我們很有可能被看到。

不知道我們要如何走出校門，我想像菲絲和我是忍者，在車子後疾馳，甚至躲到車子底下，試圖神不知鬼不覺的，穿越這片難搞而危險的停車場。我們的動作必須十分迅捷，也許菲絲會要我們用緊身褲做成面罩，以隱藏我們的身分。我想像自己在兩輛車子之間做前滾翻，那樣在監視器裡看起來就只是一團模糊的影像了。

「你剛才有沒有看見什麼？」辦公室裡的櫃臺人員會問她的同事說。

「沒有。」同事會說，「一定是妳自己亂想的。」

我們越靠近停車場入口，我就越緊張，雖然我已準備不擇手段的爭取自由了。我感覺腎上腺素竄過渾身血管或任何它會去的地方。

「我們要怎麼出去？」我悄聲問菲絲，希望她已擬出辦法。

菲絲停下來看著我，「就直接穿過停車場，從大門走出去就好啦。」她說。

我不知道該如何回應，這個計畫令我費解。「就那樣而已？」我問。

「就那樣而已。」她說。

我依舊困惑不解，菲絲見到我的表情，便說：「安啦，蘿兒。我們只要裝得像兩個有正當理由，下午不在學校的人就可以了。妳盡量擺出知道自己在做什麼，要去哪裡的樣子就成了。」

偏偏這兩件事我常弄不明白。

「準備好了嗎？」菲絲問我。

我點點頭，心想，我只能信任菲絲的策略了，雖然這實在談不上什麼策略。

我們大著膽子，用穩健堅毅的態度，直接穿過停車場中央，眼睛緊盯住大門。我偷瞄了一下菲絲，她看起來好放鬆，一點也不像違反校規的人。我緊盯大門，想起菲絲的策略，努力擺出有絕對正當理由，在上課期間離校而去的樣子。我抬起下巴，裝得理直氣壯。我開始在心中哼起《第三集中營》裡的主題曲，這是去年聖誕節，莎拉、米奇和我一起看的知名老片，當時老爸在睡覺，媽媽在跟我們的舅舅賽門講電話。

我聽到左邊有聲音，回眼一望，看見我們的宗教研究老師布格斯小姐打開車子的後車廂。我發現她又穿著她的Timberland靴子了，而且頭髮超級凌亂，顯然她的感情問題還沒搞定。

老師從後車廂拎出一袋沉重的課本，一邊皺眉看著手機螢幕。她關上後車廂時，我發現她的後車窗貼了兩張掌印貼紙，下面還有另一張寫著「達美樂打了沒」！不知這貼紙是不是送的。

布格斯小姐一定會看到我們，唉，罷了，我心想，我們已經盡力了。

我已準備好轉身折回去了，但菲絲繼續走著。布格斯小姐抬起頭。

「嗨，老師。」菲絲說。

這下子老師不可能不起疑了。

「噢，哈囉，孩子們。」布格斯小姐對我們笑一下，然後又回去看她的手機，顯然不想在午餐休息時，與我們多廢話。菲絲繼續往前走，所以我也跟著。布格斯小姐鎖上後車廂後，匆匆離開了。

我們終於來到大門邊，輕輕鬆鬆的走出去，來到人行道上。我還以為會有尖銳的警鈴響起，老師們會拿著電擊槍跑過來追我們，可是啥事都沒發生。我還是無法相信布格斯小姐在停車場，竟然沒問我們要去哪裡，不相信他們沒有從辦公室窗戶，或監視器上看到我們。

「繼續走。」菲絲壓低聲說。

於是兩人就這樣繼續走，我們來到學校後方的住宅區，如果右轉，就會看到一排商店，那邊有間印度菜外帶店，有時老爸會開車去買。以前我喜歡陪爸爸去，因為等著拿咖哩時，他們會給你吃小碗裝的辣味花生。

「妳身上有多少錢？」菲絲問我。

「我有十一鎊。」我說，「緊急用的。」

「我有十五鎊。」菲絲說，「威利要我隨身帶十五英鎊，怕萬一我得搭計程車到某個地方。我們搭公車進城，這裡太安靜了，我們在城裡比較不招人耳目，我們可以去大一點的公園裡混。」

「我們可以搭商店街外頭的公車。」我說。

「太好了，」菲絲表示，「可是咱們得先換衣服。」菲絲指著公園邊區，兩棟畫滿塗鴉的建物，「去那邊換。」

「噢，不要。」我說，「那是公共廁所。」

我不喜歡公廁，我們小時候，媽媽會盡可能的避免上公廁。如果我們有人非上不可，她會先給我們一小包衛生紙，然後站在門外大喊，**千萬撐住，別坐到馬桶上啊！**

「我們沒得選擇。」菲絲一臉正色的說。

兩人雙雙望向那兩間水泥建築。

「我先進去。」菲絲說，「妳來把風。」

我站在門外，不確定自己是該留意老師，還是警察，或其他可能想上廁所的人。

我覺得自己看起來很可疑，便從口袋掏出手機查看天氣，找點事做。看來應該會下雨，不知手機發明之前，人們在等候別人，又不想引人疑心時，都做些什麼事。也許他們會看看手錶或抽根菸吧，所以以前香菸才會如此普及，算是一種沒事找事做的活動。可是不抽菸的人怎麼辦？或許他們只能瞪著天空，假裝對雲學很感興趣——雲學就是研究雲的學問。

我最近看了一部跟氣候變遷相關的節目，節目說，研究雲朵形成方式的學問，就叫雲學。節目還說，等我退休時，英國的夏天會變得非常熱，而且會有很多水災。為了這個原因，等我老了，有自己的錢後，我打算買一艘像安娜貝拉和尼爾的船，以防萬一。

菲絲穿著她的牛仔褲和布鞋從廁所裡走出來，她把換掉的裙子和外套塞到書包裡了。

「我知道外套罩住了應該看不見，」她說，「但還是小心一點的好。」

我走進廁所，把包包掛到門後的鈎子上。廁所地板很噁心，我決定盡可能讓自己的東西遠離地面。

廁所裡到處都是塗鴉，水槽上頭有人用黑色馬克筆寫著**春嬌懷志明的寶寶！**下面則是別人用紅筆寫的，**她才沒有**，再下面，又有別人寫道，**明明是國雄的！**不知道這些人都是誰。寫**她才沒有**的傢伙，字體小而亂，另外兩個則張牙舞爪。

我脫掉一隻鞋，然後意識到自己並不想踩到地面。我跳到書包邊，拿出慢跑褲。我從緊身褲裡抽出左腿，然後用一條腿保持平衡，把慢跑褲的左邊套上來，另一條褲腿四處懸晃，我不希望褲腳碰到地板，因此便用牙齒咬住，伸手到書包裡拿左腳的布鞋。

我把布鞋放到地上，慢慢把腳套進去，用空出來的手解開鞋帶。我得用詭異的蹲姿去弄鞋帶，因為慢跑褲的右褲管還咬在我口裡。

等穿好布鞋後，我脫掉右腳的鞋子和緊身褲，然後把慢跑褲的右褲管套上去。我差點沒站穩，一把抓住水槽，幸好我的包裡有消毒手部的清潔霜。

我跳到書包邊，找到清潔霜，抹在剛才碰到水槽的手上，同時保持單腳獨立。接著我拿出右腳布鞋放到地上，便於穿上。穿好布鞋時，我竟然忍不住得意起來。

我用原本裝布鞋的塑膠提袋，包住鞋子，然後放到書包底層。我脫掉大外套披在書包上，然後脫掉上衣，連同學校鞋子、裙子和緊身褲，一起收進包裡，然後拿出我的GAP運動衫，挪出空間。

我快速套上GAP，然後穿上外套。我準備好了！

我走到外面，菲絲正倚在牆上看天空。

「酷耶。」她說，「咱們走。」

公車站沒有其他人在候車，想到學校鈴聲大作，每個人都衝去置物櫃拿自己的東西，而菲絲和我卻在這裡等公車，就覺得好笑。

公車到站後，我們買了兩張兒童票，在後邊找到相鄰的座位，公車司機對我們似乎一點也沒起疑。

「這感覺真棒。」公車開走時，菲絲說，「比抽大麻還爽。卡謬說，自由不過是一個讓人變得更好的機會。」

「他們發現我們不在時會怎樣？」我說。

「盡量別讓自己那麼緊張，」菲絲往後靠在座位上說，「緊張雖然難免，但有感覺總比沒感覺好。」

公車停到下一站，一位拉著購物車的老太太慢慢走下車，一名衣著髒汙邋遢的男人，拎著一罐像酒的東西，沿人行道奔向巴士。司機火速關上門，把車子駛離公車站。

「王八蛋！」車開走時，男人大聲罵道。

「我很難適應學校。」菲絲說，「威爾總說，我不是那種人云亦云，合群的人。」

我想像田野上的牛群，想像有一頭母牛離開牛群，跑往與眾不同的方向，這就是菲絲。

「妳也不是。」菲絲看著我說。

「不是什麼？」我問。

「妳不會人云亦云。」菲絲說。

「我不會嗎？」我想像另一頭自行放飛的母牛。

「不會。」菲絲說，「妳永遠也不會，妳不是那種人。萬一我們惹上麻煩了，妳就說都是我的錯，是我出的餿主意，是我逼妳蹺課的。」

「謝謝。」我說，「我絕對不會怪罪於妳，我會對自己的決定負完全的責任。」

菲絲點點頭，「妳是個很好的朋友，蘿兒。」

這話聽得我好樂，我不確定自己以前做過任何人的好友，小時候，媽媽常邀別的女生到我們家，可是她們老愛玩些蠢遊戲，包括媽媽和寶寶，而我只想玩自己發明的太空船遊戲。太空船飛往另一個銀河系的另一顆星球，那個叫扎佛朗的星球上，擁有跟地球類似的大氣層。太空船上住著一小群人，和兩兩一對的所有動物，就像太空裡的諾亞方舟。抵達扎佛朗後，我們的任務就是讓動物適應新的環境，並打造一片定居地，向地球回報任何問題。有時問題很小，例如，收成不佳；有時問題稍大，例如，巨蟹般，腳上長著豔色條紋的外星人，想將扎佛朗星球占為己有。

中學時，我找到兩名樂意在下課及午餐時間，陪我玩這個遊戲的女生。我們三個人在本人的仔細督導下，每天玩這個遊戲，一直到有一天，她們兩個都表示無聊，受夠我老是瞎訂一些規則了。我說我得訂規則，因為我是唯一瞭解扎佛朗的人。在那之後，我就都一個人玩了。

公車在德本漢姆百貨外靠站。

「我媽就是在這裡暫時性思覺失調，企圖偷衣服的。」我說，「她不是故意偷的，媽媽並不知道自己在做什麼。」

「至少她採取行動了。」菲絲說。

我們朝公園走。

「她現在好多了，」我說，「她去健身房上課。」

天開始下雨，我們加緊步履，我都忘記我們要到公園做什麼了，好像跟樹根有關。

進了公園後，菲絲和我找到一棵柳樹避雨。在樹底下我們都沒淋溼，雨滴從細長的柳葉上滑落，看似柳樹在哭泣。

雖然下著雨，但我並不覺得冷，我想是因為蹺課令我十分亢奮吧，而跟著菲絲站在柳樹下，使我覺得比平時溫暖。

「也許我們應該等改天再來想樹的事。」我建議菲絲。

「不行，」菲絲表示，「現在就是很棒的時機。」她非常用力的盯著樹，近距離看著樹皮。

我也瞅著樹，雖然我不太確定究竟要看什麼。

「這棵樹為何存在？」菲絲說，「它的隨機性，令我無力招架。」

我再次看著樹，雖然這是一棵好樹，但我不會覺得無力招架。

「我們應該抱抱它。」菲絲說，「在我們離開之前。」

我吃了一驚。菲絲，抱一棵樹？這就是那位經過走廊時，令我們年級其他女生紛紛閃避的女生。

「抱樹超療癒的。」菲絲說，「我們利用這棵樹避雨，應該回饋一些愛。」

我覺得挺合理。「好吧。」我說，「我們來抱抱樹。」

菲絲挪到樹幹另一邊，兩人靠過去抱住樹。我的手臂放在菲絲的手臂下，我們的手幾乎碰到彼此的肩膀。

「它跟我們一樣充滿生命。」菲絲說。

「但願它喜歡這個擁抱。」我說。

「妳能感受到樹在震動嗎？」菲絲問我，「所有的活物都會震動。」

我把臉頰貼在粗糙的樹皮上，手臂感到一陣酥麻，「我感覺到了。」我說。

「那是一種能量。」菲絲說，「就像我們一樣，我們此刻在這裡，活著，就像這棵樹一樣。」菲絲頓了一下，「所有的能量都是借來的，有一天我們都得還回去。」

「是尼采說的嗎？」我問。

「不是。」菲絲在樹的另一邊說，「是《阿凡達》裡的臺詞。」

「我愛死那部電影了。」我說。

「是啊，」菲絲表示，「那棵樹也太屌了。」

菲絲和我鬆開柳樹，「那感覺好棒。」我說。

「我就跟妳說嘛，」菲絲表示，「在日本，他們會待在樹林裡，並稱之為森林浴。」

雨終於停了，我們拿起書包，在滴淋著雨的葉子底下疾奔。

公園的另一側，有條開了一排小鋪子的商街，我們經過老爸稱之為嬉皮店的店鋪，裡頭賣香條、仙子雕像和水晶。不知太極課的水晶男，是不是在這裡買到他的粉紅水晶。

我們在一家義大利冰淇淋咖啡館前駐足，站在藍白條紋的雨棚下。我們小心的避開從棚子上淌下的碩大雨珠，來到人行道上。

「我們去吃冰淇淋。」菲絲望著店裡說。

「十一月吃冰淇淋？」我問。

「是啊。」菲絲說。

我們走進咖啡館，裡頭沒有客人，只有個年輕人倚在櫃臺後看手機。他在厚厚的毛衣上套了一條紅條紋的圍兜，頭上戴了一頂紙帽，看起來很不樂意待在這裡。

菲絲和我走向櫃臺，年輕人收起手機。

「請問想點什麼？」那男的問，「熱巧克力？無咖啡因卡布其諾？」

菲絲定定的看著那個男生，瞇起眼睛，「都不是，」她說，「我們要兩杯手沖咖啡。」

櫃臺後的男生挑起眉毛。

「還有冰淇淋。」菲絲又說。

男生瞄了一下窗口，似乎想確認外頭的天氣依然寒峭溼冷。他聳聳肩，「兩球冰淇淋的聖代，一份四點五英鎊，可以自行選擇上面的添料，糖屑免費，但堅果要另加五毛。」

「很好。」菲絲說著伸手到口袋裡，「我要吃這些，」她對我說，一邊拿出棕色的小皮包，皮包上縫著一頂紅色的寬邊帽。

「別多問。」菲絲說，「是蘇西從墨西哥買回來送我的，如果我都不用，她一定會發現。我們不要堅果。」菲絲說著把十五鎊遞給那傢伙，然後將皮包放回口袋裡。

「妳們不是應該在學校上課嗎？」那男的問，他打開收銀機的抽屜找零。

「我們是在家自學的。」菲絲冷靜的說。

「哦，是嗎？」男生再次挑起一邊眉，懷疑的問，「妳們兩個都是？」他將零錢找給菲絲，「妳們看起來不像姐妹。」

「我們又不是姐妹。」菲絲說，「我們是朋友。」

「好唷。」男生說著拿起冰淇淋勺，「妳們想吃什麼？」

菲絲點了薄荷巧克力加鹽味焦糖，我點的是覆盆子和濃巧克力。菲絲淋了黑巧克力醬，我加草莓醬，因為星期一最適合紅色的食物。我們都加了糖屑。

我們帶著冰淇淋走到一張鋪著紅白格子桌布的桌邊，男生把我們的咖啡送過來。

我們用長勺挖冰淇淋吃，一邊啜飲咖啡，保持溫暖。

我不是很喜歡咖啡，有時喝起來超苦。媽媽一向喝黑咖啡，爸爸的咖啡則會加大量牛奶和兩塊紅糖，媽媽罵他沒膽。奶奶不太喝咖啡，大部分都喝淡茶，因為她說咖啡會害她心悸，精神亢奮，所以法國人才那麼瘦，還抽一堆菸；因為他們喝了那麼多黑咖啡後，得讓自己平靜下來。這杯咖啡加了奶，喝起來挺好，尤其是在吃完一口冰得要命，又甜得要死的冰淇淋後，喝起來格外舒服。

菲絲瞄著賣冰淇淋的男生，「妳不覺得他挺可愛的嗎？」她問我。

看到我一臉驚訝，菲絲笑說：「我知道，六個同性戀父母，結果我卻是個直女。挺煩的，但你能怎麼辦。」

我又看了那傢伙一眼，覺得他看起來不太開心，並不可愛，他像是那種會帶你去電影院看他想看的電影，吃掉所有爆米花，然後讓你自己搭公車回家的人。我決定不跟菲絲說，只表示：「妳只能做自己。」

菲絲端詳我片刻，「我知道。」她最後終於說，「可是我覺得我令媽媽們失望了，法蘭一向極力推崇說，女同性戀的性關係風險較低。」

「或許妳只是在叛逆期？」我幫腔說，「正在經歷異性戀時期？」

「也許吧。」菲絲說，「真可惜。我在這個發展情緒、性與智性的階段中，寧可把自己的性取向視作流動的液體。」

「我哥哥就是同性戀。」我想到米奇，「我不確定他知不知道，但我確信他是。」

「他幾歲？」菲絲問我。

「十五歲又九個月。」

「他會知道的。」菲絲說。

我們決定搭公車回菲絲家。

「我們去我媽媽家。」她說，「她們還沒下班，妳不能從學校太早到家，否則看起來很可疑。」

「好。」我說，我對菲絲家感到好奇。

菲絲住在城鎮另一端的一小片郊區，有點像我住的地方。

「郊區爛透了。」我們下公車時，菲絲說，「我一畢業，就要離開這裡。」

「妳要去哪兒？」我問，兩人沿著人行道走，我看到路標上寫著金鏈花街。

菲絲聳聳肩，調整肩上的書包，「只要不是這裡，哪兒都成。我要去大都市，一個鄰居老死不相往來，空氣汙染嚴重到會致命，六英呎之內一定有老鼠的地方。」

「妳野心真大。」我說，「可是就沒有那麼多樹可以抱抱了。」

「是啊。」菲絲說，「我得在放假時，固定去做森林浴。」

我應該會喜歡住大都市，因為會有很多火車站、圖書館、畫廊和動物園，也許還可以去水族館，看看所有顏色豔亮的魚，但我也擔心住在大都市。我不喜歡人群和噪音，我不懂應付別人，而且本人方向感奇差，超不會找路，除非我能在心中勾勒出自己要走的路線，而且不能有太多彎繞。

所以我覺得自己可能更適合住鄉下，跟綿羊、雞待在一起，最好還有刺蝟。

我們走到菲絲家的車道上，她住二十六號。看到那房子如此平凡，我挺失望的，我想大部分人的房子看起來都很普通吧，前門外頭放了許多盆栽。

「這些是蘇西的。」菲絲指指那些植物說，「她在園藝中心工作，會把所有園藝中心想扔掉的，快要枯死的植物帶回家，盡量讓它們恢復生機。」

「就像植物醫師。」我說。

「沒錯。」菲絲說，「植物醫師，她會喜歡這個說法。」

菲絲用鑰匙開門進屋，我們把外套掛起來，踹掉鞋子。我發現走廊牆上，掛了一小副框起來的魚骨。

我們經過時，我看了客廳一眼，裡頭有一架電視、兩張沙發，和一張玻璃大茶几，上面擺了雜誌和另一盆植物。客廳牆上有張公寓大樓的大照片，我覺得挑這種照片掛在客廳牆上很特別，不過有些人對我的三趾樹懶海報和英國火車時刻表，大概也有同樣的感覺吧。我喜歡公寓照中，所有對稱的小方塊，有些還是彩色的。

「那是我媽媽的。」菲絲說，「她喜歡建物照片，有時也喜歡橋，她在建築事務所上班。」

「我很喜歡。」

「我們去我樓上房間吧。」菲絲說。

菲絲的臥室很亂，雖然遠遠不及莎拉的，但比我的凌亂許多。她有一張大海報，上面的小個子男人戴了一頂帽子，帽上寫著湯姆．威茲（Tom Waits，譯注：美國音樂人、演員），還有一張加框的舊照片，一男一女在咖啡館裡抽菸。

我發現菲絲的床整理得心不在焉，她用的是黑被套和黃枕頭，地板上有個黃色懶骨頭椅，書桌邊的小桌上，有個大玻璃缸和書架，玻璃缸有自己的光源，我走過去，看到裡頭有些枝子、植物、一顆大石和一條像管子的東西。

我彎身往管子裡頭一瞧，看見有對眼睛也在回看著我。

「那是強納生。」菲絲看著我說。

「誰是強納生？」

「牠是一條鬃獅蜥，」菲絲說，「也許牠很快就會出來了，牠挺害羞的。」

我從缸子邊退開，強納生開始慢慢從管子裡爬出來，牠身上都是鱗片，腳趾可笑的張開，而且長了一小撮刺鬍。菲絲和我看著牠爬到石頭頂端。

「牠喜歡在石頭上，」菲絲說，「牠會晒太陽，有一次我拜託爸媽給我生個小弟弟，結果他們就買強納生給我了。我覺得用牠來替代也挺好。」

「牠看起來好像在思索重要大事。」

「是啊。」菲絲說，「牠看起來一向如此，要不就是像剛剛做出天大困難的決定，現在必須面對結果。」

我們兩人盯著岩石上的強納生，牠狐疑的望著我們，然後抬起一隻前腳，彷彿在說哈囉。

「牠對我們揮手耶！」

「牠有時候會那樣。」菲絲說，「每次家裡有新的客人，牠就走出來，爬到石頭上。每次我做數學作業時，牠也會走到玻璃邊看我。我想牠一定很喜歡數學，牠還喜歡巴布・狄倫，最愛的唱片是《慾望》，會跟著音樂晃頭，不過牠更偏愛那首《軌道上的血》。」

「好酷呵。」我說。

菲絲轉向我，「我很高興妳來我家，蘿兒。」她說，「學校裡沒有人像妳這麼有意思。」

我不知道該說什麼，從來沒有人對我講過這種話。有時我談到自己喜歡的事物，火車或英國島嶼原生的小型哺乳動物，或我最愛的大衛・艾登堡爵士紀錄片時，其他人——通常是我的家人——就會點頭說：「真有意思。」但意思是，他們一點也不感興趣。

「妳跟別人不一樣。」菲絲說，「妳有宏觀與微觀，大部分人只看到中間的事物。」

「謝謝。」我說，不太懂她的意思。

菲絲聳聳肩，「妳就是這樣的人。」她非常嚴肅的看著我，「不過我得說一件事。」

「什麼事？」我扯著毛衣袖子問。

「妳不該老想讓自己變成隱形，妳知道嗎？妳有的時候，好像巴不得變成家具什麼的。」

「那是一種生存機制。」我說。

「妳應該只做自己，」菲絲說，「不用去管別人，如果他們不想跟妳在一起，那是他們的損失。」

「也許吧。」我並未被說服。

菲絲不理會我，「妳得勇敢做自己，」她說，「就大剌剌的走進去說，是的，我就是這樣。如果他們不喜歡，就滾一邊去。」

「謝謝。」我說，「可是做自己，會使一切變得更艱難。」

「可是妳還能做誰？」菲絲問，「這話可是妳自己說的。」

「我承認妳的話有道理。」我若有所思的說。

我們兩人看著像在偷聽的強納生。

「我們來聽音樂吧，」菲絲說，「聽點振奮人心的東西。」

我坐到菲絲的床沿，看她走向CD播放器。她拿起兩張CD仔細看著，然後挑了一張放到機子裡。

「強納生喜歡布魯斯・斯普林斯汀（Bruce Springsteen，譯注：有藍領搖滾教父之稱的美國搖滾歌手，作曲家）」，菲絲說，「尤其是他的《生在美國》，這很奇怪，因為強納生是在這裡的寵物店裡出生的，而牠的祖先則來自澳洲。」

歌曲開始播放，我知道這首歌講一個男人的故事，他說我們只是在黑暗中跳舞而已。

菲絲站在播放器旁，開始用一種詭異的方式晃動肩膀，感覺像在抽搐。接著她的屁股也開始做類似動作。她閉著眼睛，手肘奇怪的抽著，一時間，我好擔心她癲癇發作，接著我意會到，原來她是在跳舞。

我站起來，布魯斯．斯普林斯汀還在高唱沒有火苗點不了火，我也閉起了眼睛，隨音樂輕輕搖晃，我擺著肩，搖著手臂，感覺好棒。

我張開眼，此時菲絲正四處跳著，上下的點頭，原地打轉。我開始跟菲絲一樣四處亂跳，左右搖頭，擺臂跟上。我伸出手肘，在空中揮擊。菲絲張開眼睛對我笑，她跳得不亦樂乎，我們都很開心，不在乎別人怎麼想我們，連強納生看起來都很高興。

我心想，我們這兩個怪小孩，就這樣待在英格蘭東邊某間臥房裡，跳著醜不拉幾的怪舞，只為了覺得開心。

10

等我蹺課回到家時，有個男人倒掛在我們家的客廳門口。門框頂端裝了一大根金屬條，棒子上綁了兩隻倒掛的大靴子。男人把他的腳綁在這雙靴子裡，他手臂疊胸，而且閉著眼，馬尾還蹭到了地板。

過了一會兒，我才發現男人就是太極課老師史提夫，只是他整個人倒吊著。

放下書包，倒立的史提夫張開眼睛。

「嗨。」他說。

「嗨。」我說。

「這是倒吊鞋。」他說，好像這樣就能解釋清楚了。看到我一臉茫然，史提夫又說：「希望妳不介意我吊在這裡，我家的門有一點矮。」

「沒關係。」我實在不太理解。

「我最好去看一下煮的飯。」史提夫說著將身體往上一抬，單手抓住鐵條，用另一手拆掉靴子上的綁繩。他抽出穿著襪子的腳，蕩到地上。

我跟著他走進廚房，媽媽正在裡頭整理餐桌，通常桌上會隨意放著未拆的信件、外送宣傳單、書本雜誌等的東西，我們吃飯時會把這些雜物推到桌子中央，可是今天，老媽似乎決定把整張桌子清出來。

「蘿兒。」媽媽說，「記得我們的朋友，史提夫嗎？」

「記得。」我心想，太極男史提夫什麼時候變成「我們的朋友史提夫」了。

他伸了伸身體，然後走到爐臺邊，掀開在我們家爐臺上燉著的鍋蓋。我發現砧板上有一大坨切好的蔬菜。

莎拉穿了一條短到不行的牛仔短褲，和露臍毛海上衣，在廚房現身。

「史提夫在煮今天的晚餐。」媽媽說，彷彿這是全世界最正常的事。

莎拉瞄著史提夫，似乎毫不在乎家裡廚房出現一名陌生的馬尾男。她從麵包箱裡抽出兩片麵包。「別把我算在內。」莎拉把麵包丟入烤麵包機裡，「我要去酒吧。」

「真可惜。」媽媽說。

「很高興見到妳。」史提夫說。

「是啊。」莎拉專心盯著她的吐司，「你說什麼都行。」

米奇進來了，滿臉困惑。也許是因為家裡廚房有個穿綠襪子的陌生男子，在我們家的爐臺上煮飯吧。

「你記得史提夫吧，」媽媽說，「超市的那位。」

米奇看著史提夫，努力回想。

「上個星期四。」媽媽幫忙提醒說，「我們找不到芥末醬，結果剛巧遇到史提夫，是他幫我們找到的。」

米奇點點頭，還是一臉迷糊。

「芥末向來都跟其他調味料擺在一起，」我說，「就在醃黃瓜旁邊。」

「沒錯。」史提夫說著對媽媽擠擠眼。

我覺得我們被算計了，米奇和媽媽根本不可能「剛巧」在超市裡遇到史提夫，老媽帶我去上太極課，顯然別有居心，她希望我們認識史提夫。也許她覺得我們若先在外頭認識他，衝擊會比較小。我可以想像父母手冊裡有個篇章，建議老媽這麼做。在非私領域中，向孩子介紹妳的新男友，等他來到妳家時，就不會被當成闖入者，而會被視作認識的朋友了。

媽媽能想出來的最佳地方，就是太極課和超市嗎？那莎拉呢？也許無所謂了，因為莎拉不像我和米奇那麼敏感。

莎拉的吐司從烤麵包機裡跳起來了，她抓起盤子、奶油刀和一整罐的奶油花生醬。

「祝你們玩得愉快。」她瞄著煮滾的米飯說，然後拿著她的吐司，腋下夾著奶油花生醬，離開廚房。

「我們晚上吃什麼？」米奇問。

「糙米和蔬菜。」史提夫說。

米奇看起來很失望。

「我是長壽飲食者。」史提夫說。

「噢。」米奇表示，「你打針嗎？」

「不是的，」史提夫把蔬菜放到蒸鍋裡，「那與醫療無關，而是一種生活形態的選擇。」

「史提夫吃很多米飯。」媽媽說好像那是世上最了不起的事。

「全穀物最接地氣了。」史提夫把平底鍋拿到水槽邊，濾掉剩下的水。

「事實上，我朋友山姆每次吃全穀物，就會起疹子。」我說，「他對於小量的精緻白穀物，倒是較能忍受。」

史提夫皺起眉頭。

「我想還是有例外的。」媽媽很快表示。

「你吃長壽飲食多久了？」米奇慢慢吐出那幾個字。

「從一九八六年開始。」史提夫驕傲的說，把米飯舀到四個盤子上，「我幫大家配製了陰陽調合的蔬菜。」

大夥坐下來吃飯。

史提夫拿起叉子，「當然了，各位請隨興享用你們的晚飯，」他說，「但我每一口至少會嚼二十遍，並專心吃我的食物，這樣更有利於消化。」

米奇和我互看一眼，這頓飯顯然得花點時間，至少沒有人發現我因為下午蹺課，比平時晚到家半個小時。

★ ★ ★ ★

晚飯後，我到樓上臥房的地板上坐了一會兒，我覺得需要安靜下來獨處一下。今天雖然好玩，卻令人無所適從，我跟著菲絲蹺課、抱樹、吃冰淇淋、遇見鬃獅蜥強納生、隨布魯斯•斯普林斯汀的音樂起舞，然後回家看到長壽飲食者史提夫倒掛在我們家客廳門口。

我想先看部自然紀錄片，便挑了《哺乳類生活》，就在我要按下播放鍵時，我的手機響了。

這很不尋常，我不像別人那樣常用手機，也不像別人花長時間用電話聊天。一來我沒有很多朋友；二來我覺得與人談話，尤其是在電話上聊天，從來抓不準何時該輪到我講話。我的手機裡只有九個聯絡人：媽媽、爸爸、莎拉、米奇、奶奶、伊娃外祖母和吉米外祖父，賽門舅舅，以及印度外帶店（老爸有一次用我的手機訂餐），還有RSPCA，英國皇家防止虐待動物協會，萬一遇到需要救援受傷動物，可以打過去。

我很快接起手機。

「嗨。」菲絲說，「是我。」

「噢。」我忘記菲絲有我的號碼了。

「只是想打來閒聊一下。」菲絲說。

這令我有點擔心，我不擅於聊天，而且不習慣別人打電話跟我「閒聊」。我開始焦慮了。

「妳回家沒事吧？」菲絲問我。

「沒事。」我說。

「沒有人問任何問題嗎？」

「沒有。」

「好吧……」

電話另一端頓了一下，我開始撓手臂。

「妳還好嗎？」菲絲問我。

「我正要看自然紀錄片。」我覺得有點煩躁，怕自己得陪菲絲講電話，沒空把紀錄片看完。

「有意思，」菲絲說，「是在講什麼的？」

我開始慌了，我根本不會回答這類問題，尤其是在電話上，特別是我累了，今天又過得衝擊性十足。

「我覺得我們不能再當朋友了。」我衝口而出。

菲絲一陣沉默，我以為她會叫我別犯傻，或者會生氣的對我大吼大叫，但她沒有。片刻後，菲絲靜靜表示：「如果妳確定要那樣的話，蘿兒。」

「是的。」我堅定的說，「那正是我要的。」

「好吧，那就再見了。」菲絲緩緩說，我聽得出我傷到她了，但說出去的話已經收不回來了，何況，我現在焦慮到快要透不過氣了，得掛掉電話才行。

「再見。」菲絲說。

「再見。」我很快掛斷電話，把手機丟到地上。

我坐在床上，兩手抓住枕頭，努力做深呼吸。我的手指深陷在枕頭的布套裡，感覺快崩潰了，我絕對不能崩潰。

我繼續用指頭掐住枕頭套，漸漸開始好一些了。我不必再跟人講電話，不必再跟任何教我覺得疲累，或對我有任何要求的人說話了。

我還有時間看我的自然紀錄片。

翌日早晨，我正要出門上學，前門有人敲門。我打開門，發現老爸站在門階上，穿得跟個郵差似的。他甚至戴了一頂紅色棒球帽，背上背了個大郵袋，手裡拿著一個包裹。

「嗨，老爸。」我說。

「嗨，蘿兒。」爸爸說。

「你幹嘛打扮得跟郵差一樣？」我問。

「因為我就是郵差。」老爸說。

「什麼時候的事？」

「昨天開始的。」

「你現在當郵差了？」

爸爸皺著眉，「現在是二十一世紀，蘿兒，轉換職業跑道又不是什麼奇怪的事。」

「可是你以前是體育老師。」

「郵差這份職業很熱門的。」爸爸看著自己的腳，「我試過改調遞送的路線，可惜不可能……」

「那柏尼呢？」我想到我們那位騎腳踏車遞送郵件的老郵差。

「退休了。」老爸說，「他搬去西班牙的馬略卡島，打算經營腳踏船的生意，我還參加了他的退休歡送會。」

我想像柏尼坐在沙灘的躺椅上，戴著腰包，用綠色吸管喝鳳梨汁，並不時站起來大聲吆喝，別靠近岩石！

幾個月前，有一次我在上學途中，柏尼也剛好騎腳踏車載著他的郵袋。他的車速跟我的步伐幾乎等速，我替我們兩人感到尷尬。接著我聽到一記詭異的咿呀聲，當時我還以為應該是他的腳踏車聲，後來才知道，原來是他的膝蓋。

「祝柏尼好運。」我說。

「拿去吧。」老爸把包裹交給我，「是米奇的。」

我接過包裹，看包裹的樣子，很可能是蛋糕模型。

「謝謝。」我把包裹放到前廳。「你有自行車嗎？」我問老爸。

「沒有。」爸爸說，「我走路。」

我想到老爸背著郵袋，在我們這條路上蹦來跳去的樣子，其實重點應該是「用走的」。我覺得很難消化。

「希望能很快再見到妳。」老爸說。

「是啊。」我說。

爸爸看起來挺開心，不曉得他是否知道馬可洛•史提夫的事，我決定不跟他說。

「再見，蘿兒，週末見。」

「好的，」我說，「爸爸再見。」

老爸背著他的袋子，逕自吹著口哨走下車道。

我來到點名室時，菲絲已經在裡頭了。她坐在另一張桌子，我走進教室，她抬頭看我，然後很快的別開眼神，我覺得挺難過。我考慮走過去，跟她說我錯了，但我想我一定會講錯話，或聽起來不夠誠意，她說不定會生我的氣。

如果菲絲找到別的朋友，一個能隨時跟她在電話上聊天，一起分享她的化妝品，談論男生的朋友，也許更好，而不是我這種喜歡看火車，談動物；有時很迷惘，對別人動不動就感到不耐煩的人。

這對我也比較好，我需要單純的生活，友情總是太複雜了。

我一整天幾乎都沒見著菲絲，她很擅於躲避我。

我們午餐後有體育課，這是我最討厭的課程。幸好今天只打桌球，意思就是說，我們不用到戶外了。山姆和我打球打得正樂時，有顆飛球擊中我的背部。

我轉身查看球從何處來。

蓮恩・派克斯走到我們的球桌邊拿她的球。

「不好意思。」她用甜膩到噁心的聲音說，聲音大到我們的老師都能聽見。她壓低嗓音：「我們會給妳好看的，怪胎。」然後才轉身回自己的球桌邊。

放學前，我去置物櫃拿東西，有人蓄意破壞我的置物櫃，事實上，她們用黑色馬克筆在上面寫了一首詩：

妳爸是變態
妳姐是婊子
妳哥是娘炮
而妳是瘋子

瘋子？她們就只擠得出這種詞彙？我猜她們是想要押韻吧。老爸已經不在學校工作了，莎拉自己夠凶悍，可是我挺擔心「妳哥是娘炮」這句話。米奇在學校裡人緣很好，我不希望他跟

我一樣在學校處處碰壁，被蓮恩．派克斯、布蕾妮．席維、裘莉．懷爾斯和邦妮．傑克遜，還有那些覺得在學校操場將我絆倒很有趣的男生欺負。

我忐忑不安的走回家，不斷看著身後，確定無人跟蹤。蓮恩已經踹過我，打過我的眼睛了，我不確定她說「給我好看」，是什麼意思。

我急急忙忙的走回家，菲絲不再跟我當朋友，然後上體育課又被蓮恩．派克斯威脅，置物櫃上被人寫了詩，今天可夠衰了。

我打算回家後，坐到地板上，盡量把自己蜷縮起來，前後搖擺一番，必要時，也許稍稍哭一下。

我到家時，老爸的車子也在，這回車子沒有停在半條街外，而是停在我們家的車道上。媽媽的車子也在，這一定不是什麼好消息。

而且我們的車道上還堵了一輛小廂型車。

一時之間，我還以為自己誤會了，說不定老媽和老爸要破鏡重圓，也許他們現在就在屋裡沙發上擁吻，大腿上放著他們婚禮的相簿。（媽媽好像沒有燒掉婚禮相簿裡的照片。）

我發現可能性極低。

前門開了，兩名男子拿著一卷地毯出現，我走近時，發現那是我們家的舊地毯——燒焦的那一塊——看來，老媽終於決定換掉了。

兩個男的對我點點頭，讓前門繼續開著，這樣我就不必在大衣口袋裡找鑰匙了。

我進屋時，聽見廚房裡有人大聲說話，也聽見米奇房間傳來音樂。我知道樂聲來自米奇的房間，因為那是ABBA合唱團的《勝者為王》，是米奇最愛的歌曲之一，不過令人擔心的是，米奇難過的時候才放這首歌。

我關上前門，躡手躡腳的走到走廊上。我聽見廚房裡有老爸的聲音，「我相信那是錯的。」

我把頭探進客廳門裡，淡灰色的新地毯上有顏色較深的斑點，房中飄著新地毯的氣味。我很快退開。

「他的感受是錯不了的，」媽媽在廚房裡憤憤的說，「他很難受，他一定覺得沒有人可以跟他談。」

老爸說：「如果妳是在影射那是我的錯——」

「噢，當然不是你的錯了。」老媽嘲諷的說，「我相信，家庭受到破壞，對我們的孩子完全沒有半點影響。」

噢，慘了，聽起來很不妙，爸媽正在吵架。

「這種事又不是外在環境造成的，」爸爸說，兩人略微停頓。我聽得一頭霧水，不知老媽是否也一樣，「是從你們那邊家族來的。」

「你是指賽門嗎?」媽媽極具威脅的揚起聲音。

「是的。」爸爸說。

我們的賽門舅舅其是媽媽的親表哥,他從來沒結婚,去年聖誕節,舅舅帶了一位叫彼特的「朋友」到我們家吃聖誕大餐。彼特開了一家果泥公司,賣給雞尾酒做基底用。這年頭能做為糊口的東西真是千奇百怪。

「性取向不是來自遺傳!」媽媽尖聲喊道。

噢,天啊,真的很糟糕。老爸真的太過分了,有時他會說出極蠢的話。

我正要走進廚房時,媽媽說:「那麼蘿兒呢?她逃學的事,你也要怪我表哥嗎?」

我當場僵住。

「我不知道這件事。」老爸平靜的說,「妳沒有告訴我。」

「我現在就告訴你了,」媽媽說,「你又不在。」

我深吸口氣,原來我被識破了,我離廚房太近,沒法抽身了。我決定面對自己的命運,和自己的決定所造成的後果。

我走進廚房。

爸媽雙雙轉頭看我,爸爸靠在爐臺邊,媽媽站在貼健身房課表的冰箱旁邊,手上拿著一張紙。

「我猜妳剛才都聽到了。」媽對著走進廚房的我說。

我只能點頭回應。

爸爸看來好生氣，「妳不能憑白無故的逃學，蘿兒。」

「我知道。」我說。

「我們可能會惹出很多麻煩。」媽媽說。

我死盯著廚房地上的瓷磚，「我知道，以後不會再發生了。」

媽媽或爸爸都不知道該說什麼，他們不習慣我違規。

「這陣子狀況很多。」我從地上抬起眼說。

爸媽都同意的點頭，似乎想到自己的辛苦，我覺得這句話會是我最有力的辯解：「我承受很大的壓力。」我說。

「別再說了。」媽媽表示。

爸爸嚴肅的看著我，「這種事不能再犯了，蘿兒。」

「妳是被人鼓動的嗎？」媽媽問。

「不是。」我說，「是我自己的決定，我負完全責任。」

反正都無所謂了，菲絲可能很恨我，但我不想嫁禍給她，是我自己決定跟著她逃學的。

爸媽互換眼色，我不確定他們相信我的說詞。

「我們收到學校的信。」媽媽揮了揮手上的紙說。

「噢。」我說。

「其中包括這個。」媽媽說。

我走近去看媽媽拿的紙張，認出自己的筆跡，那是我們在點名室寫的兩段個人宣言。

「你們的年級導師認為應該拿給我們看。」媽媽嘆口氣，「他認為我們該送妳去做評估。」

「什麼評估？」我問，想像自己被一群拿著夾板，穿白色外套的人團團圍住。

爸媽再次彼此相覷，「我們會考慮看看。」老爸終於表示。

《勝者為王》又重頭播放了，似乎處於循環模式。

「米奇是怎麼了？」我問，心想或許可以趁機將爸媽的注意力從我身上轉開。

「他有些事不開心。」媽媽把信塞到自己口袋。

「什麼事？」我問，希望媽媽能忘記自己把信收在哪裡。

「妳最好自己去問他。」爸爸說。

「是啊，妳何不上樓看看他是否還好。」媽媽似乎真的很擔心。

我離開廚房走上樓，敲敲米奇臥室的門，他沒應門，我又試了幾次。

「米奇？」我隔著門喊，「你在房裡嗎？」

還是沒回應，我決定再次拋開青少年手足間的沉默鐵律，將門推開。

米奇不在他的房裡。

我關掉還在米奇筆電上播放的ABBA，他的筆電就放在書桌上，旁邊是瑪莉貝莉的烘焙食譜（Mary Berry，譯注：被譽為英國烘培國寶的食譜作家及蛋糕天后）、一套《六人行》和加框的瑪丹娜復古照。

米奇和我不會批評彼此的興趣。

我關上米奇臥室的門，查看浴室，他不在裡頭。我走下樓，米奇不在客廳，我發現他的布鞋不在前門邊，他平常擺鞋的地方。

「米奇不在房裡。」我走回廚房說。

爸媽兩個都一臉詫異。

「我到處都找不到他。」我又說。

「他一定在某個地方。」爸爸說。

「我跟你說了，他不高興。」媽媽說。

「還有，他的球鞋不見了。」

爸媽看著我，這下子他們真的擔心了。

「我們應該用不同的方式處理這件事。」媽媽很懊惱的說。

爸爸揉著自己的頭，「我去找他。」他說，「他不可能走遠，我開車去。」

「我跟你一起去。」媽媽說。

「我也要去。」我說，我也很擔心米奇。這是我在四個月內的第二次救援行動了。上次我們去德本漢姆救老媽，這回我們得去救米奇，只是我們不知道他在哪裡罷了。

大夥匆匆穿鞋離開家裡。

我們到了老爸的車邊，才發現凱莉坐在前座。她看到我們一行人走過去時，便從車上下來。她看起來有些害怕，彷彿我們是衝著她去的。我從老爸的車子旁邊經過時，怎麼會沒有注意到她？有時我會注意別人不會留心的小事，卻看不到大家都注意得到的大事。或者是凱莉看到我走過時，矮身躲起來了。

「沒事。」爸爸對凱莉說，「我們得去找米奇，妳有看到他嗎？」

凱莉點點頭，她看看爸爸，再看看老媽。「大約二十分鐘前，他從屋子裡出來。很抱歉，我沒有攔他，我——」

「不是妳的錯。」爸爸打斷她說，「妳看見他往哪兒去了嗎？」

「往左。」凱莉說。

「咱們走。」爸爸說。

凱莉試著繞過車子，換到後座，讓媽媽坐到前座，大夥一陣尷尬。

「沒關係。」媽媽立即表示，顯然更擔心能否找到米奇，而不是坐到前座。

「沒關係。」凱莉說著從媽媽身邊繞過去打開後車門。

「不，真的不用了。」媽媽同時跟著凱莉往後門走，兩人差點撞在一起。

她們同時往後退開。

「真的沒關係。」媽媽指著車子前方說。

「我真的不介意。」凱莉動也不動的說。

等這件事情搞定，米奇可能都離開美國了。

最後凱莉和我坐在後邊，媽媽坐到前座。

如果米奇往左，而不是往右去，那就表示他不會躲到路尾的公園。我們開車時看到格里芬先生拎著一個環保購物袋，正在溜狗狗洛基。爸爸放緩車速，搖下車窗，「我來問問老鄧弟。」他告訴我們。

老爸探出車窗，「你有沒有看到米奇？」他對格里芬先生喊道，「我兒子。」他又添了一句，怕格里芬先生忘記米奇是誰。

「我們的兒子。」媽媽糾正他說。

「我們兒子。」老爸對車外重述一遍。

「穿紅球鞋的嗎？」格里芬先生問我們。

「是他沒錯。」爸爸說。

「他上公車了。」格里芬先生說，「我和洛基從學校出來時，看到他了。」

洛基吠了幾聲，似乎在確認這點。我覺得遇到這種事，有好管閒事，處處留心的鄰居，還挺管用的。

「問他什麼時候。」凱莉從後座說，試圖幫忙。

「什麼時候的事？」爸爸問。

格里芬先生看看自己的錶。

「大概十六分鐘前吧。」

「謝謝你。」爸爸將車窗搖起。

格里芬好奇地看看我們，然後才拉起洛基的狗繩。

我們在路尾右轉。

「他進城去了。」媽媽說，「他去城裡做什麼？」

「我們開車四處找找看。」爸爸說。

凱莉憂心忡忡的說：「商店都要打烊了，他能去哪兒呀？」

沒有人說半句話，但我瞭解米奇，他不是去買東西的。米奇不會在市中心閒逛或坐在河渠邊的冰冷長椅上，或跟其他青少年一樣，在溜冰場邊廝混。他是米奇，他喜歡烤東西、

ABBA、《六人行》，和嗓音宏亮的女歌神。

我若心情煩亂，想離開家人，我可能會跑去看火車。我想著米奇和所有他喜愛的事物，以及他可能去哪裡一個人靜靜。

「我知道他在哪裡了。」我說。

媽媽轉頭看我，凱莉也是，爸爸則從照後鏡中看我。

「哪裡？」大夥問。

我們把車子停到博物館外。

「妳確定嗎？」媽媽問我。

「我覺得值得一試。」爸爸關掉引擎說。

「你以前常常帶我們來這裡。」我告訴老爸，「米奇有時候還會來，當他想遠離一切事物時。他很喜歡蜜蜂。」

「我已經好幾年沒來過了。」媽媽說。

博物館離路邊有段距離，凱莉從樹林看過去，「博物館有開嗎？」她雖然問話，卻沒有特定對象。

「走吧。」爸爸鬆開安全帶，「我們去看看。」

「不行。」我斷然的說，每個人都停住動作。「我去。你們大家都待在這裡。」我覺得，如果米奇真的在博物館裡，那麼他最不希望的，就是看到我、媽媽、爸爸和凱莉，全都衝進博物館裡找他。

爸媽看起來很不放心。

我趁大家還來不及反對前，已火速打開車門，「你們在這裡等。」我跳下車關上門。

我穿過大門，來到通往博物館的小路。博物館是棟非常大的房子，也許以前是某富豪的宅邸。我回眸瞄著肩後，他們竟然都沒有人下車，我們家的人終於肯聽我一次了。

我走進博物館，來到門廳，旁邊就是放資訊單的臺子。櫃臺有位捲髮的女士正在打電腦，她的眼鏡鍊繞在脖子後。女士對我皺皺眉。

「我們再十五分鐘就閉館了。」

「我只是來找我哥哥的。」我說，「您有見到他嗎？他穿紅色球鞋。」

女人聳聳肩，「不管妳是來做什麼的，我們反正十五分鐘後就要閉館了，我得去寵物美容院接我們家的狗，我若讓牠等，牠會不高興的。」

我奔過櫃臺，衝上樓梯，奔往頂樓的展間。

我經過放在大玻璃櫃的俄羅斯棕熊時，停下來跟熊熊打了聲招呼，他跟我上次見到時一模一樣；小心翼翼且有些吃驚，並抓著同一根樹枝。

我走過擺滿所有其他動物、鳥類和英國列島小哺乳動物的標本室。維多利亞時期的人超愛動物標本，他們喜歡把標本放到玻璃箱裡，擺在家中，家中若是有這些動物，通常表示他們是富裕人家。有時他們喜歡把這些動物打扮得跟人一樣，並擺出茶會的場景。

我靜靜的來到放蜂巢穴的觀察室門口。

米奇就坐在加了玻璃的蜂窩邊，觀賞蜜蜂，我很高興他在這裡，因為那表示他安全了，我們已經找到他了。另一個高興的原因是因為我猜對了，米奇果然在我認為他會去的地方。

米奇看見我，似乎並不訝異。

「嗨。」我說。

「嘿。」他說，眼睛仍盯著蜜蜂。

「蜂后在哪裡？」我問。

「這裡。」米奇指著蜂后說，「她身上有個紅點。」

我看著蜂后，她不太挪動，所有其他蜜蜂各司其職的圍著她轉。

「大家都很擔心你。」我說。

「聽起來不像。」米奇緩緩回道，眼神仍未離開蜜蜂，「他們在吵架。」

「他們現在不吵了。」我說，「他們的車子就停在外頭。媽媽、爸爸，還有凱莉也來了。我們都不確定你跑哪兒去。」

米奇聳聳肩，「我需要一點時間。」

我點點頭，因為我瞭解「需要一點時間」是什麼感覺。

「你現在準備要回家了嗎？我們買了新地毯。」

米奇嘆口氣看著我。「全部都是狗屎，蘿兒。」

「只是不一樣而已。」我努力保持樂觀的說，他們說樂觀的人比悲觀的人長壽，我總是努力提醒自己。

「我不要不一樣。」米奇再次看著蜜蜂，我知道他在談爸媽的分居、爸爸搬去新公寓，而且把躺椅和撞球桌搬走的事。

「會沒事的。」我試著安慰他說，「事情一向會有變化，沒有什麼能恆常不變，世界本來就是不斷流動更換的。」

「不單是那樣，」米奇說，「我做錯了一件事。」

「什麼事？」我問。

「我們同年級有個男生，」米奇說，「我們經常在一起，我還以為他喜歡我，妳知道的……」

我點點頭，決定讓他自己繼續說。

「呃，反正……我們接吻等等的了。」

我連忙再度點頭，我雖然很想表示理解，米奇畢竟是我哥哥，但我並不想聽他多加描述口中的「等等」。

「那感覺很好。」米奇說，「他跟我一樣投入。」米奇垂眼看著放蜜蜂觀察箱的桌子，「可是後來我看到他，」米奇說，「他卻裝作什麼都沒發生，他不肯跟我說話。」

「我很遺憾。」我說。

「沒關係。」米奇說。

我想抱抱米奇，但我不擅於擁抱，我很難過米奇被他喜愛的人傷害，而傷心難過。我好心疼，因為米奇是我哥哥，我很愛他。

我還感到一陣難過，因為我想到菲絲也很關心我，而我竟然傷害她。

「他們現在都知道了。」米奇說，「我不知道他們怎會曉得，可是——」

「我覺得那樣很好，」我說，「你必須活出原本的自己。」

米奇沒回答我，他再度望著蜂后，「我不想回學校了。」

「你得忠於自己，」我接著說，一邊回想菲絲對我說的話，「你就大大方方的走進去說，是啊，我就是這樣。如果他們不喜歡，就管他們去死。唯有不同流合汙的人，才能做出改變。」我想到勞倫斯先生的話。

米奇抬眼看我，露出淺淺的笑容。他還是挺難過的，但他知道我很盡力幫忙。「謝謝，蘿兒。」

我們雙雙站起來，米奇握起拳，伸出臂膀，我也握起拳，兩人以拳相碰。那是我們的擁抱方式，我們用拳頭擁抱。

捲髮女士出現在門口，她疊著手，一副很不高興的樣子。「博物館關門了。」她拿著鉛筆點著自己的手臂說。

「我們就要走了。」我說。

米奇和我走下樓梯，俄羅斯熊從他的玻璃櫃裡看著我們。

「妳剛才說，爸媽還有凱莉都在車裡是嗎？」我們走出博物館時，米奇問我。

「是的。」

「太詭異了。」米奇搖頭說。

我們走近時，爸媽兩個都下了車，表情鬆了一大口氣。

「大家都還好嗎？」爸爸開心的問。

米奇和我點點頭，爸爸不擅於處理重大或情緒激動的場面。

媽媽攬住米奇，「我們想去買披薩，」她說，媽媽用這種方式，告訴她青少年的兒子，她很愛他，他的本色自然就很完美了，她很抱歉最近發生了那麼多亂糟糟的事，也許他覺得媽媽都沒陪在他身邊，但她會努力改變現狀。

「披薩很不錯。」米奇說。

「幹得好，孩子。」爸爸說著為我打開車門，有點過度用力的捶了捶我的肩膀。這是他表示感激的動作，因為我找到米奇，讓我們的救援任務能夠成功。

我們坐到後座凱莉旁邊，凱莉看到米奇也鬆了一大口氣，雖然可能是因為剛才二十分鐘，她都跟她情人的老婆，一起關在車子裡吧。

想到我家老爸竟然是某人的「情人」，真的有夠噁心。「男友」一詞，感覺並不適合一個快四十七歲，連他的襪子都比我還老的人。

「你打算吃什麼口味的披薩，米奇？」媽媽問，車子慢慢駛離。米奇望著窗外，話很少。米奇瞄著我，我笑了笑，因為我們都知道，媽媽想確定米奇沒事，但又不敢開口問。

「火腿和蘑菇。」米奇說。

媽媽看起來頗高興。「挑得好。」她說。

「我要吃義大利香腸。」老爸說著，左轉開往披薩店，他和凱莉顯然也要吃披薩。

「瑪格莉特。」我說。

「這還用說嘛。」爸爸表示。

爸媽都哈哈大笑，因為這是我唯一會吃的披薩。

凱莉很不進入狀況，聽不懂披薩笑話。一會兒之後，她說：「我大概來個辣味雞。」

一片死寂，這下老爸和凱莉一定會去吃披薩了。

「我正在想要吃辣味雞。」媽媽說。

一陣尷尬的沈默。媽媽和凱莉都要吃辣味雞嗎？她們不僅要一起吃披薩，而且還要吃同一種口味，這也太怪了吧？

「我超愛辣味雞。」凱莉說，似乎對尷尬的氣氛毫無所覺，「吃起來非常……」

「辣？」米奇幫腔說。

「是的。」凱莉說，「很辣。」

「也許我們可以分食，」媽媽說，「點個十四吋的。」

這下子更詭異了，老媽和凱莉像閨蜜似的，要共享一份披薩，雖然這麼做很務實，但我覺得這是很親密的事，只有彼此喜歡，或至少彼此互相能夠忍受的人，才會做這種事。

我好以媽媽為傲，善待凱莉對她而言並不容易，即使她現在有了馬可洛．史提夫。

可惜馬可洛．史提夫不在這裡，不過我懷疑他會吃披薩。

爸爸把車子停到披薩店外，大夥下車，趕著去點披薩，一時間，我忘記我們已經不再是一家人了，我們有些人並不住在一起，我們中間有個新來的人，而且短少了一位。當大家關上車門，擠進披薩店的那一瞬，我想起了我們以前還是正常家庭時的光景。

接著我懷疑起來，到底有沒有所謂正常家庭這種東西？

也許沒有吧。

我們拿著披薩回到家時，有個人全身素黑的坐在門階上，用連帽衫的帽兜蓋著頭。我還以為見到鬼了，一個黑幽幽，冷血殺人，坐在我家門階上的鬼魅。

車子開上車道，那隻鬼抬起頭，我才發現原來是莎拉。

「莎拉？」爸爸訝異的說。

大夥打開車門，披薩放在我大腿上，把我的腿都搗熱了。

「我來拿，蘿兒。」凱莉幫下車的我拿披薩。

「我忘記帶鑰匙了。」莎拉哆哆嗦嗦的對走過來的我們說。她臉部浮腫，頰上有幾抹睫毛膏。

通常我找不到東西，便會焦慮慌張，但我從來不知道莎拉會為了一把鑰匙如此傷心。

「嘿，小蜜糖。」爸爸對莎拉說，「很高興看到妳。」

莎拉抽著鼻子，點點頭，一副隨即又要哭出來的樣子。

小蜜糖是老爸對莎拉的膩稱，媽媽和爸爸都會喊她小蜜糖，而且顯然是在莎拉出生前就這麼喊她了。有一次爸媽告訴我們，莎拉剛上幼兒園時，老師問她叫什麼名字，她說自己叫小蜜糖。從那之後，爸媽便覺得他們最好開始喊她莎拉了。

米奇襁褓時期，他們有好一陣子叫他米奇小寶貝，聽起來也挺可愛。

我問老爸他們以前喊我什麼，他想了一會兒後說，臭噗噗，我們叫妳臭噗噗。

我拜託他千萬別跟任何人說，永遠都別提。

媽媽讓所有人進屋，「怎麼了，心愛的？」媽媽問莎拉，一邊跟著她進客廳。

「是布萊特，我們分手了。」莎拉撲到沙發上開始哭了起來，至少我覺得她是在哭，她發出很奇怪的打嗝聲。

米奇好像很擔心。

凱莉好像很囧，「我們去分披薩。」她拿著一落披薩盒走出客廳。

米奇跟著她，也許是覺得自己在廚房裡比較能幫得上忙。

莎拉把臉埋在墊子裡，「他從來沒跟我說過。」她抽抽噎噎的說。

爸媽看起來很不安。

「跟妳說什麼？」我問，覺得如果我們知道來龍去脈，較能幫得上忙。

莎拉從墊子上抬起頭。

「他嗝有呂朋友叫瑪嗝那藍後他們嗝往四年嗝她懷孕藍後嗝他們分手可嗝是他想回嗝她身邊藍後她嗝搬來跟嗝他住嗝藍後他們嗝生寶嗝寶。」

莎拉又把臉轉回墊子上。

「噢。」媽媽說。

爸爸坐到莎拉身邊。

莎拉從墊子上轉身，把臉埋到老爸肩上。

爸爸拍拍她的頭，雖然很努力的安撫她，其實心底偷偷的樂著。我不確定他是高興莎拉跟她的消防員分手了，還是高興女兒肯讓他摸頭。

「他這樣做是對的，心愛的。」媽媽說。

「他根本不值得妳愛。」我幫腔說。

我不擅於安慰人，常常講錯話。

莎拉抬眼看我，她眨眨眼，似乎很訝異看著我。一時間，我還以為自己講錯話了，可是接著莎拉說：「謝謝妳，蘿兒，妳是個好妹妹。」

她對我微微一笑，然後再次把頭靠到老爸肩上。

好妹妹？

這就是那個從青春期後，幾乎不跟我說話的姐姐嗎？在那之前，常在車子裡踢我，騙我相信花園裡有妖怪，而且為了讓我和米奇成為她祕密俱樂部的會員，而發明奇異入會儀式的人嗎？入會儀式中，包括要我蒙著眼睛，單腳站立兩小時，其他還有把膠帶貼到我臂上，然後由她火速撕掉。

我根本不知道如何回應這句話，我想我整個人大概處於休克狀態。情緒和心理休克，是一種非常真實的狀況。有次我看到一部關於一一九警方緊急電話的影片，談到所有情緒及心理休克，有可能造成脈搏微弱或加速跳動，手不聽使喚，混淆，暈厥和噁心等情況。

我檢查自己的脈搏。

感覺還好。

米奇和凱莉拿著盤子、餐巾和披薩盒走進來。

「嗯，」媽媽說，「要不要吃點披薩？」

「妳可以跟我分義式香腸。」爸爸對莎拉說。

莎拉看起來開心了，她喜歡義式香腸。

「我去拿飲料。」米奇說著溜回廚房。

我們各自拿起一個盤子，試著搞清哪個披薩是誰的。

米奇出現在門口，「我想你們最好過來看看。」他說。

「怎麼了？」媽媽問。

媽媽、老爸和我放下手裡的披薩，跟著米奇走到廚房。凱莉和莎拉留在原地，她們一定是餓了。

米奇突然在走廊上止步，他指指廚房門口，我們大夥從他身邊往前探身，以便看清楚，他在黑幽幽的走廊上，指的是什麼東西。

漢咪正在廚房地板中央，安靜的嚼著像是乾掉的穀片早餐的東西，一定是有人不小心撒出來了。

大家都不敢動。

老爸悄聲往後退開，清出一個丟在門廳的洗衣籃，然後偷偷溜到我們前方，把籃子拿到自己前頭。

老爸以迅雷不及掩耳的動作，把洗衣籃往漢咪身上一罩。

大夥發出歡呼。

爸爸彎身到洗衣籃旁邊，掀起一個小角落，然後把漢咪捧到自己手裡。

他得意的帶著漢咪返回客廳。

「快。」他對跟在後邊的米奇說，「把籠子打開。」

米奇衝向前，打開漢咪的籠子，爸爸將漢咪放入籠子內，然後快迅關上門。

莎拉和凱莉坐在沙發上看，「哇，幹得好，老爸。」莎拉說。

「太棒了。」凱莉說，「幹得漂亮，今天你是所有人的英雄。」

我雖然不是很確定，但我覺得老媽好像稍稍翻了一下白眼。

爸爸在他的短褲上擦擦手，「小事一件。」他說，看起來挺得意。

我們終於坐下來吃披薩了。

我很想說，漢咪回家後很快樂，牠在安全的籠子裡，開心的看我們吃披薩。可惜實際上，漢咪看起來相當不爽。

11

第二天午餐時段，我收拾好午餐盒後，站在自己的置物櫃邊，聽到一群人朝我走來。

我關上置物櫃，抬眼一瞧，確實有很多人朝我走過來。更糟糕的是，他們似乎全都直盯著我。

蓮恩・派克斯領在所有人前方，後邊緊跟著布蕾妮・席維、裘莉・懷爾斯和邦妮・傑克遜。她們後邊跟了更多人，包括一票我們年級的男生。

「她在那裡！」蓮恩說。

我開始非常不安。

我還來不及搞清狀況，兩邊已被同學們包圍住了，大部分是我們年級的學生，但也有兩個一年級的小鬼，似乎是跟過來湊熱鬧的。

每個人好像都等著看好戲似的一臉興奮，彷彿要去搭新的雲霄飛車。我有一次去主題樂園坐過雲霄飛車後，便決定再也不坐了。感覺像臉上的皮都要掉了，而且五臟六腑全翻到喉頭了。我覺得這不是人類該體驗的正常感受。

蓮恩‧派克斯站到離我很近的地方。

我往後退，但身後就是置物櫃，我沒有地方能退了。

「妳在這兒呀，怪胎。」她說，口水幾乎噴到我臉上。

「跟妳說過了，我們會要妳好看。」布蕾妮嘶聲說。

我開始驚慌起來，主要是因為有太多人圍著我，當很多人離我很近時，我會覺得有幽閉恐懼。所以我從來不參加音樂節，或搭電梯，或在打折季購物。

「揍死她！」有人喊道。

不知在這種情況下，我是不是該摘下眼鏡。我也不曉得自己究竟做了什麼，惹得他們要在接下來幾分鐘，對我做這種事。

我猜是因為自己的個性，或與老爸跟十八歲的女生談戀愛有關。

我想著要不要告訴蓮恩，唯有不同流合汙的人，才能做出改變，可是當我張嘴說話時，卻發現自己又說不出話了。

「她看起來像條金魚！」有人說，眾人哄然大笑。

蓮恩怒瞪他們一眼，大夥全閉上嘴。她回頭看著我，「怪胎。」她說，這回是咬牙低聲說的，「妳爸是個他媽的變態，我們這裡不要妳這種人。」她握起拳頭，將手臂往後一揚。

我縮身緊閉眼睛，準備挨揍。

「借過！」人群某處揚起一個聲音，「借過借過，讓開。」

我張開眼睛，看見菲絲拐著手肘，從一群小鬼中殺出來。眼看我就要被「揍死」了，結果菲絲竟然跑來救我。怎麼會這樣？

菲絲走到蓮恩身邊，然後停下腳步。

「妳想幹嘛，暗黑女？」蓮恩問，看起來有點懊惱，但也有些害怕。的確，菲絲今天的妝容採用了大量的黑色。

菲絲望著門口，「達德先生！」她大聲喊說。

人群立即一哄而散，布蕾妮和裘莉手勾著手，急急忙忙的離開了。邦妮朝反方向竄逃。

蓮恩左顧右盼，發現根本沒有達德先生的蹤影，而且她的隨從皆已棄她而去，便憤憤的看著菲絲，「妳胡扯。」她說。

菲絲聳聳肩，「算妳厲害，福爾摩斯。」

「滾啦。」蓮恩對菲絲說，「這件事跟妳無關。」

我想同意蓮恩的說法，結果卻支支吾吾，半天說不出個字。蓮恩和菲絲都不理我。

「我覺得這場派對已經結束了。」菲絲對蓮恩說，「妳說呢？」

蓮恩猶豫起來，她看看我，再看看菲絲，菲絲的個頭比蓮恩壯多了。

我努力以最猙獰的眼神瞪著蓮恩。

「反正我也懶得在妳們兩個怪胎身上浪費時間。」她終於說道。

菲絲挑起一邊眉毛。

蓮恩似乎想說點別的，但又改變心意了。最後蓮恩瞥了我們一眼，轉身走開。

菲絲救了我。

接著我想到，菲絲就是我的天使。

菲絲救了我，而今天，她就是我守護天使，我甚至無須在森林中迷路，找到寺廟，她就已經跑來救我了。

我當然知道菲絲不可能真的是我的天使，如同我知道安娜貝拉和尼爾不是我真正的父母一樣，而克里夫・理查也非奶奶的天使。天使的存在證據，其實破綻百出。

菲絲和我待在原地，直到蓮恩消失為止。菲絲不肯看我，我們兩個都沒說話。

我看著菲絲，好想說，很抱歉之前對她說，我不想再當她朋友了，還有，謝謝她今天來當我的天使，可是我什麼都說不出來，因為我還沒辦法說話，就好像有人在我的喉頭蓋了一座水壩，沒有話語能流得出來。那些話也許跟平時一樣，仍在我腦中四處游動，但就是怎麼也無法從我腦中游到嘴裡。

一會兒之後，菲絲轉身走了，我望著她的背影消失在角落裡，然後便再也看不到她了。

我慢慢的從學校走回家，我不想像平時一樣步履匆忙，一邊低聲念誦自己最愛的，與火車相關的詩。

我抄捷徑，因為人比較少。我走在穿過空盪田野中央的小路，腳下的地面十分硬實，田地最近才耕過，我兩邊都是一條條長長的土畦，不知道有多少條，但我心思太亂，沒法多想。

今天實在過得太不順了。

我知道自己應該慶幸逃過蓮恩•派克斯的魔掌，但我只覺得難過。

等回到家後我要坐在地上，我只想那麼做而已。

可是那樣做感覺不太對，我好像應該做點什麼。我隱約覺得這個什麼，做起來應該很困難。

我知道自己該跟菲絲和好，向她道歉，說了不想再跟她交朋友的話，並謝謝她今天幫我解危。我還以為她會生我的氣，可是你通常不會去救惹你生氣的人。

我想這跟那天下午逃學，是同一種情況，我必須付諸行動，即使我不知道這項行動會帶來什麼後果。

等我回到家時，我已想妥辦法了。

媽媽還在外頭工作，但我聞到廚房飄出香氣。

米奇正在清洗一個大攪拌盆，他戴著媽媽的粉紅色橡膠清潔手套，烤箱開著，我看到裡頭有東西，香氣一定就是從那裡飄出來的。我很高興米奇又在做烘焙了。

「嗨，蘿兒。」米奇說。

「你在烤什麼？」我問。

「牙買加椰子蛋糕。」米奇說。

我離開米奇上樓，由他去忙著烤蛋糕，洗碗盤。我不能浪費時間，我有計畫要執行。

我坐到床上拿我的皮包，心想，若不現在去做，就永遠不會做了。我拿出一張寫著「瑞亞計程車」的卡片，撥了號碼。

電話響了。

我還以為不會有人回答，接著我聽到瑞亞的聲音。

「哈囉？」

「我需要叫計程車。」我說。

有時我一急，就會忘記應該先說「哈囉」和「你好嗎」之類的話，然後跟對方說明自己的身分，再表明要講的事情。

電話另一頭頓了一下。

我深深吸一口氣，「我是蘿易莎・寇森。」我說，「就是火車站的那一位，你給我你的名片，我現在需要叫計程車，很緊急。」我又說，我突然好怕瑞亞正在忙，那樣就無法執行我的計畫了。

我才講完便覺得罪惡，也許這不算真正的緊急狀況；我只是很緊張而已，因為我想去彌補，對我來說，這是一件大事。

「我知道。」瑞亞說，他雖然有些詫異，但語氣變得更友善了。「妳好嗎？」

我閉緊眼睛死抓住手機，我沒有空回答這類問題，我好討厭講電話。

「我很好。」我很快說，「但我需要叫計程車去我朋友菲絲家，因為公車太慢了，我得告訴她，我很抱歉說再也不當她朋友了，還有，我要謝謝她今天當我的天使，解救了我，沒有挨蓮恩・派克斯的揍。去她家對我來說非常困難，如果我得搭公車，並且到城裡轉車，我怕會受不了，那樣就沒有辦法跟她道歉了。」

我又重重吸口氣，瑞亞什麼話都還沒說，他一定很忙，或許他還有別的人要載，說不定他正在開車。這點子實在太糟了。

「好的。」瑞亞笑說，「妳最好把妳的住址給我。」

我好高興瑞亞願意幫我，一般而言，不該把把家裡的住址給一個在火車站遇見的男人，在任何情況下都不恰當。

我把家裡住址給了瑞亞。

「好。」他說，「我十五分鐘到妳那兒。」

我瞄著時鐘，換掉制服，穿上自己最喜歡的牛仔褲和運動衫。我拔掉瓷器撲滿底下的塑膠塞子，這撲滿我存很久了。我在皮包裡多塞了五英鎊，這樣才有足夠的錢付給瑞亞。我以前不曾自己搭過計程車，我不確定要多少錢。

我望著臥室窗外，等瑞亞到達，一邊瞄著時鐘。

十七分鐘過後，我看到一輛車子沿街道慢慢行駛，心想，應該就是瑞亞的車了。我迅速衝下樓，穿上鞋子。

米奇聽見我跑下樓，對我喊道：「蛋糕烤好啦！」

「我得出門了！」我回喊，「幫我留一些！」

我打開前門，瑞亞就坐在他的計程車中，等在車道上，且戴著他的灰色尖頂帽。

我關上前門，發現瑞亞的車窗上有個計程車的執照號。

我遲疑了一下，不知該坐到前座或後座。我決定坐到前方，在這種情況下，這樣似乎更合適，即使不盡然是正確的。

「想去哪兒？」我一跳進車裡，瑞亞便問。

「金鏈花街二十六號。」我說。

「好噉。」

瑞亞很快倒車，把車子開到路上，不知他是否曉得金鏈花街在哪兒，他並沒有用導航。爸媽一向用導航，呃，反正媽媽都用。每次我們要去新的地方，她就叫老爸用導航，爸爸就會嘟嘟囔囔的開啟導航。如果是老爸開車，只要他覺得自己知道路，就會把機器關掉，然後我們就迷路了。

「你知道路嗎？」我問瑞亞。

「我知道金鏈花街在哪裡。」瑞亞愉快的說。

我靠回座上，努力放鬆。我喜歡瑞亞的車子，空間很寬，而且飄著太妃糖的味道。我通常不喜歡車子的氣味，尤其是擺了空氣清香劑的，我聞了會頭暈。

瑞亞驅車前往城裡，我一想到抵達後，要對菲絲說的話，就緊張不已。她會在家嗎？

我拍著自己的大腿，左右的晃動腦袋。

瑞亞瞄著我，「要不要來一顆太妃糖？」他指指放在熱飲座裡，一顆顆包好的太妃糖。

「謝謝。」我拿起一顆，慢慢拆開。

「她也喜歡火車嗎？妳的這位朋友？」瑞亞問我。

我嘴裡含著一大顆太妃糖，很難回答瑞亞的問題。我搖搖頭，把糖挪到我的左臉頰內。

「她喜歡尼采和佛利伍麥克。」

瑞亞若有所思的點點頭，我們在紅綠燈前停車，「我們不可能都有同樣的嗜好。」他說。「是啊。」我想到自己喜歡熊，而米奇喜歡蜜蜂。「但我不是很確定，她還是不是我的朋友。」我說，「我們切八段了，應該是我的錯。」

「妳很有勇氣，」車子開動時，瑞亞說，「能這樣跑去道歉，無論究竟是誰的錯。」

我沒說什麼，因為我專心在吃太妃糖，我不知道瑞亞說對了，還只是他在客氣。車子經過公園，雖然我來過這裡很多次了，但一見到公園，便會想起那次菲絲和我在雨中擁抱柳樹的事。

「我有一次也跟我哥哥切八段。」瑞亞說。

「切了多久？」我問。

「十年。」

十年！這也太久了吧。我跟菲絲斷交還不到三天，都已經覺得夠久了。

「為了什麼事？」我問，「你們為什麼要切八段？」

「反正就切了，到頭來，我們兩個都想不起是為了什麼。」

瑞亞在圓環往右轉，我認出我們在哪兒了，因為菲絲和我搭公車去過她家，我還見著了強納生，兩人著隨布魯斯．斯普林斯汀的歌起舞。

我想現在先謝謝瑞亞開車載我，以免待會兒忘記了。有時我會忘記說謝謝和再見，我不是故意的，媽媽說我得記住一點——別人需要知道，你們的互動何時結束。

「謝謝你送我過來。」我說。

「我很樂意。」瑞亞說，「我喜歡開車。」

車子來到菲絲家的路上，瑞亞正在找門牌號碼，我也在找。我跟瑞亞同時看見菲絲的房子。

「在那裡！」我說，「有盆栽的那一戶。」

瑞亞把車停到路邊，我深深的吸一口氣，這樣才不至立馬衝下車子。

「我們到了。」瑞亞說。

我想起自己搭的是計程車，我得付瑞亞一些錢，但我看不到跳表。

我伸手從口袋掏出皮包。

瑞亞揮手拒絕。「這次我請，」他說，「去做妳該做的事吧，生命太短暫了，該留給那些關心妳的人。」

「謝謝你。」我收起皮包說，我畢竟還是沒忘記道謝。我打開車門走出去。

「咱們火車站見。」瑞亞說。

「當然。」我說。

瑞亞對我行了個舉手禮，我關上車門，揮手送開車離去的瑞亞。

我轉身面對菲絲的房子，走過一排盆栽，來到前門。按響門鈴。

★★ ★★

我在想，門一開我就要跟菲絲道歉。

我聽到腳步聲從裡頭的廳門傳來，門開了。

「我很抱歉。」我說。

「抱歉？」一位穿藍色工裝褲的女人望著我，困惑的問。

這下子我不知道該說什麼了。

「請問菲絲在家嗎？」我問。

女人緩口氣，對我笑了笑，不再困惑。「進來吧。」她說著讓到一旁。「妳一定就是蘿兒吧。」她仍帶著笑意，感覺有點可怕，她怎麼會知道我的名字？

我很快竄過她身邊，進到廊廳，我怕她會擁抱我。等我到了屋裡，女人將門關上，我發現加框的魚骨仍掛在走廊原處。

「我是蘇西。」女人說，「菲絲的繼母。」

友。」

我點點頭，想起自己知道蘇西的兩件事——她喜歡植物，還有她去過墨西哥。蘇西有一頭波浪捲的紅棕色長髮，我喜歡她的工裝褲，看起來很舒服。

「很高興見到妳，」蘇西說，「菲絲跟我們說了很多妳的事，我們很高興她在學校有朋友。」

我只會站在那裡傻傻的點頭，我想菲絲大概沒告訴她們，說我再也不要跟她當朋友了。

我聽到客廳裡傳來聲音：「誰呀？」

另一名女人出現了，她高了很多，而且跟菲絲一樣髮色極深，只是頭髮較短。女人穿著彩色緊身褲和運動衫，但頭髮打理得很好，而且還化了很漂亮的妝。我猜她剛下班換了衣服，但還沒卸妝，她真的好美。

「是蘿兒。」蘇西說，「菲絲學校裡的朋友。」

黑髮女人似乎也很高興見到我，她伸出手說：「我是凱特，菲絲的媽媽。」

我再次點頭，然後握了她的手。我不介意跟人握手，如果他們想握的話，但我從沒遇過有誰的媽媽會來跟我握手。

我努力思索凱特的事，知道她喜歡橋牌，曾經很擔心自己的生理時鐘。

「非常高興認識妳。」凱特說，「歡迎妳隨時過來，妳喜歡吃中國菜嗎？」

「喜歡。」我不懂菲絲的媽媽幹嘛問我這種奇怪的問題，「但我老是點同樣的東西。」我又說。

凱特聽了哈哈大笑，「我們也是。」她說，「妳星期六晚上應該來我們家玩。」

蘇西同意的點著頭。

「每隔一週的週六，」凱特說，「或菲絲住我們家，不跟她爸爸在一起的時候，我們就會叫中國菜來吃，然後看場電影。」

「呃，謝謝。」我說，不知菲絲會不會樂於這種安排。

「菲絲在暖房裡。」蘇西說，好像知道我正在想菲絲的事，「我帶妳過去。」

我跟著蘇西穿過走廊。

「別忘了星期六晚上有中國菜啊！」凱特在我身後喊道。

蘇西和我來到廚房，廚房窗台上有更多植物，或許是香草植物吧。冰箱上貼了一張菲絲的照片，她那時年紀小多了，但我知道是菲絲無誤。她跟一個戴太陽眼鏡的男人，站在沙灘上的一大座沙堡旁邊。我猜那一定是她爸爸。

我可以聽到屋中某處隱約傳出了古典樂。

「暖房是最溫暖的房間，」蘇西說著推開廚房，「暖房有日照，所以植物才會喜歡那裡，我為它們播放巴哈，植物似乎很喜歡巴哈的音樂，維瓦第就不怎麼愛了。」她對我笑了笑，「也許是因為我播了維瓦第的《冬季》給它們聽，害它們覺得混淆。」

我不知如何應答，聽起來有點誇張，或許所有家庭都有點瘋狂吧。幸好我不必說什麼，因為蘇西已經推開暖房的門了。暖房裡種滿植物，看起來像個熱帶叢林，我非常喜歡，現在我可以更清楚的聽到音樂了。

然後我就看到菲絲了，她坐在角落一張鋪滿米色墊子的藤椅上看書，蘇西和我進來時，菲絲抬起頭。

「蘿兒來了。」蘇西說。

菲絲點點頭，沒說什麼，她見到我，並沒有特別高興或訝異，我這樣跑來，不知對還是不對。

「很高興認識妳，蘿兒。」蘇西說，似乎沒注意到菲絲對我反應平淡，「妳們兩位自己待著，如果餓了，就自己去拿點心吃。回頭見。」

我點點頭，依然望著菲絲。「謝謝妳。」

蘇西靜靜關上身後的門。

菲絲闔上手裡的書，一開始我還以為書名是《威斯之死》，可是等我向前走近幾步後，才看出書名叫《威尼斯之死》。

「嗨。」我說。

「嗨。」菲絲淡淡表示。

「妳那本書在寫什麼？」我問，因為別人在讀妳沒看過的書時，都會這樣問。

菲絲端詳手裡的書，彷彿以前沒見過似的。「是在寫一個男人，」她緩緩說道，「男人無法自拔的迷戀一名男孩，最後終於體會到隨著肉慾與慾念而來的縱慾、酗酒和狂喜。後來男人死了。」菲絲頓了一下，「在威尼斯。」她又說，「這書我以前就讀過了。」

我覺得最好告訴菲絲，我為什麼要來這裡，「我是來跟妳道歉的。」我說。

菲絲嘆口氣，把書放到沙發上，「妳坐吧。」她疲累的說，「如果妳想坐下的話。」

我坐到菲絲旁邊的沙發上，她看起來不太一樣，我發現是因為她沒有化任何黑眼妝，而且把頭髮放下來了。

「我做錯了。」我說。

菲絲看著沙發墊子上的圖紋，「謝謝妳過來，蘿兒，真的。可是妳會那麼說是有原因的，我不想變成妳生命中的一道難題。」

菲絲說得對，她打電話時，對我來說的確挺為難的，我慌了手腳，因為她在我需要安靜時，打了我的手機。

「我當時不知所措。」我說。

「妳常常會覺得不知所措嗎？」菲絲問我。

我想到學校，下課期間每個人都在大聲喊叫、奔跑，在走廊上推擠。我想到鈴聲響，以及用力摔上的置物櫃門。接著我想到自己在校外的狀況，想到超市和百貨公司、健身房、擁擠的餐廳、繁忙的大街、警笛、明亮的燈光、折疊報紙的人們、對著手機大聲講話的人，所有一切朝我撲天蓋地襲來，而我似乎沒有辦法抽身。

「是的，」我說，「一直都是。」

「跟我說一說吧。」菲絲表示。

「我身邊的一切都發生得太快了。」我說，「我很難讓事物放慢速度，我感受到所有一切，卻難以承受。有時我會說不出話，有的時候，我需要一個人待著。」

菲絲皺著眉，似乎在思忖。

「原來如此。」她終於說。

我想，現在菲絲一定也覺得我是怪胎了。

「妳為什麼不告訴我？」菲絲問。

「我剛才不就說了嘛。」我困惑的回答。

「不，」菲絲說，「我的意思是，妳之前為什麼不早告訴我。」

「噢，」我說，「我也不知道，大概是我以為妳曉得吧。」

菲絲面露訝異，她撫著書封，「我瞭解妳一些事，蘿兒，但不是所有的事。妳要知道，我又不住在妳腦子裡。」

「是啊。」我說，一邊想像有個小小的菲絲在我腦子裡。

「妳得跟我說才行，」她表示，「如果妳說不出來——只要表示『我現在沒法說，我壓力太大』就好了，然後再掛掉電話。」

「好啦。」我答道，但不是很確定這招管不管用。

「如果妳不想跟我在一起，就得告訴我。」菲絲又在看沙發墊子了，「我自己也不是心情總那麼好。」

「幽暗皇后嗎？」我問。

菲絲緩緩點頭，「是的，幽暗皇后。」

「我懂。」我說。

菲絲看著我，「謝謝妳過來，蘿兒。」

「沒事。」

我們兩人都笑了，我們又是朋友了，我覺得如釋重負。

外頭天很黑，風又大，樂聲停了，我聽見樹枝啪啪的敲在暖房的屋頂上。

「還有，妳能諒解有的時候，我得待在家裡看大自然紀錄片嗎？」我只是想確定一下。

「完全可以。」菲絲說，「我們可以當朋友，但不必整天黏在一起，對吧？」

小小的菲絲從我腦子裡黏到我衣服上了。

「是啊。」我說，「我們可以有點黏又不要太黏。」

菲絲把頭髮掖到耳後，「朋友是在重要時候，彼此相挺的。」

我點點頭，菲絲又說對了，這讓我想到今天的事。

「謝謝妳稍早時，阻止蓮恩・派克斯揍我。」

菲絲聳聳肩，「不阻止的話會很慘，我的置物櫃跟妳的那麼近，我可不想清理血跡。」

「謝謝。」

菲絲哈哈大笑，我口袋裡的手機響了。

米奇發了簡訊，是椰子蛋糕的照片，我還收到媽媽的簡訊，她很擔心，不知道我在哪裡。

「我得發簡訊給我媽，」我告訴菲絲，「問她能不能來接我。」

「妳想待多久都行，」菲絲說著拿起《威尼斯之死》。

我火速回覆老媽，想到媽媽和米奇，我心生一念。「妳要不要哪天到我家玩？」我說，「跟我家人見個面。」

「好啊。」菲絲開心的說，「我很樂意。」她把書放到沙發上，然後起身。

我也跟著站起來，可是接著我又慌了，因為我覺得菲絲可能想抱我。

「我不喜歡擁抱呵。」我說。

「我又沒打算抱妳。」菲絲說。

手機在我手裡嗶了一下，「我媽說沒問題，」我表示，「她稍後會過來接我。」

菲絲越過房間，打開暖房的門，樹枝又嗒嗒的敲著屋頂了。

「太棒了，」她說，「咱們去弄點東西吃吧。」

拿著電影攝影機記筆記的女孩

張子樟
（臺東大學兒童文學研究所前所長）

熟悉小說的讀者都知道：小說的本質不在長短，而在它有味道，但品嘗味道需要時間，也許還需要智慧。小說涉及生活或人性當中最核心的內容，所以小說真諦在於去粗取精、去偽存真。讀者也得瞭解：小說一開始就做減法。那些被減去的部分成了我們的日子，需要我們去「過」。剩下的才是值得我們去細讀的。小說既然是論及人生中最精采的地方、最值得傳遞深究的時空移轉的微妙之處，當然要省略掉乏味重複、流水帳式的紀錄。

依據上述的說法，帶著愉快的心情來閱讀《蘿兒的家庭筆記》，相信你會點頭稱是：「果然如此這般！」

本事

蘿兒今年十三歲半，父親有外遇，這意味著父母即將離婚。母親生病了，同性戀哥哥熱中烘烤，姐姐忙於約會。隨著家人陷入危機，她的世界似乎被顛覆了。她被告知是新女孩菲絲的「夥伴」時，學校的生活也被打亂了。兩人完全不同，但形成了不太可能的友誼。喜歡引述尼采的菲絲將蘿兒帶到自己的翅膀下，開始向她展示出真正的友誼。菲絲充滿了消極情緒，但卻為蘿兒的生活增添了積極性。行文中不時出現的乾澀黑色幽默使這本書更加引人注目。

蘿兒顯然是個自閉症患者。她對自己生活中的某些元素非常講究，包括飲食和身體互動。她的思想非常刻板，並且沉迷於秩序（尤其是火車及其時間表）。她樸實但殘酷的聲音使家庭的麻煩看起來像是毀滅性的。她很自以為是，並以坦率的風格著迷於讓她感到不適的事物。因此，她的家人經歷的所有變化和掙扎，被她放大了十倍。但她非常堅強，對生活有著極其獨特的看法。她教會我們完全不對自己是誰感到歉意，不要感到背離自己真實自我的任何壓力。她對生活和周圍的人的觀察富有洞察力，令人著迷。她的許多特質和怪癖使她另成一格。那些為焦慮而苦苦掙扎，或者有點神經質的讀者會發現自己很多地方與她類似。

窺視者的滋味

作者精心策劃了一個有趣的故事，圍繞著奇怪家庭動態展開。蘿兒的聲音是這部小說的主角，即使是最平凡的事件也變得有趣。

透過蘿兒的「家庭筆記」，作者把她一家人的生活點滴源源本本的敘述出來。她著眼於古怪、荒誕和不尋常的事件。她藉由輕鬆的對話語調和八卦現實，逐漸滴漏般的向讀者展示事件。我們對她的思想和觀點或許嗤之以鼻，但又為她的口齒伶俐所折服。她把令人難忘和喘不過氣的口頭觀察撒入了敘事中。

故事不簡單。在其擴展的畫面中，讀者成為受信任的偷窺者。我們具備蘿兒看不見的自信，一直受邀參加。對我們來說，苛刻的現實是不易剝奪的、無法逃避的。這本書嘗試找出角色之間的相互關係，並迫使他們體驗不可避免的情況，但有時卻使他們的行動取得了令人滿意的成績。讀這本書並非全然令人快樂，而是讓讀者敢於窺視這個家庭的內在祕密。這些祕密可能隱藏在你我之間。

蘿兒的故事讓人回想起那些被困在場邊，看著其他人過著個人戲劇化生活的旁觀者。這是一個安靜的局外人故事，是那種喜歡花時間讀書而不是到處奔跑的孩子的故事。她以自己的方式逐漸找到自己在世界上的位置。我們不能把它歸類為正經八百的書，但它在諸事發生時，卻能洞察某些人的生活。

拿著電影攝影機的女孩

故事本身看起來似乎沒有情節，它的描述應該歸類為廣泛的角色研究。全書注重的是角色人物的一舉一動，每個角色不停的在舞臺上進進出出。作者藉由蘿兒記下每個人的言行，將評論和對話交織在一起，創造出充滿趣味的敘事。最後，您不能不同意沒有「正常」家庭這樣的東西，只能贊成「與眾不同的人才能有所作為」的說法。

蘿兒敘事聲音豐富迷人、充滿機智。即使在最困難的情況下，她略帶困惑的觀點也充滿幽默感。作者塑造了一個令人難忘的神經質女孩。通過關於家人、朋友和學校的筆記，讀者得以進入蘿兒的世界。她是一個深具洞察力的局外人，記筆記就像拿著電影攝影機默默的固定在一個她往往被忽略的世界上一樣。她是完美的形象，敏銳、微妙且充滿幽默感。

除了自閉症的表現外，這是一部令人印象深刻但心痛的家庭戲劇，它探討了離婚、複雜精神疾病的現實面以及真正友誼的釋放性。主角蘿兒的機智觀察使沉重的現實問題浮出水面，不得不去面對。每個角色幾乎都是問題的製造者。層出不窮的難題考驗著書中的每個角色，也考驗著作者解決難題的能力。家家確實有本難念的經，但解決方式卻各有巧妙不同。

國家圖書館出版品預行編目資料

蘿兒的家庭筆記/艾梅莉.克里奇利(Emily Critchley)作；南君繪；柯清心譯.
-- 初版. -- 臺北市：幼獅文化事業股份有限公司, 2021.06
面；　公分. -- (小說館；32)
譯自：Notes on my family

ISBN 978-986-449-235-0(平裝)

873.57　　110006281

·小說館032·

蘿兒的家庭筆記 Notes On My Family

作　　者＝艾梅莉・克里奇利 Emily Critchley
譯　　者＝柯清心
繪　　者＝南君
出 版 者＝幼獅文化事業股份有限公司
發 行 人＝李鍾桂
總 經 理＝王華金
總 編 輯＝林碧琪
主　　編＝沈怡汝
副 主 編＝韓桂蘭
美術編輯＝李祥銘
總 公 司＝(10045)臺北市重慶南路1段66-1號3樓
電　　話＝(02)2311-2832
傳　　真＝(02)2311-5368
郵政劃撥＝00033368

印　刷＝祥新印刷股份有限公司
定　價＝360元
港　幣＝120元
初　版＝2021.06
書　號＝987255

幼獅樂讀網
http://www.youth.com.tw
幼獅購物網
http://shopping.youth.com.tw
e-mail:customer@youth.com.tw

行政院新聞局核准登記證局版臺業字第0143號